転生幼女。神獣と王子と、最強のおじさん傭兵団の中で生きる。1

餡子・ロ・モティ
Anko Ro Moty

Regina

RB
レジーナ文庫

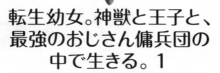

登場人物紹介
Character
ラナグ
神獣。リゼの友達。
食いしん坊で常に
お腹をすかせている。
リゼ（織《おり》宮《みや》優《ゆう》乃《の》）
幼女に転生してしまった
本作の主人公。
あらゆる属性の魔法を
あっという間に使いこなす。
どこか浮世離れした性格。

デンセル
傭兵団の通信術士長。
通称コック。
ほとんどの時間を
調理に
費やしている。
スパラナグ
傭兵団の建築術士長。
通称ブック。趣味は読書。
サーシュ
冒険者ギルドの
ギルドマスター。
元王族で、
アルラギアとは
かなり親しい。
アルラギア
リゼがご厄介になっている
傭兵団の隊長。
リゼに対しては超過保護。
お金遣いが荒い。
ロザハルト
傭兵団の副長。
元は大国の王族。
アルラギアに振り回されがち。

目次

転生幼女。神獣と王子と、最強のおじさん傭兵団の中で生きる。1

始まり

「おや？　ここは？」

私、織宮優乃《おりみやゆうの》は困惑していた。

目が覚めると見知らぬ草原にいたからだ。

しかも身体がとっても小さくなっている、幼くなっている。

はっきり言って幼女である。

これはおかしい。本当は少しばかり体力の衰えすら感じ始めたお年頃のはずなのに。

私は直感した。これは明らかに異世界転生であると。

いや、もしかしたら転移のほうかもしれない。まあ今はそんなのどちらでも良いではないか。とりあえず生きよう。

幸いなことにすぐそばに町も見えているのだ。

門番らしき人影も見える。だからとにかく歩いて町のほうへ近づこうとするのだが……

盛大に転ぶ。これはいけない。身体が幼女なのだ。歩きにくい。なんとか頑張って進もうとするけれど一歩が小さい。なんということだろう。

しかし、私は頑張った。門番さんの近くまでたどり着いた。

「フゥ、フゥ、フゥ」

息も絶え絶えである。さて、ここまで来てみたのは良いものの、どことも分からぬこの世界で言葉は通じるだろうか。

すぐそこにいる門番さんは、どう見ても日本人には見えない。西洋系の雰囲気かと言われたら、それとも違う。こんな場合には、いったいどんな言葉でやり取りすればいいのか。いや……考えたところで分かるまい。意を決して草むらから飛び出そうとしていると、

「お、お嬢ちゃん？　どうしたんだい？　一人かい？」

私の姿を見つけた門番さんのほうから、優しく声をかけてくれた。

しゃがんで私の目線にまで合わせてくれている。

耳に聞こえる言葉は日本語ではなかった。けれども意味は普通に理解できる。

まったく面妖《めんよう》にして奇奇怪怪《ききかいかい》な出来事だ。そして私は答える。

「はい、迷子です。完全に一人です」

単刀直入に事実説明をしてみる。

私の口から出る言葉は、どうもたどたどしいものであった。普通に話しているつもりなのに子供っぽい声になるのだ。やはり身体が幼女なせいなのだろう。

「そ、そうか、よし、とにかくこっちへ。こっちの安全な場所に来て、さあ入って。危ないから。このあたりには強い魔物はいないけどな、それにしたって危ないから」

門番さんは守衛所のような部屋に私を招き入れ、中にあったイスの座面をパタパタとはたいてから、座るよう促した。

私はふと、自分が安堵していることに気がついた。

いくら私のような人間でも、流石《さすが》に見知らぬ場所に突然一人ぼっちで置かれるという事態には不安も感じていたようだ。

今の身体が幼女なせいもあるかもしれない、目の奥がじんわりと熱くなる。

涙腺が決壊する予兆を私は感じていた。

「ああ、ちょっと待て、ウルウルしないで。大丈夫、大丈夫だからさ。もう心配はいらないよ。ああそうだ、腹へってないか？　こっちにおやつがあるからな、ちょっと待ってろよ。今持ってくる」

門番さんは戸棚から素朴なパンを取り出してきて、私の前にスッと差し出す。

それからなんと私の頭が、優しく撫でられてしまう。そうか、子供だからか。

「良い子、良い子」なんて言いながら撫でる門番さんだった。

ふっ、はたして本当に良い子かどうか。見かけに騙《だま》される哀れな門番さんであった。

哀れな門番さんからはいくつかの質問を受けた。それがひと通り済むと最後に、水晶玉のようなものを使って身元チェックをされるのだった。

涙腺の件については、私の必死の抵抗が功を奏して、ギリギリで決壊を免《まぬか》れていた。

さて、水晶玉による身元チェックで分かったことは、私が人間の女の子だという事実だけだった。もしも犯罪歴などがある場合、水晶玉にはそれも表示されるそうだ。

門番さんは私の頭を撫でては、「大丈夫だよ」とか、「もう怖くないよ」とか、「なんとかしてやるからな」などと言って慰《なぐさ》める。

なかなか感じの良い青年かもしれない。見ず知らずの私のことを親身に心配してくれている。感心なものだ。

「おうい、ジャスタいるのか？　通らせてもらうぞ」

今度は外から声が聞こえてきた。どうやら誰かが門を通ろうとしているらしい。

門番さんは外へと出ていった。そこには勇ましい男ばかりの一団がおり、中央には、小さな土製の檻《おり》に入れられた大きな犬さんの姿が見えた。

綺麗な白のフサフサとした毛並みだけれど、力なく頭《こうべ》を垂れて寝そべっている。

存在が希薄で、雲か霞《かすみ》かのように消えてしまいそうな雰囲気があった。

「ああ隊長さん達。もちろんどうぞ通ってください。今日はまた珍しい魔物を捕まえてきましたね。なんですそれ？」

「さあな、魔物かどうかも分からん。精霊……ではないと思うが。とにかく不思議な様子でな。まあおそらく、このまま食っちまうがな」

「また変なもん食って、腹を壊さんでくださいよ。隊長さん」

「おいおい、冗談だよジャスタ。得体の知れないものは食わないさ。それに、こいつはどうも普通の存在じゃあない。この檻《おり》にも自分から入ったんだ。まるで勝手についてきたような感じだな」

門番の人はジャスタという名前らしい。軽い世間話をしている。

私はその間に守衛所から外に出た。

なんとなく気になって、檻《おり》の中の犬さんに声をかけてみる。

ただただ綺麗な犬さんだった。少し汚れているけれど、長い毛は雲のようにフワリとしている。それで話しかけてみたくなったというのもあるし、元気がなさそうだったたから気になってしまったという面もあった。

「あなただいじょうぶ？　どこか良くないの？」

私の問いかけに犬さんは、身体を動かさずただクンクンと鼻先を少しだけ揺らす。

『………………ふん、もしこの声が聞こえるならな、人間のおちびさん。水を一杯くれるかな。まあ、聞こえるはずもない、か……』

聞こえたので、水を用意してみることに。私は門番さんのところへと戻り、コップ一杯の水をいただいて、犬さんにお届けする。

『っ!?　む!?　なんだと、聞こえていたのか!?』

「ええ、聞こえていましたとも」

『ふうむ、ふむむむ、まさか今の世に我の声が届く人間がいようとはな』

先ほどまで横たわっていた犬さんの、そのあまりに大きな反応にびっくりさせられる。

どうやら普通はこの犬さんの声は聞こえないものらしい。

そりゃあ、犬と人間では話ができないのが世間一般の常識かもしれないけれど、ただ私からしたら、すでに人種も世界も違う門番さんに言葉が通じているのだ。

ならば犬さんにだって言葉が通じたっておかしくなかろう。

少なくとも、異世界ファンタジーな世界でなら良くあることだ。

いっぽう犬さんは、コップを前足で抱えて水を飲み始めていた。器用なものだと感心する。平たいお皿のほうが飲みやすいだろうかと思っていたけれど、地球の犬族よりは前足が器用らしい。

『くっ、これは……』

犬さんは水を飲み一瞬、目をクワッと見開いた。ただのお水のはずだけれど、甘いぞと言いながらおかわりを所望《しょもう》してきた。

甘いのかこの水は。甘いものは私も好きである。是非ともご相伴《しょうばん》にあずかろうと私も飲んでみる。

が、これがまったく普通である。甘くも辛くもない普通の水だ。犬さんはよほど喉が渇《かわ》いていたのか、あるいは亜鉛不足で味覚障害でも起こしているのかもしれない。

犬さんは引き続き水を飲む。私はしばし、その姿を眺めていた。

今度は彼の白い毛皮がポワッと柔らかく光った。先ほどまでの希薄で朧《おぼろ》げだった身体が、生命の瑞々《みずみず》しさを手に入れたような雰囲気だろうか。

このときの私はといえば、尻餅をついていた。

この身体に慣れていないせいで、ほんの少し仰《の》け反《ぞ》っただけで尻餅をついてしまったらしい。

『むむ、大丈夫か娘よ。よし、泣かなかったな、偉いぞ』

大丈夫。幸いお尻へのダメージは僅少《きんしょう》である。

足が短くお尻の位置が元々低いのが幸いした。

それよりも私は、犬さんの毛皮が光ったのはなぜなのかが気になっていた。よっこいしょと身体を起こしながら尋ねてみるが。

『光ったか？　そうか、それほどか。それはな、今の我に足りぬものを、おぬしがなにか持っていたということ』

やはり亜鉛だろうか？　ではないと思う。鉄分でもない気がする。

『物理的なものではないぞ？』

やはり違ったらしい。物質的な栄養素の話ではないようだ。

もっとファンタジーな話のようである。

『我にも確かなことは分からぬ。ただなにか、温かく柔らかなものを感じた。それから、まるでどこか遠い場所からの来訪者、新たな創造と想像の力、あるいは子供の悪ふざけのような』

ほう、この犬さん凄い味覚である。味だけで私が異世界からの転生者だと感じたらしい。占い師にでもなると良いかもしれない。お水占い犬としてやっていけそうだ。

そんなふうに、まだまだ犬さんとの会話は続き、疑問にも満ち溢れていた。けれど、邪魔が入る。

門番さんと、それから隊長さんと呼ばれた人の一団が、私と犬さんの様子を窺《うかが》いつつ近寄ってきたのだ。

「なあジャスタ、このチンマイ子供は何者なんだ？」

隊長さんが興味深げに私と犬さんを眺めた。そして、私にいくつかの質問をする。

今日はとにかく質問をされる日のようだ。まったく、なにかと教えてほしいことがあるのはこちらのほうだというのに。

隊長さんはいくつかの問いかけの最後に、私と犬さんで会話をしていたのか？　と尋ねた。私ははいそうですよと答える。

隊長さんは私への質問を切り上げて、今度は犬さんに声をかけた。犬さんは答えない。話をしないどころか鳴き声の一つもあげない。完全に無視である。これこれ犬さん、無視はいけませんよと口出しをしてしまう私。

『ぬう。どうせ、こやつらにはなにも聞こえぬよ。そういうものだ』

そういうものらしい。彼の言うとおり、隊長さんにも門番さんにも本当に声が届いていないようだった。

「まあいい。ジャスタ、少しその子を借りてもいいか？」

「え、いや、どうかな？　中に連れてくのはかまいませんし、隊長さん達なら信頼しておまかせできますがね。なにせ小さい女の子ですからね……大丈夫かな？」

門番さんが心配するのは無理からぬことである。

なにせこの一団のほとんどは厳《いか》つい男性ばかり。基本的には筋骨隆々《きんこつりゅうりゅう》の武装した男性達なのだ。

隊長さんには、まるでどこかのアクション映画の俳優のような雰囲気がある。その他の人達はさらに武装が物々しかったり、むさ苦しさを爆発させたりしたオーラの人物もいた。

彼らの中に小さな女の子が一人で入ってゆくというのは、なかなかのものだとは思う。泣いてしまってもおかしくない空気感ではないだろうか。

ただ、私はついてゆくことにした。

まず犬さんが心配だったからだ。明らかに弱っていて、言葉が通じるのは私だけ。これを放ってはおけない気分だった。

隊長さんもそのために私を同行させようと考えている様子だし、通訳を引き受けようと思う。

それに彼らがむさ苦しい男達だとはいっても、そこに山賊のような粗野さはない。

むしろどこぞの騎士様かなにかのように、整った武人の身なりをしている。

揃いの装備を身につけていて、手入れもされている。さらに品格を感じさせる。

それともう一つ言っておきたいことがある。私はマッチョなおじさんというものに、けっして悪いイメージをもっていない。いや、むしろ好ましくすら思っている。

なにせ私の父は、アゴの割れたハゲマッチョだったのだ。少し遠いご先祖様に異国人の血が混じっていたそうで、やや日本人離れした体格と容姿をしていた。

父は早くに亡くなってしまったから今はもう会えないけれど、とても優しい人だった。

筋肉そのものにも興味はないし、異性として好きだという感情はない。

ただ、厳《いか》つい風貌の中ににじみ出る優しいユーモラスさ。そういった風情が、アゴ割れハゲマッチョをはじめとした筋肉紳士にはある。なんだか可愛いのだ。同様の理由で垂れ目のマッチョだって好ましい。

さて、そんな戯言《ざれごと》はともかく。結局私は彼らに連れられて町の中へと移動した。犬さんの横について歩いてゆく。

しかし、あまりにも私の歩行速度が遅すぎて、途中からは抱きかかえられてしまう。

そのまま男達はズンズンと町の中を進み、冒険者ギルドという建物の中に入るのだった。

SIDE　ラナグ

おかしな娘を発見した。

まるで、突然どこか別世界から降ってきたような娘であった……

我は遥か古《いにしえ》の時代に神としての役目を終え、今や大地と森と、光と風に溶け込んで暮らしてきた者だ。新時代のまだ若き神々に道を譲《ゆず》り、人々はその加護のもとに生きている。

もはや名も存在も忘れ去られたこの身だ。今さら人の前に姿を現したとて、魔物と同様にしか見られぬと思っていたのだが。

そこに、どこかとぼけた表情の子供が、トテトテと歩いて近づいてきたのだ。

我を見て突然、ニッコリと笑みが開いた。

まだ小さな娘だ。人の年齢なら生まれて四〜五年といったところだろうか。

性格は妙である。やたらに超然としている様は、とても人の子とは思えぬほど。

なにが妙かといって、そもそも、神獣たる我と意志を通わせる能力がここまで高いのが珍しいのだ。

必然、興味は湧くというもの。

そしてあの水の味。ただの水にも、それに接した者の魂が移るのだ。神獣達はそれを口にし味覚で感じる。甘露。

我の中のなにかが、娘との奇妙な縁を感じている。

いや、それだけではない、もっと深い繋がり？

この感覚が明確になんなのかは、今は我にも分からぬが、しばしそばで見守らねばならぬことだけは確かだ。

もはや捨て去ろうとしていた我の神獣としての力と存在だが。

再びほのかになにかが湧き上がってきたように感じられた。

——ぎゅるるるる。

それにしても、腹が減ってきた。

幼女と神獣さんと、それから紳士

冒険者ギルド、そう呼ばれる施設がある。

異世界ファンタジーなテイストの世界では、お馴染《なじ》みの施設。文字どおり、冒険者達の組合（ギルド）である。

命知らずの荒くれ者達が、冒険の旅へと出かける前に立ち寄る場所だ。

ここで仕事を受けたり、仲間を集めたりして、準備を整えてから旅立ってゆくのだ。

おお、なんたるロマンだろうか。

私は屈強な男達に連れられて、そんな場所に来ていた。

建物の中には、剣や鎧《よろい》や魔法の杖で武装を固めた男女がひしめいていた。

どうやらこの世界でも、冒険者ギルドというものの役割はおおむね変わらないらしい。

冒険野郎達の視線は、こちらに集まっていた。

「おや？　隊長さん、隠し子ですかい？　こいつは大ニュースだ。町の女達が騒ぎますよ」

「なにを馬鹿なことを言ってるんだよ。まず俺の子じゃあないし、なんのニュースでもないさ」

隊長さん達とは面識があるようだった。荒くれた雰囲気の人々ではあるけれど、どことなく人柄は良さそうに思えた。みんな仲良しそうである。

目的地であるこのギルドに着いて、私は地面に下ろされた。

テチテチと歩いていって、皆さんにご挨拶をしておくことに。

「初めまして。オリミヤと申します。よろしくお願いいたします」

相変わらずの幼子ボイスではあるものの、ペッコリとお辞儀もして挨拶完了。

「おっおう、こりゃご丁寧にありがとうな。凄いな、ちゃあんとご挨拶ができるんだな。偉いな」

それはもちろんご挨拶くらいはできる。やれやれ、私をなんだと思っているのやら。

だけども見た目はこの状態だから、この人が妙に感激しているのもしかたのないことだ。

男性も女性も、私の前に集まって目をパチクリさせている。

「かっかわいいっ」

特に大げさに反応したのは、細長い剣を腰に差した綺麗な女の人だった。

「ちょっとアルラギア！　どこでこんな子攫《さら》ってきたのかしら！」

彼女は隊長さんをアルラギアと呼んだ。それが隊長さんの名らしい。

間髪《かんはつ》を容《い》れずに、彼女は私にグイと近寄ってくる。

「もう、信じられないくらい可愛い子じゃないの。それにこの長くてふんわり綺麗な髪。ほんのりオレンジがかったグレーだけれど、ときおり魔力の色に反応してほのかに輝いてる。ああ、うちの店のモデルになってくれないかしらね。きっと大人になったら、それは綺麗な大魔導士になるわよ⁉」

彼女の顔がとても近い。今度は瞳をまじまじと覗き込んでいるようだ。

曰く、私の瞳は髪色と同じで、魔力の流れによって色味が変わっていくタイプのものらしい。

自分では見えないけれど、どうにも奇怪なシステムの瞳である。

「ねぇ、抱っこしていいかしら？　ええと、オリヤミィエちゃん」

剣士風の女性は私の顔を見つめてそう言った。

ん？　オリヤミィエちゃん？

私か？　私の名前が呼ばれたのだろうか？

「あら、お名前を上手く言えてないかしら？　発音が難しくって、ごめんなさいねオ゛リャミィエちゃん」

いいえ、オリミヤですが。それがなぜオ゛リャミィエなどというけったいな発音に。まるで猫の鳴き声。

彼女にはどうも織宮の発音が難しいらしい。

いやしかし、それは彼女だけの問題ではないようだった。

誰もが私の名をオ゛リャミィエとか、エリュミャァとか、どうしても猫の鳴き声っぽい発音でしか呼べないのだ。それも、必ずどこか少し具合の悪そうなかわいそうな猫なのだ。

それからひと悶着あって、七転び八起きのすえに大山鳴動《たいざんめいどう》して、私の呼び名はリゼになった。もはや織宮の原型はどこにもなくなっていた。

まあ名前なんてなんと呼んでくれてもかまわない。抱っこもしたければするといい。私なんかを抱っこしたいという物好きが、この世に存在するなんて思いもしなかったけれど。

「抱っこ、かまいませんよ？」

そう言って許可を出してみると、女剣士さんは私を抱きかかえてニパリと笑った。

「ハァ、癒《いや》される。この小さな手、すべすべの肌。温かで純真な魂も感じる。柔らかな髪、守りたい。全てをこの手で守りたい」

子供好きな人のようだった。

あるいは変態の可能性もある。そう思えるほどに大げさな反応をしている。今にも頬に吸い付かれそうだ。

まあ、気持ちは分からないでもないか。子供のほっぺたというのは、大福にも似た魅力を秘めているのだから。我ながらモチモチである。

「おいおいお前ら、もう行かせてもらうぞ。ギルドマスターは上にいるよな？」

「なんだよ隊長さん。もう行っちゃうのか。なら、リゼちゃんは下に置いていってくれよ」

「馬鹿言うな、こんなむさ苦しいところに置いていけるか。それにギルマスにはリゼのことも報告するんだよ」

隊長と私、それから土の檻《おり》に入れられた犬さん。それを運ぶ男性達。

私達は二階にあるギルドマスターと呼ばれる人物の部屋に入った。

「どうかしましたかアルラギアさん。珍しいですね、貴方のほうから来るなんて」

部屋の中にいたのは王子様系の爽やかな好青年だった。

もしかすると本物の王子様はこんなふうではないかもしれないが、他に適当な言い方が思い当たらない。

いっぽうの隊長さんは、身綺麗にはしているけれど、とても男っぽい風貌だ。

おじさんと呼ぶには少し早すぎるかもしれないが、歴戦の風格がにじみ出ていて逞《たくま》しい。眼だけは、引き締まりつつもちょっと垂れていて愛嬌《あいきょう》を感じる。

筋肉紳士なアルラギア隊長と、王子様系ギルドマスター。

二人は近くに寄って小声で会話を始めた。

私は暇になってしまったので、犬さんと親睦《しんぼく》を深めることにした。

「犬さん、お名前を教えてくれる？」

『名か……人間からは、かつて神獣ラナグなどと呼ばれていたこともあるが』

「ラナグ。素敵な名前だね。それに神獣？　なんだか凄そう」

『そんなことはない。神獣などいくらでもいるものだ。それにな、すでに引退した身だ。もはや我を祀《まつ》る者もいない。ただ世界をフラフラと渡って歩くのみよ』

ラナグはそんなことを言うけれど、私にはそう思えなかった。

不思議な温かい力が感じられる。

そしてなにより、上質にしてモフモフしいフワフワボディが、神がかっているではないか。

このフワフワ感から判断するに、もしかすると彼は、全てのふわふわを司《つかさど》るフワフワの神なのかもしれない。

「さわっても？」

『好きにしろ』

神獣ラナグは身体を私のほうに近づけてくれた。檻《おり》の中に手を入れる。

それを見て、周りの男の人達は慌てていたけれど、きちんと説明をしたら分かってくれた。

ラナグの頭から首筋へと撫でてゆく。

頭にはフサフサの毛並みに隠れて小さな一本の角が生えていた。

身体の様子を見てみる。特に怪我をしている場所はなさそうだった。

ただ弱っているように思える。なにか薬とかゴハンは必要かと尋ねてみるけれど、今それは必要ないと返事がくる。

「サーシュ、見てのとおりでな。あの娘はあの獣と話ができるらしい。とにかくこの両者の様子はしばらく見ておいたほうが良いだろう。この町で保護できるか？　もちろん警護は俺達が中心になってやるが」

「なるほどそうですか、分かりました。そもそも貴方にそう言われてしまえば、私に断る権利もありませんが」

「なにを言ってるんだか。今までどれだけの協力要請を断られているか、分かったもんじゃない」

「それは無理なことばかりを貴方が言うからですよ。今回のように女の子を保護するくらいなら問題ないでしょう。しかし、あの獣のほうは貴方がしっかり見ておいてくださいね……大丈夫だとは思いますが」

「さあな。自《みずか》ら俺の土封結界の中に入ってきたくらいだし、今のところ暴れる様子もないが。しかしなんの獣なのかもさっぱり分からん。むしろお前なら知っているかと思って連れてきたんだが？」

「知りませんよ。少なくともこの地域に現れる魔物にも幻獣にも、ああいう存在はありませんね」

「そうか、しかたがない。ならしばらく保護して、そのあと聖都か王都にでも連れていくことになるかもしれないな。面倒な仕事になる」

隊長さんとギルドマスターさんはそんな話をしていた。

遮るようで僭越《せんえつ》だったが、私は二人に声をかけさせてもらう。

「あのすみません、ちょっとよろしいですか？　本人は神獣だと言ってますけれど」

「神獣、か……？　しかし、そんなハッキリと姿を現す神獣がいるもんかね。サーシュ、どう思う？」

神獣そのものはこの世界では存在しうるものらしい。ただ、神獣にしては様子がおかしいというのが隊長さんの見解のようだ。問いかけられたギルドマスターさんも首をひねる。

「さあどうでしょうか。専門ではない分野ですから」

「神殿には所属しているんだろうか？　もし必要ならウチの隊で護衛をつけて送っていくが……」

ラナグはガゥと小さく吼《ほ》えて、まったく関心のないようなそぶりで鼻を背けた。

どうも神殿というのがあまり好きではない様子である。

そしてラナグは言う。今はこの町を離れるつもりはないと。

この町の、とある祠《ほこら》に用事があるらしかった。そこを目指してわざわざここまで来たのだとか。

「祠《ほこら》？　サーシュどこにあるんだ？」

「祠《ほこら》、祠《ほこら》……ああ、あれかな？　いや、待てよ……」

二人は祠《ほこら》の場所を知らないようだった。

ラナグはなにも言わなかったけれど、少しだけ寂しげな目をしたように見えた。

「ラナグ、大切なものなら私と一緒に探しに行こう」

そう声をかけると、ラナグはゆっくりうなずいた。

『リゼ……そうか。ならばそうさせてもらうか』

その瞬間、土の魔法で作られた檻《おり》が、パキリと音を立てて砕け散った。

部屋の中にいた人達は、慌てて剣を抜き身構える。

隊長さんも私の首根っこをひっつかまえて小脇に抱え、そしてつぶやいた。

「…………なんてことだ。この結界がここまで軽く壊されるとはな。こいつは想定以上かもしれん」

一瞬にして、かなりの緊迫した空気が部屋に溢れた。けれどラナグは落ち着いている。

『これは失礼。思ったよりも、力が入ってしまったようだな』

ゆっくりと元いた場所に座り直して、横たわって目を閉じた。

ラナグは言う、大人しくしているからもう一度結界を施すようにと。

私はそれを通訳してみる。隊長さんは答える。

「ハァ、参ったなこれは。この結界が今みたいに壊されるんじゃあ、はっきり言って俺の手に負える存在じゃないってことになる。こいつはとんでもない拾いものをしてきちまったかな」

隊長さんは眉間にシワを寄せていたけれど、口元は楽しそうに笑っている。奇妙な人である。

ギルドマスターさんは、壊れた檻《おり》をそっと指さしながら言った。

「アルラギア隊長、貴方がサジを投げたなら、この町にも国にも対処できる人なんていないじゃないですか」

「そんなこたないさ。大げさなんだサーシュは」

「ともかくなんとか頑張ってください。そもそも貴方が連れてきたんですからね」

アルラギア隊長のほうは、ただ両手を軽く上げて首をひねった。

やれやれとんでもないことになったぜっ、みたいな顔をしている。

私は思う、こういった感じの少しだけ困った顔というのは筋肉紳士には良く似合うと。

さて、そんな余談はともかくとして、結局のところ、神獣ラナグは檻《おり》に入れられることもなく、私と隊長さんを付き添いにして町の中を散策することになった。

隊長さん&ギルマスさんによると、どうせ手に負えないならば、もはや仲良くするしかないという考え方らしい。

ラナグはなんだか元気である。私が差し出した水を飲んだことで力が湧いてきたそうだ。

たったそれだけのことで元気になるのだから、よほど喉が渇《かわ》いていたのだろう。神獣も熱中症になるのかもしれない。

ともかく元気がなかったラナグは、隊長さんにわざと捕まって町まで運んできてもらったらしい。タクシー代わりのつもりだろうか。

さてギルドの外に出てみると、町の人達の視線はラナグに注がれていた。気に留めないラナグ。探索は進む。けれども。

「ねえラナグ、町のどこに祠《ほこら》があるか分かる？」

『うううぬ、分からぬな。いかんせん昔のことすぎて記憶が曖昧《あいまい》だ』

ラナグはしばらく歩き回ったものの、目的の場所は見つけられなかった。

首を垂らすラナグ。しょんぼり神獣である。

しばらくして。

「今日はもう暗くなってきた。続きはまた明日にするぞ」

隊長さんの無情なる宣告が下された。

「リゼも腹が減っただろう、晩飯にするぞ」

「お腹ですか……確かにすいてますね」

ふむ、これまでは意識していなかったから気にならなかった。だけれども、考えてみれば私はすでに完全にお腹がすいていた。

ひとたび気にし始めたらもうだめだ。もはや断言できる。私はハラペコなのだと。

だがしかし、そのときラナグは言うのだ。

『分かったぞ、見つけた、あれだ。見つけたぞ』

遠くを見つめている。

しかし、見つけた見つけたと言ったそのあとも、なんだかウロウロしたりクンクンあたりをかぎ回ったりするラナグである。

本当に見つけたのだろうか。本当に本当だろうか。

よもや時間稼ぎをしているのではと、私は懐疑の目でラナグを見つめざるを得なかった。

『ほ、ほんとだぞ。あっ！　本当にあった。あっちだ』

おお、今度は本当にラナグの探している祠《ほこら》が見つかったようだ。

私はお腹の減りを我慢することにした。私、偉いのでは？　このことについては褒《ほ》めてもらってもかまわない。いっこうにかまわない。

ラナグは駆け出す。私もテチテチと追おうとするけれど、完全に置いていかれる。

待って、ちょっと待って。

そう思いながら走る私。ラナグはハッとして立ち止まり、戻ってきて私を背中に乗せてくれた。

「今私の存在を一瞬わすれたね、ラナグ」

『いいや、そんなことは絶対にない』

「でも、ビクッとして急に止まってから戻ってきたけれど」

『アレはしゃっくりしただけだ。完全なるしゃっくりだ』

「神獣なのにしゃっくりするんですかね」

『ああ、もちろん神獣もしゃっくりをする』

「お前ら、いったいなんの話をしてるんだ？」

ラナグの言葉が聞こえない隊長さんが、私達のやり取りに疑問を持ち始めた頃、ラナグはついに町の外れに小さな洞穴を見つけていた。埋もれているけど、あれが祠《ほこら》らしい。

そこに頭を突っ込んでゆくラナグ。中に探していたものがあるようだ。

『あったぞ、これだ』

尻尾をフリフリと揺らし、大層な喜びぶりだ。

ラナグは穴から首を引っこ抜く。その口には一本の骨が咥《くわ》えられていた。

実に美味しそうにハフハフと咥《くわ》えられていた。

『見ろリゼ、この骨を。遥か昔、ここに埋めておいたのだ。とっておきの一本でな、今は消え去った古代炎竜の骨の最後の一本だ。痺《しび》れるほどに美味い。腹のそこからマグマのような熱い旨《うま》みが湧き上がってくるのだ』

どうやら彼はお腹がすいておやつを探していたらしい……ふむ、とっておいたのを食べに来ただけらしい。嬉しそうに食べている。

いやしかし、それを言うのなら私だってすいていたのだが。ペコペコのペコリなのだが。

この犬っころめ、なんということだろうか。

神獣だろうとなんだろうと、私のハラペコを愚弄《ぐろう》した罪は重い。償《つぐな》う必要がある。くらえぃ！

『あいた、いたいぞリゼ。なぜ叩くのだ』

私の渾身《こんしん》の力を込めたポカポカパンチも、ラナグにはまるで通用していない。はたから見れば、じゃれているようにしか見えないことだろう。

私達の隣では隊長さんが困惑顔で立っていた。

「なあ、お前達は本当になにをやっているんだ？」

私は毅然《きぜん》とした態度で言い返す。

「隊長さん、お腹がすきましたね」

「ああ、俺もだよ。ついてこい」

こうして私の異世界生活は始まったのだった。

生活し生きること。異世界だろうとなんだろうと変わりはしない。

再び地球に帰る日が来るのかは分からないけれど、私はこの世界を快適に暮らしてゆく。

それぞれの新生活

そして一晩が経った。

目を覚ますと、どうも身体がフカフカとしたなにかに包まれている。柔らかい。

白く上質な動物の毛だ。

むろんのこと正体はラナグなのだけれど。

『おはようリゼ』

「おはようラナグ。ええと、なんだか昨日よりフカフカになってるような？　気のせいかな？」

『いいや、実際にふんわりさせている。どうだ？』

快適だ。快適には違いないのだ。

けれども、朝の挨拶をかわしてからスックと起き上がろうとすると、これが上手く動けないのだ。

あまりにもフカフカ具合が強力すぎて、身体を起こせない。

私の小さすぎる手足はラナグの長く柔らかな毛に埋もれる。ほとんど埋もれきっている。

助けてほしい。これでは一生をモフ毛の中で過ごすことになる。それくらいの感覚である。

『はっはっは、どうにもリゼは愉快だな』

「愉快がってる場合じゃないよラナグ。いやちょっと待って、ほんとうに起き上がれないから」

この日私は、これまでの人生で最も寝床から起き上がるのに苦戦した。

ラナグに弄《もてあそ》ばれていたのは明らかだった。もはや戦いといっても過言ではなかった。

必死になって抜け出した私。気がつくと、

「お前らは今日も朝からなにをしてるんだ？」

隊長さんの生暖かい視線が私を見下ろしているのだった。おはようございます。

「隊長さん。昨晩はありがとうございました。食事もご馳走《ちそう》になってしまって、宿にも泊めていただいて。いつか代金はお返ししますので」

「なにを言ってるんだ。リゼは俺が保護してるんだ。メシも宿も当たり前のことだろう。金の心配なんてまったくいらん、まかせておけ」

自信満々に胸を張る隊長さんだった。なんて頼もしいのだろうかと、このときは思った。思った矢先のことだった。

隊長さんのその大きな身体の後ろから突然の声。

それはなにかを訴えるような悲痛な叫び声であった。

「ちょっと隊長、なにを言ってるんですか。リゼちゃんが可愛いからってかっこつけて。本当は全然お金ないでしょうに」

「なんだ、うるさいなロザハルト、全然余裕に決まってるだろう。これでも俺はそこそこ稼ぐんだぞ？」

後ろから現れたのは部下らしき人である。

とても綺麗な黄金色の髪と空のような瞳の男性である。隊長さんに比べると少し細身でしなやかな人だった。

王子様っぽい雰囲気が誰かに似ているような……

ああ、と思い出す。ギルドマスターさんに感じが似ているのだろう。

そんな彼の言葉は、ともかく隊長さんを少しだけ狼狽《ろうばい》させた。

「隊長が尋常じゃないほど稼いでいるのはもちろん知ってますよ。ですが、すぐに武器やらアイテムやらで使っちゃうじゃないですか。そのナイフにしても新品の特級魔法武器でしょう？　さて、いくらだったんですかね」

「それとこれとは話が別だ。流石《さすが》に飯と宿の金ぐらいは困っていない」

「なら、この間の酒場のツケも全部払い終えたということですね？」

「あん？　………………もちろんだ、ほぼ完璧に払ったよ」

「ほぼってなんですか？　やっぱり、ちょっとは残ってるじゃないですか」

そんな無益な話をしばらく聞いていると、この人物が部隊の副長であることが分かった。

アルラギア隊長のお金遣いの荒さに苦労させられていそうだ。

やれやれ、困った隊長さんである。これは私もおいそれと世話になっているわけにもいかない。もとより人様に迷惑をかけて生きながらえる私ではない。たとえこの身が幼女であろうともだ。

おおかた、そう簡単には元の世界にも帰れないだろう。

異世界転生などというのは、そういうものではなかろうか。

ならばこの先いつまでも宿に住むわけにもいくまいし、どこかに生活の拠点を見つけねばならない。生活してゆく方法も見つける必要がある。探そうではないか。

確か昨日行った冒険者ギルドでは、誰にでもできるような簡単なお仕事も紹介されていた。

薬草採集とか、町の清掃とか、遺失物の捜索なんて仕事もあったはずだ。

それが良い。そうと決まれば早速行ってみよう。

「では隊長さん、私はちょっと冒険者ギルドで仕事を探してきますね」

テチテチと歩いて部屋の外へ出ようとする私。

けれども、その眼前に隊長さんのふっとい腕がニョキリと現れる。

「なにを言ってるんだリゼ。仕事ってお前なにするつもりだ？　流石《さすが》にギルドでもその年齢で紹介してもらえるような仕事はないぞ？　とりあえず大人しく俺の買ってきた朝飯でも食べておいてくれよ」

私の眼前に、今度はアメリカンドッグのような食べ物が差し出される。

香ばしげに、ふりふりふりと揺れている。

くっ、これは食べないわけにはいかなかった。冒険者ギルドには食べてから行くことに。

なにせ私はアメリカンドッグが好きなのだ。

これは推測に過ぎないけれど、おそらく、アメリカンドッグに抗《あらが》うことのできる人間などいない。誰一人としていないのだ。

もちろんこの世界ではアメリカンドッグという名称ではないようだし、見た目も少し違うけれど、とにかく美味しそうなのは確かであった。

隊長の朝ごはんチョイスは完璧だったと言えるだろう。

もぐもぐ。もぐもぐ。もーぐもぐ。

よし、行こう。

「だからちょっと待て、なんでそんなにギルドに行こうとする。ほっぺたにソースがついてるぞ」

くっ、私としたことが。でもしかたがないと思う。

この小さな身体を精密に動かすのは、みんなが思っている以上に難しいのだから。

それに、ほっぺたに食べ物がついてしまうのは、ほっぺたが想定以上にプニリとしているからだ。

大人はみんな忘れてしまうのだろう。ほっぺたがプニリとしている身体での生活のことを。

なんなら口よりもほっぺたのほうが先に食べ物にあたりかねない身体のことを。

そんな戯言《ざれごと》はともかくとして、私はギルドに行くのだった。

「分かった分かった、なら俺もついていくからちょっと待ってろ」

「まったくもう、隊長ってリゼちゃんに弱くないですかね。貴族の娘達に言い寄られたって返事の一つもしないってのに」

「なに言ってんだよ、それはまた全然違う話だろうよ。この状況じゃ俺にはなす術《すべ》なしだろうが」

私は隊長さんに迷惑をかけまいと思っているのだけれど、なんだか余計に迷惑なことになっているようにも思える。とはいえ、ここはしかたがない。

いったんお世話になっておいて、あとで恩返しをする方向で考えることに。

そして冒険者ギルドへ到着。

すぐに掲示板の前に行ってみて、どんな仕事があるのかチェックする。

そこに書かれた文字は、なぜか当然のように読むことができた。

日本語とは違う文字なのに、まったくおかしなことである。ともかく読み進める。

このときの私は仕事探しと同時に、神獣ラナグのゴハン探しも進めていた。

ラナグからの要望によるものだ。

『どうだリゼ、なにかあったか？　我の食事になりそうな魔物はいそうか？　古代級、伝説級の魔物の情報だぞ』

「どうやら、ありませんね」

『きっぱり言いすぎだぞ、もう少し頑張って探してくれ』

昨日はラナグが食べる骨を探すのに引っ張り回された私達。

なんてイヌコロだと思ったものである。しかし、よくよく話を聞いてみると、ラナグはラナグでのっぴきならない理由があったようだ。

実は彼、生半可な食事では存在を上手く維持できないという。

ラナグは変な犬だけれど、それでも神獣。

存在や力を維持するためには、それ相応の食べ物が必要になるそうだ。

例えばその一つが、強大な竜。そういった伝説クラスの魔物食材を食べる必要があるのだとか。

あるいは、なにか今までに食べたことのない初めての料理や食材も身体に良いとか。

さらには人の信仰心や感情もゴハンになるそうだが、ラナグ的には信仰心は好みではないらしい。好き嫌いを言う神獣さんである。

たとえまったくなにも食べなくても飢《う》えることはないけれど、とても気だるくなるらしい。

その他頭痛に、肩こり、腰痛、ほてり、ほてっているのにもかかわらず逆に冷えも訪れる。

なんとも女子みたいな体調不良を訴える神獣さんである。

しかしなるほど、それは大変だなと私は思った。私も頭痛持ちだったから良く分かる。

それで私なりに精一杯この掲示板を探したものの、やはりラナグのゴハンになりそうな魔物の情報はないようだった。

竜が食べたいとラナグは言うけれど、そんなものの情報はないのだ。

目の前の掲示板にあるのは、低級邪精《じゃせい》ゴブリンとか二足歩行の狂気豚《きょうきぶた》オークとか骨剣《ほねけん》士《し》スケルトンくらいである。

もうスケルトンだって良くないだろうか。昨日食べていたのと同じく骨には変わりないのだから。

しかし、ラナグは首を縦に振らない。

骨が食べたいわけではないそうだ。そんな下級の魔物では、どこをどう食べてもお腹の足しにはならないとか。ふうむ。

「隊長さん、ドラゴンってどこにいますか？」

「ん？　なあリゼ、ちょっと待てよ？　そこは討伐依頼の掲示板だが。お前さんまさかドラゴン退治したいなんて言い出さないよな？」

「……ドラゴン退治。そんなには、したくないですね」

「そうかい、それなら安心だ」

私がしたいわけではないのだ。ただラナグが食べたがっているだけのことである。

「ちなみにドラゴンなんてのがもし町の近くにいたらな、国を巻き込んだ大騒動になる。総動員で戦わなけりゃ対処できないような大事だ。だから普通はこのあたりにドラゴンなんていないんだ」

「ほう、なるほど。ご丁寧な説明ありがとうございます」

「おうよ、なんてことないさ」

「というわけでラナグ。ドラゴンは諦めてください」

『ううむぅ、しかたないな』

どうにかして情報だけは集めていくつもりだけれど、ドラゴン探しは一時休止である。

私はとりあえず受付カウンターへ歩いていって、まずは冒険者登録の手続きを済ま……手続きを……

カウンターが高い。見上げるほど高い。

なんということだろう。隊長さんの言っていることは本当だったのだ。私のようなチビッ子では、そもそも依頼を受けるスタートラインにも立てないらしい。

見上げるカウンターは遥かに高く、堅牢《けんろう》な城壁のようにそそり立つ。

人生とは、かくも無情なものであるということを、思い知らされる私だった。

しかし淑女たるもの、こんなところで諦めはしない。

しかたがないのでカウンターの裏へと回って受付の人に声をかける。

「すみません。冒険者になって仕事を受けたいのですが」

「は？　え？　ええと、どうしたのお嬢ちゃん？　ええと？　お父さんかお母さんは一緒じゃない？　あらあら迷子かしら？」

私は迷子と間違われていた。いいえ違うのですけれど。迷子ではなく、お仕事の依頼を受けに来たのです。私は受付の人にしっかりとした口調で伝える。

そして受付の人は優しい笑顔でうなずき、こう言うのだった。

「……………え？」

理解されていない様子。ふうむ、ならばもう一度初めから説明を。

「ああ待て、待て待てリゼ。受付の方が困惑してるだろう。もう分かったからこっちへ来い。二階へ行くぞ」

隊長さんはそう言いながら私をひょいとつまんで持ち上げて、優しく小脇に抱えて二階へと運んだ。ギルドマスターさんの部屋へと連れ去られる。

「サーシュすまん、リゼが冒険者稼業をやりたいと言って聞かなくてな。ギルドマスターのお前から無理だと言ってやってくれ」

「ん？　なんですそんなこと、別にかまいませんよ。冒険者ギルドはいつだって広く人材を募集しているんですからね」

「……なにを言ってるサーシュ。頭が魔力で暴発したか？　こんな小さな女の子だぞ？　できるわけがない」

「大丈夫ですよ。リゼちゃんはとてもしっかりしてますし、それにラナグだってついているんです。昨日、貴方の結界術を易々と打ち破った超生物ですよ。ねえラナグ、貴方が一緒にいれば大丈夫ですよね？」

ギルマスさんの言葉を受けて、私は思わずラナグの顔を見てしまう、まじまじと見てしまう。

そういえばと、ふと、考える。

確かにラナグとはたまたま出会って仲良くなったけれど、これから先、一緒にいてくれる保証はない。彼は自分のゴハン探しにも行かなくてはならないのだし。

そう考えると、ほの寂しい気がしてくる私だった。

ペロリッ。ぺろぺろ。

私の頬に、生ぬるい感触があった。見ると、ラナグが私の頬をそっと舐めていた。

ああ、顔面がラナグの唾液《だえき》でビショビショになって微妙な感覚だ。だけれども、なんだか優しさを感じるビショビショさであった。

『リゼ、そんな心配そうな顔をするな。リゼのことは我が守ろう。だから安心して、可愛い笑顔を見せてくれ』

ほおう、と思う。なんたるイケメン犬なのだろうか。驚くべき甘さの言葉を平然と吐くものだ。

さてはこの神獣さん、今までもそんな甘い台詞《せりふ》でたくさんのイヌ型神獣を手玉に取ってきたに違いない。ああ、私はそんな手には乗りませんよ。こいつめこいつめ。

『なんだリゼ、グイグイするな。くすぐったいぞ』

私としたことが、少しだけ取り乱してしまったようである。

「どうやらそちらの二名は大丈夫そうですね。冒険者、頑張ってください。期待の大型新人現るですね。ところでロザハルト副長、貴方もリゼちゃん達の保護役を受け持つことになったそうですが？」

ギルマスさんは副長さんにも親しげに声をかけた。こうして見ると、やはり二人は似ている。

しかし、似ているのも当然らしい。どうも彼らは親戚《しんせき》同士なのだという。

「ええ。うちの隊長様はそのつもりのようですね。しばらく我々の隊はリゼちゃんの保護を最優先にするそうですよ」

「それは良かった。それならば貴方もこの機会に、女性嫌いを少しは治せると良いですね。頑張ってください」

「ああ叔父上、別にそんなのではありませんからね、俺は。ちょっとしたトラウマがあるというだけで、なにも女性が苦手というほどでは……」

この二人のやり取りを聞いて、隊長さんは悪そうな微笑を全開にして言った。

「ハッハッ、ロザハルト副長。そうだな。ギルドマスター殿の言うとおりだ。お前にはしっかりとリゼの護衛をしてもらおう。きっとお前のためになる」

とにかくこうして、私はラナグとともに冒険者を始めることになった。

アルラギア隊長とロザハルト副長の、保護と監視つきの中で。

そうとなれば手始めに、まずは薬草採集でもやってみようというのが人情だろう。

町の周囲には大きな草原がある。その中から役に立つ草を選んで持ってくるというお仕事だ。

採集依頼を受ける手続きは、一階のカウンターに戻ってから処理していただいた。

私専用の踏み台を用意してもらったのはありがたいような、申し訳ないような。

それでも背が足りず、踏み台の上で爪先《つまさき》立ちしている私であった。

ふと横に目をやると、隣に痩《や》せた男の子が立っていた。男の子とはいっても私よりも身長は高く、踏み台なしでもカウンターに頭が届いている強者だ。

感嘆させられる。凄いな少年、踏み台なしとは。

ただ、あまり元気がない様子で、フラフラと今にも倒れそうだった。

目だけがギラギラと強く光っている。

「なあ頼むよ！　持ってるお金はこれで全部なんだ。これで銀蘭《ぎんらん》ヒラタケを採ってきてくれよ」

受付の職員さんに掴みかかるような勢いで話をしている。自然と私の耳にも内容が聞こえてしまう。職員さんは困った顔で応対していた。

「そうは言ってもね、まず簡単に見つかるものじゃないし、万が一見つかったとしても、この金額では……」

「母ちゃんが寝込んだまま起きてこないんだよっ。オレ、オレ……」

どうやら少年は母親と二人で旅の行商人をやっているらしい。けれど、母親が持病をこじらせて寝込んでしまったのだとか。

今すぐ命に関わる症状ではないそうだけれど、徐々に衰弱しているという。

銀蘭ヒラタケという特殊なキノコが持病の薬になるそうなのだが、一般的にお店で売っているものでもなく、手に入れるのは難しいようだ。

この地方で採れることがあると聞いて、わざわざ病床の母を行商の馬車に乗せたままやってきたそうだが。

「ここらでもめったに採れるものじゃないんだよな。冒険者を集めて捜索隊でも編成すれば一月くらいで見つかるかもしれないが。それだけの金額がかかっちゃうしなぁ」

「くそっ、くそくそっ。分かったよ！　じゃあ自分で探すよ。このあたりに生えてるんだろう!?」

「ああー、まあ、このあたりの地中深くにな。君が探すのはちょっと難しいと思うが……」

「おっさん、外にあったスコップ借りるからな！」

少年はそのまま外へ出ていってしまった。

冒険者ギルドから飛び出していく少年は、手にスコップを握りしめていた。

困り顔の職員さんが声をかける。

「あ〜〜、スコップくらいなら勝手に使いなっ。でも、ちゃんと返せよ！」

少年は銀蘭ヒラタケという植物を探しに行くらしい。私達もどうせ薬草採集をするのだから、ついでにちょいと探してみようか。

どこにあるのかも分からないし、探し出してやるなんて大きなことは言えないけれど。ブラブラしている間に見つかってしまうなんてこともあるかもしれない。

早速、私達も町の外へ行こうではないか。私は勢い勇んでギルドの外へと出るのだった。

『待てリゼ。しばし待つのだ。町の外に行くのなら、その前に我の加護を付与するぞ。これでめったなことでは怪我はしなくなる。身体能力も少しは上がるはずだ』

神獣ラナグはそう言って、私の額に手（前足）を置いた。

その瞬間、柔らかな春の風に撫でられたような感触が私の全身を包む。

身体がフワフワと軽くなる。私の短い手足が妙に軽やかに動く。

「なにをしたの？」

『加護だと言ったろう。町の外には凶悪な魔物もたくさんいるのだから、その備えだ。もっとも、今のはリゼの潜在能力を表層に引き出したに過ぎぬがな。本当ならもっと強力な加護を付与しておいたほうが安心だが、とりあえずはそんなところで大丈夫だろう。効果がかなり強く出ているようだ』

思いがけず、私はトテトテ歩きを卒業することになった。

もはや大人の仲間入りである。立派なレディだといえる。幼女ボディを巧みに操り、しゃなりしゃなりと大人っぽく歩いてみる。

「なあリゼ、今度はなにが起きた？ ラナグはなにをしたんだ？」

私のしゃなりしゃなりウォーキングに興味を示した隊長さんが聞いてきた。

「さあ良くは分かりませんけど、加護というものらしいです」

「加護……？ これほどの効力の加護だと？ おいおい、こりゃあまたなにかとんでもないことを言い出したなこの二人は。伝説の聖女様にでもなるつもりらしいな。あるいは英雄王か。なんの準備もなしにこんな場所でさっくり加護。それもそのクラスの性能の加護とはな」

どうもラナグの加護は、私の歩行能力を上げただけではないようだ。上等なものらしい。隊長さんは戦闘用の大きなナイフの手入れをしていた最中だったけれど、ピタリと手が止まっていた。

ラナグは少し面倒そうにする。あまり大げさに騒がれるのが好みではないようだ。

「ラナグ、なんだったら加護なんていらないからね。無理しないでね」

この世界での加護はそれなりに貴重なものらしいが、ラナグは澄《す》まし顔。なんてことないといった風情である。

『どうしたリゼ。無理などはしておらぬ。それにな、今の加護は永続的なものだ。一度与えたら戻ることはない。リゼの安全のためには必要だから上手く使うがいい。具合はどうだ？』

言われて、その場でピョンピョンと飛び跳ねてみる。

かなりのものだと思う。どこまでも高く飛んでいけそうな気持ちがした。

まだ身体が慣れていないだろうから、あまり全力は出さないほうが良いのかもしれない。そう思えるほどの性能だった。

「よし、なら次は装備品を買いに行くぞ。いくら加護なんてものがあったとしても、俺達がそばについてるにしても、そんな布の服では外に行けない」

隊長さんは私達を引き連れて一軒のお店に入ってゆく。店の中には様々な武器や防具、装身具が所狭しと並んでいた。早速隊長さんが店員さんに声をかける。

「この子が着られるサイズの防具で、一番良いものをくれ」

ちょいと隊長さん。一番良いものって。やはりお金の使い方が荒いというのは真実だったらしい。私はそんな大層なものはいりませんが？

「リゼは冒険者稼業をやるつもりなのだろう？　それなら装備品てのは半端なものを使うべきじゃない。自分の身を守る装備なんだからな。遠慮もいらない。今はお前達の保護が俺達の最重要任務になっている」

私は困っていた。隊長さんの気迫が凄くて押し切られてしまいそうだったからだ。

ああこれで、もしも一番上等な装備が、あそこにある金属の鎧《よろい》だったらどうしよう。この店で一番強そうな装備というと、あんな感じのやつになるのではないだろうか？

凶悪そうな金属のトゲトゲがみっちりついた全身鎧《よろい》である。フルフェイスの兜《かぶと》までついていて、防御力だけはすこぶる高そうだけれど、あんなものを着こなせる自信がない。転んだ拍子に足のトゲで自分の顔を刺してしまいそうだし、サイズも絶対に合っていない。

あれが最強で最も安全ですと言われたら、私はどうするつもりなのだろうか。

断固反対の意志を見せるしかない。そう決意を固める。

しかしそんな私に女性店員さんが持ってきてくれたのは、ワンピースであった。可愛らしいふんわりワンピースだ。外からは見えないけれど、スカート部分をふくらませるパニエまである。

もはやドレス。強そうな雰囲気はまったくない。

元の世界の私ならまず着ることはないだろうとも思う。まったく馴染《なじ》みがない。想像だけで赤面しかねない。冒険お嬢様用ワンピースと記載されているが……

「こちらの防具ですとサイズも合うかと思います。防御性能も折り紙つき。あらゆる属性魔法攻撃を緩和し、もちろん物理攻撃に対する衝撃吸収性能もございまして、さらに自動修復機能も標準搭載。当店自慢の職人が腕によりをかけて製作した、最高レベルの品物となっております。デザインにもこだわっておりまして、良家のお嬢様の冒険にはおあつらえ向きの装備でございます」

なんだかとんでもない装備品が出てきたものだ。異世界恐るべし。

こんなわけの分からないものが防具として普通に出てくるだなんて。普通に店に在庫があるだなんて。

私は女性店員さんに連れられて試着室へ。

あれよあれよという間に、今まで着ていた『布の服レベル1』みたいな衣類を脱がされ、ふんわり魔導ワンピに包まれる。さらには容赦なく試着室から放り出される。

「良さそうだな。それにしよう」

隊長さんの第一声はそれだった。

着替えて出てきた私を一目見るなり、値札も確認せずに即決してしまう。

お、おそろしい。なんて恐ろしいことをする人なのだろうか。

私なんて服を買うときには、必ず季節を少しずらして安くなってから買うようにしているというのに。売り切れと値引きの狭間のギリギリのラインを狙って戦う。そんな日々だというのに。

あるいは食品なら、栄養成分表示と値段を見比べて、少しでもお得なほうを吟味《ぎんみ》してから購入に踏み切るというのに。

そんな淑女の涙ぐましい努力を吹き飛ばすかのような金銭感覚だった。いっぽう。

『我の加護があれば防具など必要はないが、その服はリゼに良く似合う。清楚な可愛さが良く引き立っている』

神獣ラナグは、またしてもイケメンみたいな台詞《せりふ》を吐き散らかしていた。そして副長さんは。

「隊長、お金、お金はあるんですかね？」

代金の心配をしていた。

「あー、ではロザハルト副長。あとで返すから貸しといてくれ。悪いな」

ないらしい。

「悪いなじゃないですよ。まあ、いいですけど」

いいんかい。思わず使い慣れない言葉で突っ込みたくなってしまった私をよそに、副長さんはさらりと支払いを済ませていた。

「すみません。私が必ず返しますから」

「ん？　いやいやリゼちゃんは大丈夫だよ。ちゃんと隊長から高い利子をつけてふんだくってやるからね。隊長の無駄にたくさんある武器コレクションの一つを売り払えばおつりがくるよ」

副長さんはキラキラとした蒼い瞳でニッコリと笑う。

とても女性嫌いな人物とは思えない爽やかスマイルを私に向けてくれた。

「おいおいロザハルト。なんだお前、リゼとは普通に喋れるんだな。こいつは驚きだよ」

「また隊長は、変なことばっかり言わないでくださいよ。俺はいつもこんな感じですから」

隊長にからかわれるロザハルト副長。男前なのに女性は苦手だという彼だが、それでも私には愛想よく話しかけてくれる。

もっとも私なんて幼女なわけだから、女性というくくりに入っていないのだろうけれど。

とにかくこうして、冒険お嬢様用ワンピースを着て、町の外へと出かけることとなった。

薬草採集に行くとは思えない格好だけれども、準備はできたはずだ。

着替えたあとも、相変わらず私の身体は風のように軽くなったままだ。

おしとやかに歩いてみたり、ぴょんぴょんと跳ね回ってみたり。動きの具合を確かめながら歩みを進める。

「ありがとうラナグ。やっぱり凄く動きやすいみたい」

『これくらいは朝飯前だ。ところでリゼ、魔法はなにを使ったことがある？』

ラナグは当然のようにそう聞いてきた。しかし、もちろん魔法など使ったことはない。

残念ながらこれまで私のいた地球世界では、普通人間は魔法を使えないのだ。

だから魔法などなに一つ使ったことがない。そう伝えると、ラナグのみならず隊長さんも副長さんも目を丸くした。

どうやら一般的にこの世界の人々は、生まれたときからなにかしらの魔法を使うらしい。

水を出したり火を出したり。人それぞれに生まれもっての得意な魔法というのがあって、本能的に使い始めるという。

「それじゃあリゼ、お前は魔法を使おうとしたこともないってことなのか？」

「そうなります」

「そうか、ならちょうどいい、一度やってみたらどうだ？　なにかしら出てくるだろう」

私達は町の外の広い草地に来ていた。

隊長さんに言われて、とりあえず水の魔法を試してみる。

やり方は、ただイメージすれば良いのだと教わる。指の先から静かに水が噴き出すように。

試してみると、ぴゅるり。

確かに水が放物線を描いて飛び出した。私にもできてしまったようだ。

次は風を試してみることに。

その次は火、その次は土。光に闇に、雷に氷。

「…………リゼ、お前にできない属性はないのか？　どうなっているんだろうな」

隊長さんは小難しい顔をして眉間にシワを寄せていた。

いぶかる隊長さんをよそに、ラナグのほうは違う反応を示していた。

『ふふん。魔法の才能があったというだけのことだ。流石《さすが》リゼだな。どうにも我の思ったとおりだ』

なぜか私のお腹のあたりに鼻を押し付けてくる神獣さん。

じゃれついているようだ。とにかく喜んでくれているので、まあ良かったのだろう。

さて、ひと通り基本の魔法属性を試してみたけれど、私が特に上手く使えたのは風と光と聖の魔法だった。神獣ラナグが付与してくれた加護の効果もあるようだ。

『なぁに、元からその三属性はリゼの特性に合っているのだよ。我の加護はその特性を引き出したに過ぎない。どれ、せっかくだから魔物狩りもしていこう。ちょうどあそこに手頃なコウモリがいる。適当に風魔法でも当ててみるといい』

「コウモリって……あれのこと？」

目線の先には地球のものより三倍は大きいコウモリ。その姿は黒いモヤモヤとしたオーラの塊。アレは人間の子供を好んで襲うらしい。見事なほどに魔物である。

そんなモヤモヤコウモリと私の視線が交わる。

よだれを垂らして人間の子供（私）を見つめてくる巨大コウモリ。クッ、喰われるのだろうか⁉

「あんなのに魔法を？」

『リゼならできる、余裕だ』

私以外の人間にはラナグの声は聞こえていない。

私がコウモリを見て戸惑っていると、様子を横で見ていた隊長さんが私に尋ねてきた。

「どうしたリゼ、ヴァンパイア大蝙蝠《おおこうもり》がどうかしたのか？」

隊長さん達にも状況を説明してみる。

「なあラナグ、流石《さすが》にそれは早すぎやしないか。そもそもリゼは何歳なんだ。俺としてはもうしばらくの間は、薬草採集どころか庭先くらいで遊んでいてほしいもんなんだが」

今の私が何歳なのかは良く分からない。見た目としては四～五歳に見える。

『なにも問題はない。リゼにはやれるだけの力はある。隊長とやらにはそう言ってやれ』

流石《さすが》に獣と人では教育方針に違いがあるのかもしれない。

そしてラナグは意外とスパルタなのかもしれない。

まあともかく、今回は思い切ってやってみよう。

「そうかリゼ、やるんだな。まあいいさ、できなくはないだろう」

隊長さんは少し困りつつも、なんとも優しい顔で私のそばに立っていた。

安全確保のためにサポートをしてくれるらしい。ラナグも近くで待機。

なにやら、子供が初めて自転車に挑戦するときのような風情である。

『よし、準備はいいなリゼ。では先ほどまでよりも魔力をやや多めに込めて、風を使って刃を生み出すイメージだ。大切なのはイメージ。想像力だぞ。さあ、やってみるがいい』

魔法は発動のイメージが大切だとラナグは言う。

それなら少しは自信がある。空想、妄想、想像力。この私が現代日本でどれだけのファンタジー作品を嗜《たしな》んできたと思っているのだろうか。

いくつもの風魔法のイメージの中から、私は竜巻のような攻撃魔法を想像して組み立てることに。

正直に白状してしまえば、私は魔法が使えることに少しだけ高揚《こうよう》していた。楽しくなってしまっていたのだ。

恥ずかしながら子供の頃の夢は大魔法使い。そんな私なのだから。

まずは急激な上昇気流のイメージ、そこを中心に螺旋《らせん》状に風が流れ込み、そのまま渦を巻いて風の刃が吹きすさぶ。

喰らうがいい、我が竜巻の威力を、とーーう。ファイナル・トルネード・アタァッ

クッ!!

イメージは完璧だった。名前もつけて気分が乗った。そして結果も、ほぼイメージどおりだった。

強大な竜巻が発生し、地面がえぐれ、術者である私自身すらも吸い込まれそうになる。

これだけ大きな竜巻だから、当然ターゲットにもヒット。

空にいたヴァンパイア大蝙蝠《おおこうもり》は旋回《せんかい》しながら派手に吹き飛ばされた。

ただし、魔法のサイズに反して与えたダメージはそれほどでもないような気がする。

『はっはっは、やはりリゼは面白い。それにしてもいきなり竜巻魔法とは。まぁ、殺意はまるで足らぬがな』

ラナグはそんなふうに高笑いをしながら、大蝙蝠《おおこうもり》へと突撃していった。とどめを刺し

てくれるらしく、バクッとひと噛みして決着をつけた。

アルラギア隊長は私のほうを見ていて、様子を確認している。小さい子だと魔力がすぐに枯渇《こかつ》して、ふらついたりするケースもあるそうだ。

あるいは制御しそこねて、ちょっとした事故が起こらないとも限らない。隊長さん達は、そのあたりを見ていてくれたようだ。

しかし、なんだか眉間にシワを寄せて難しい表情をしている。

軽く事故が起こりかけたせいかとも思ったが違うらしい。今くらいの威力なら装備品と加護の効果だけでも完全に無効化されるそうだ。

なんだろうか？　もしや、女の子がいきなりファイナル・トルネード・アタックを放つなんていうのが、いささか暴力的だったのだろうか。おてんばだったろうか？

ロザハルト副長までもがアゴに手をやって考え事をしている。

隊長さんは、噛み締めるようにうなずきながら語った。

「いいかリゼ、魔法ってものをまるで知らないらしいから少しだけ忠告をさせてもらおう。一つ目、今みたいな魔法がそんなに簡単に使えるのはとても珍しいことだ。二つ目、扱える属性は多くても三種類程度までが一般的。最後に、四、五歳の子供は魔物と戦わないし戦えないいんだ。かなりとんでもないことをやっているから、そのあたりは自覚しておいたほうが良い」

微妙な表情の隊長さんに私は答える。

「ご忠告は肝《きも》に銘《めい》じておきましょう」

『どうだ見たか、リゼは凄かろう』

ラナグはわりと能天気である。私の隣で嬉しそうにしている。

さて、こんなこともあったけれど、本来の目的は薬草採集なのだ。いくらカッコイイ竜巻を巻き起こしたって、薬草は集められない。さあさ地道にコツコツ集めていこう。

私達は草原で草花を摘む。採集のお仕事をもりもりこなす。

筋骨逞《たくま》しいアルラギア隊長が花を摘む姿は、それはそれで愛くるしい。

本人はあまりチマチマとした作業は好きではないようだけれど。

もっとなにかをぶん殴ったり、切り裂《さ》いたりしているほうが落ち着くという、危ない人である。

いっぽうのロザハルト副長は華麗な見た目どおりの性格で、植物にも詳しいようだった。あるいは、なんでも器用にこなすタイプかもしれない。

「はい、これが雪燃《ゆきも》え草《ぐさ》。春の早い時期に雪を溶かしながら葉を広げていく草なんだ。魔力を活性化させるポーションの材料になる。こっちはビリビリカモミール。雷属性を帯びた花で、精神を安定させる薬効と雷属性のビリビリ目覚まし効果を両立する優《すぐ》れもの。ちなみにさっきの男の子が探していた銀蘭ヒラタケは、光属性の魔力を溜め込んで増幅させる特性があるよ。あとこれは……」

副長さんは好きなものの話になると止まらないタイプでもあるかもしれない。

私は一生懸命に解説を聞きながら、教えてもらった薬草を次々に摘み取っていく。

草を見つけて刈り取って。たまに魔物が出たりして。

こうして町の外にいるだけでも魔物は普通に現れる。当然のように襲ってくる。

化けネズミやブルースライムなんていう魔物が多いようだ。

ただそちらはアルラギア隊長が瞬殺してしまう。彼はキノコ探しをしているときよりも、ずっと活き活きとした表情で戦闘をこなしてくれる。私としては楽なものだった。

隊長さんはナイフや小剣を使うのが得意なようで、身のこなしも素早い。

その動きたるや信じられない速さである。キレキレで洗練された身体操作。

まるで舞踊か手品か、芸術作品のようですらある。

私の目では、もはやなにをやっているのか追えない瞬間が何度となくあったほどだ。

みっ！　見えない！　というやつを生で体験してしまう。今のこの幼女ボディは日本にいた頃よりずっと目は良さそうなのだけれど。

さて魔物を倒したあとは、解体して必要な素材だけを持って帰るらしい。

こちらも冒険者ギルドで引き取ってくれるようだ。

隊長さんのナイフ捌《さば》きは解体作業でも発揮されていた。本来ならグロく感じてしまう光景なのだろうが、あまりの手際の良さに感嘆する気持ちのほうが勝ってしまう。

「いいかリゼ、解体のコツはなぁ……」

ただし彼が解体しているのを見る分にはあまり抵抗はなかったけれど、流石《さすが》に自分でやれるかと言われるとやや厳しい。説明されても困ってしまう。

今ばかりは幼女の見た目を盾にして、解体作業からは逃れさせてもらいたかった。

けれども残念なことに、一般的に冒険者としての第一歩はこの作業であるようだ。

戦うのとは違って危険もないし、魔物の特性も覚えられるかららしい。しかたない、おいおい頑張ろう。

「解体ができなけりゃ、あとは大容量の収納魔法でも習得するしかないな。それなら魔物の身体をまるごとギルドまで持って帰ることができるが。しかし、流石《さすが》にリゼでも習得は難しいだろうからなぁ」

収納魔法か。これも異世界ファンタジーな世界ではお馴染《なじ》みの魔法ではないだろうか。

例えばこんな具合に使われるのが一般的だと思う。

私は試しに、山盛りになった薬草のカゴに手を触れてから、亜空間を展開して中に仕舞いこむ様子をイメージしてみる。そうすると、カゴは綺麗さっぱりどこかに消えてしまう。

今度は亜空間から取り出すイメージ。はい。しっかり元通り、手元に現れました。

「リゼ？　できてるよな、それ。なんでできてるんだろうな」

「いや、なんとなく？」

魔法はイメージが大事だと言われていたから、とりあえずイメージしてみたらできていたようだ。

隊長さんには突っ込まれてしまう。

なんでと言われても返答に困る。私が困ってしまう。

こんな感じかなと思ってやってみたらできただけで、なんでできるのかなんて私だって知らない。こちらが教えてほしいくらいなのだから。

すると、じっと私達の会話を聞いていたロザハルト副長が口を開いた。

「ねえリゼちゃん、うちの隊に入っちゃえば？　この収納魔法だけでももう即戦力になりそうだよ」

「おいおいロザハルト副長？　どこの世界にこんな小さい子を傭兵部隊に入れるやつが

いるんだよ」

「良いと思うんですけどね。だめですか？」

「当たり前だ。うち、傭兵だぞ？　小さい女の子の幸せってなんだろうなって、俺は考えるね」

「実際、リゼちゃんにとっても悪くない選択だと思うんですけどね。ここまで特異な能力持ちで、どこにも所属していない小さな女の子なんて、どんな連中が手を出してくるか分かったものじゃありませんよ。安全を第一に考えるなら、良い選択肢になりますよ」

「そこはもちろんだ、だから当面は俺達が保護する。どこか安全で信頼できる場所に落ち着けるまではな」

唐突にそんな話が始まっていた。

私としては今の居心地は悪くないけれど、やはりいつまでもこんな幼女の面倒を見てもらうわけにもいかないだろうと思う。彼らは戦いを生業《なりわい》とする傭兵達なのだから。

隊長さんは難しい顔で少し黙っていたけれど、それからそっと私の頭に手を乗せた。ちょうど良い高さに私の頭があるから手を休めるために乗せた、というわけでないようだ。

ごつごつとした大きな手が、優しく頭に触れる。

「まあいい、とりあえず一度、ホームのほうにも案内しておくか。今なにかが起きたら一番安全なのはそこだからな。リゼさえ気に入ってくれればだが、しばらく滞在してもらうのは問題ない」

他に行くあてはあるのかと聞かれて、まったくありませんねと私は答えた。

副長さんは満足げにうなずいている。

「そうでしょう、そうでしょう。流石《さすが》アルラギア隊長。部下の話にも良く耳を傾ける素晴らしい隊長です」

「よし、ロザハルト……あとで模擬試合三本だ。今日はみっちり相手をしてもらおうか」

「ええっ、ちょっと、どんな理由でですか、話の流れが全然見えませんけど」

「なんとなく気に入らない、という理由でだ」

「うわ、最悪だ。このクソ上司ッ」

実に仲良しな二人である。

「それとロザハルト、あくまで保護だ。お前はさっき入隊させちまおうなんて勢いだったが、あくまで保護。重要人物として。それも、リゼが望むならだ」

そんなわけで、私達はホームと呼ばれる彼らの野営地に向かい始めた。

ちなみにギルドにいた少年が探していた銀蘭ヒラタケ、アレはまだ見つかっていない。

薬草に詳しい副長さんでも見つけるのは難しいようだ。

「土の中だし、目印になるようなものもないし、数も少ないし。簡単に見つかるようなものじゃないからね。うちの隊長は土魔法が得意だから地面をほじくり返すのはできるけど、荒っぽいからなぁ……」

「まあそうだな。どちらかというと軽い地殻変動を起こすような術のほうが得意だな」

「荒っぽさの極みですよ。絶対に今は使わないでくださいね。キノコがめちゃめちゃになりかねませんから」

「あまり細かい男は女に嫌われるぞ、副長」

「荒っぽいほうが嫌がられますよ、隊長」

「ほーうロザハルト。ならば真に荒っぽいとはどういうことなのかを、今この場で教えてやろうじゃないか」

「いつでも受けて立ちましょう。銀蘭ヒラタケの隣に埋めて差し上げます」

そんな二人の戯言《ざれごと》も交えながら、私は隊長さんから土魔法の穏やかな使い方についてレクチャーを受ける。

今必要な魔法。基本となるのは土中探知術というものだそうだ。

文字どおり土の中にあるものを探知するのに向いた魔法である。

隊長さんは私に、人間を木っ端微塵《みじん》にするような土魔法も教えたそうにしていたけれど、そちらは今回延期となった。

探知術のやり方をひと通り教わり、試してみる。

術そのものはできたけれど、それらしいキノコは見つからない。

「気長にな。簡単には見つからんと思っておいたほうがいい」

アルラギア隊長はそんなことを言いながらも、自分でも土の中に魔力を流し込んで銀蘭ヒラタケを探していた。先ほどまでの荒々しい魔力とは違って、見事に穏やかで精密な土中探知術を操っているように思えた。どうやら細かいこともちゃんと上手な人なのだ。

「まったく性に合わんがな」

そんなふうに言いながらも真面目にキノコ探しを続けていた。

私は私で頑張っていく。土を手足のように操って、撫でるような感覚で地中を探るのだ。

これが本当に地味な作業であった。

掘らずとも地面の中の様子が分かるから便利なのだけれど、広い範囲を探すのは時間がかかってしまう。

ふうむ……やたらと効率化が叫ばれる科学時代の地球に生きていた弊害《へいがい》であろうか。

ついつい楽をする方法に思いを馳《は》せてしまう私。

ふと思いつく。

レーダーのようなイメージで組み立てた魔法はどうだろうか？

つまり、ばーんと電波を飛ばして、その跳ね返り具合をキャッチする感じのあのレーダーである。

これも少し試してみると、できなくもない気がしてくる。

初めは『魔法』という存在と『電波』という存在がややかけ離れているような気もしたが、否《いな》、しょせんは電波だって光の仲間なのだ。

大雑把《おおざっぱ》に言ってしまえば、周波数が違う程度のはずだ。

そう考えればもはや、光魔法＝電波魔法、こう断言してもかまうまい。

やってみよう。

まずは普通に光の魔法で指先を灯すイメージからだ。これは問題なくできる。

次にその光を青色に変えてみる。これで光の性質を変える感覚を掴む。

黄色、オレンジ、赤へと変化させていった。

夢中になってやっていると、ふと気がつく。そんな私の姿をなんだか周囲の人々が微笑ましそうに見守っていることに。

「おお～、リゼちゃん綺麗に色を変えられたね。上手だね」

まったく呑気《のんき》なことを言う副長さんである。

こちらは今実験中で、別に色を変えて遊んでいるわけではないのだ。忙しいのである。

とはいえ、ここまではこの世界の魔法で普通に使われている技術。

多少は微笑ましがられてもしかたあるまい。

ともかく続けよう。こうして色は普通に変えられるのだから、イコール、光の波長は変えられている、という話になる。

こんな具合でさらにそのまま変化させていけば……

途中から赤外線、遠赤外線になるはずだ。

身体の芯から温まることでお馴染《なじ》みの遠赤外線である。

これを実際に放出してみて、反対の手をかざしてみると、確かに温かいような感じがする。

ふむ、できているのでは？

この調子でさらに変化させていけば、あとはもう電波っぽいものになるに違いない。

それを地中に向けて飛ばして、跳ね返ってきた電波の波をキャッチするイメージだ。

しばらく続けてみる。ふむふむふむ。良さげではある。ふむふむふむ。

さて、そんな実験をしている間にホームへと到着してしまう。

そこは町の周壁から少しばかり離れた小高い丘の陰だった。

木立があり、その向こう側に隠れるように入り口らしきものがあった。

「リゼ、手を。結界が張ってあるから一緒じゃないと入れん。神獣様もこっちへ。くれぐれもこの結界を壊したりはしないでくれよ？」

『ふふん、今のところはそうしよう』

「こらこらラナグ。本当に壊したらダメなんだからね？」

『ぐるるぅ。分かった、リゼが言うならば壊すまい』

私が言わなかった場合は、ちょっと壊すつもりだったのだろうか。

透き通ったベールのような結界を通り抜け、少し進む。

物陰の向こうにとても立派なテントが見えた。

それから馬車や大量の物資。立派な調理場に、大きな浴場なんてものまで揃っている。

野営に必要なあらゆる設備が所狭しと並んでいる。

いや、ここまで立派だと、もう野営地とは思えない。

どこかの隠れ家リゾートのようだった。いや待てよ、まだ奥に設備も建物もある……

これはもう貴族の隠れ家、いや、もういっそ宮殿と呼んでも差し支えのないような趣《おもむき》である。

そんな場所で厳《いか》つい戦士達が、思い思いに過ごしている。

意外に若い人も多い。激しい剣の稽古《けいこ》をしている人、食事中の人、静かに読書をしている人。ほとんど全裸で野外風呂に入っている人。

やはり大人の男性ばかり。私の場違い感は凄《すさ》まじい。

「リゼ、ここが俺達のホームだ。手狭だが、遠征中は基本的にここで生活することが多い。むさ苦しいところだが、そこらのボロ城よりは安全性が高い。昨日はとりあえず宿を取ったが、今日はこっちに泊まってくれてもいい。嫌じゃなければな」

別に嫌だなんていうことはなかった。このおっさんまみれ具合には、なんとなく懐かしさすら感じている。そんな自分が少し怖くはあるものの、特に問題はない。

ただ、どうも場違いな感じがして気が引ける。

私のような小さい子は誰もいないし、女の子も誰もいないのだ。

きっと女子トイレだってないに違いない。

どうしたものかと考えている最中のことだ。ふと、ほのかに甘く、こんがりとした香りが漂ってきた……

「どうしたリゼ、ああれか。パンでよければ昼飯代わりに食っていくか？」

「パン。もしかしてあれはここで焼いているのですか？」

「ああ、そうだな。ほとんどの連中は、外で買ってくるほうが多いがな」

「見学しても？」

隊長さんはなにも言わずに手で私を促した。では遠慮なく見せていただこう。

ふむふむ、堅焼きパンだ。酸味のある香り。おそらく自家製の天然酵母《こうぼ》で発酵《はっこう》させたパンだろう。

日本のフワフワとしたパンとは違うけれど、私はこういうものも好みである。

ただ、私には一つ気になっていることがあった。今朝アメリカンドッグを食べたときから、とっても気になっていたことだ。

実はあのアメリカンドッグ、生地《きじ》に違和感を覚えたのだ。

地球のものならホットケーキ生地《きじ》のようにフンワリとした歯ごたえで、表面はサクッとしている。

だけれど、今朝食べたのはそうではなかった。おそらく揚げてもいなかった。

中のソーセージはとても美味しかった。上にかかっていたソースはケチャップやマスタードとは違ったけれど、それはそれで美味しかった。

ただ、生地《きじ》だけが少し違う。私の求めるアメリカンドッグとは違っていたのだ。いや、私だってこんな状況で生地《きじ》の食感に不満を言うつもりはまったくない。

ただせっかくパンの製造現場を見られるのならばと、覗かせていただく。

調理場でパンを焼いていたのは、暗殺者であった。いや、暗殺者のような鋭い顔つきの男性であった。今にもパンの息の根をも止めてしまいそうな眼光である。

腰にはエプロンを巻いているから、それでかろうじて料理人さんなのだと分かる。

他の人と同じような隊服を着ているけれど、その上からソムリエ風のエプロンも装着しているのだ。そんな彼に話を聞いてみる。

案の定と言うべきだろうか。やはりこの世界のパンは自家製の天然酵母《こうぼ》だけしか選択肢がないことが分かった。

ベーキングパウダーも純粋培養されたイーストも存在していないらしい。

日本ではもっぱら天然酵母《こうぼ》や自家製酵母《こうぼ》を使ったパンは、上等なものとしてもてはやされることも多いけれど、それはそれである。パウンドケーキ、ホットケーキ、アメリカンドッグなどなど、ベーキングパウダーや重曹《じゅうそう》がないと再現しにくい料理もある。

ふんわり食パンなんかは純粋な酵母《こうぼ》、イーストがないと作りにくいし。

そうか、ここに来て私の異世界生活に大きな問題が発生してしまったのか……

「どうしたリゼ、パンが好きなのか？　好きに食べて良いぞ。モグモグ」

「パンも好きですし、お菓子も好きです。モグモグモグ」

もちろん遠慮なくパンを食べる私である。ドライフルーツとナッツが入っていて、少し酸味のあるパンの風味とマッチして美味しい。モグモグモグ。

「その小さい身体とお腹に、よくそんなにたくさん入るもんだね」

ロザハルト副長はそんなことを言うけれど、彼だって私の隣でモグモグしている。モグモグ仲間である。

料理人のおじさんは、容姿だけ見れば暗殺者かなにかかなとも思えるけれど、大変親切で友好的な方である。彼も一緒にパンをほおばりモグモグである。

「お嬢ちゃん。興味があるならいつでも遊びに来な。モグモグ」

「ほっほう、では早速、キッチンをお借りしてもよろしいですかね？」

「おんっ？　今か？」

「今です」

「ほう。かまわねぇけど、なにをする気だ？」

今作ってみたいのは、もちろんアメリカンドッグ。

こちらの世界では、ソーセージホットケーキという微妙な名前がつけられているらしい。

使わせてもらう材料は薄力粉、砂糖少々、卵（ただし鶏《にわとり》のものではなさそう）、ソーセージ（なんの肉かは分からない）、牛乳（牛ではなさそう）、揚げ油（なんの油かは分からない）。


とても嬉しいことに、ベーキングパウダー以外の材料は揃っていた。

流石《さすが》に宮殿キャンプ。浴場までついているだけのことはある。

上手くいくかは分からないけれど、とにかく思いつくままにチャレンジしてみよう。

この異世界の地でも、なんとか地球風アメリカンドッグを食べてみせようではないか。

基本的な材料の混ぜ合わせ方はいいとして、問題はベーキングパウダー。

これがないのだから、別の方法で生地《きじ》に細かな気泡を入れなくてはならない。

ベーキングパウダーや重曹《じゅうそう》が入っていないと、油で揚げたときに生地《きじ》が爆発してしまうから、アメリカンドッグには必ず必要な要素だ。

私はおもむろに、生地《きじ》の入ったボールに手を添える。

唸《うな》れ竜巻。パウダーのように極小な竜巻よ、生地《きじ》に向かって突撃だ。そのままそのま、さらに細かな細かな泡になれ。とうっ。

「待てリゼ、リゼ待て。今度はなにをやり出すのかと思ったら、びっしょびしょだぞ。飛び散らかって大惨事だ」

「それはあとで片付けます。今は集中させてください、隊長さん」

私は強い意志を示して訴えた。

「お、おう」

この作業は、竜巻で大蝙蝠《おおこうもり》を弾き飛ばしたときよりもずっとずっと集中力を必要とした。

なにせ竜巻の数がとてつもなく多いし、とにかく繊細な作業になる。

これで上手くいくのかも分からなかったけれど、もはや私を止められる者などいなかった。

次第に形になってくる生地《きじ》。ならば次は串を刺したソーセージに薄力粉をまぶし、完成させた微細竜巻入りの生地《きじ》をつけていこうではないか。

それを熱した油でこんがりキツネ色になるまで揚げていく。仕上がりまで気が抜けない。

上手く生地《きじ》に気泡が入っていなければ、ここで爆発してしまうかもしれないが……できた。最後まで破裂することはなく、私はこんがりキツネ色のフワフワに揚げつくしてやったのだ。

もちろん初めのうちは、揚げ油の中で大爆発を起こしたり、マイクロ竜巻の制御が暴走して油が地獄のように飛び散ったりすることもあったけれど、それでも私はやり遂げた。

掃除のことはあとで考えよう。あとの私にまかせようじゃないか。

今はまず、試食することこそが大切なのではないだろうか。

あつあつの揚げたてアメリカンドッグを少しだけ冷ましてから、そっと自分の口元に運ぶ。

カリサクッ、ふわふわ、そしてジュウシ〜〜。

驚いた、これだ、ほぼあの味だ。

使っている材料ゆえに異世界の風味はあるけれど、全体としてはほぼ日本で食べるアメリカンドッグと遜色《そんしょく》がない。それどころかもっと高級な味がする。もしかするとソーセージがかなり上等なやつなのかもしれない。

とにかく揚げたてアメリカンドッグは上々の出来だった。

「さあ皆様もどうぞ。よければ召し上がってください」

私はおもむろにドッグを差し出した。ずずずい、と。

「お、おう」

まずは隊長さんが手に取る。

私の小さな手で持つとやたらに大きく見えるけれど、今回のアメリカンドッグは通常サイズで作ってある。

隊長さんと副長さん、キッチンを貸してくれたおじさんに一本ずつ渡してゆく。

三人は互いに顔を見合わせたあと、一斉にかぶりついた。

みんなそれぞれ、なにも言わずにまるまる一本を呑み込むように完食。なかなかに良い喰いっぷりだと言える。

「ほぅなるほど、確かに美味いな。リゼがこだわるのも納得できる」

「ほんとに美味しい。凄いね、リゼちゃん。こんなに小さいのに料理も上手だなんて、どうなってるんだろうね」

隊長さんと副長さんの反応はそんな具合であった。

上々の評判で私としても喜ばしい。結構なことである。

けれど、最後に一人、キッチンおじさんは長い間沈黙を守っていた。

お料理にはこだわりがあるようだから、あるいはなにか気に入らなかったのかもしれない。

今までにも増して雰囲気が鋭い。その顔はもはや暗殺者どころか人食いザメである。

長い沈黙。そしてついに、ブツブツと呪文のように感想をつぶやき始めた。

「こいつは……こいつは……カリッとしている」

カリッとしているらしい。

「そしてフワッフワだ」

フワフワらしい。

「馬鹿な!! そして中から溢れ出すソーセージ&ジューシー!! なんてことだよ、こんな調理方法があるだなんて!! 考えもしなかった! 竜巻揚げとでも呼ぶべきか? 聞いたこともない。いや、目の前で見せられた今でも、これを自分で再現できるとは到底思えない。発想もさることながら、とんでもない魔法制御技術も必要になる大技だぞ!? できるか、俺にはできるのか? 今の技が……これは明らかに生地《きじ》を焼いて作る従来品とは一線を画すものだ。ソーセージホットケーキとは、もう呼べない新次元……」

おじさんは愕然《がくぜん》とした表情でその場に膝を突いてから、ゆっくりと天を仰《あお》ぎ見た。

ふむ、やたらに大げさなおじさんである。

竜巻揚げなどというネーミングも、いつの間にやら決められていた。凄く竜田揚げっぽい名称だけれど、これはアメリカンドッグである。

くんくん、くんくん。

「食べるの、ラナグ?」

おじさんの大げさな反応に感化されたのか、神獣ラナグもアメリカンドッグに興味を示している様子。匂いをかいで食べたそうにしている。

『我ももらって良いかリゼ』

「もちろん。だけどラナグって、人間の食事なんてあまり興味がなさそうだったけど？伝説級の魔物じゃないと食べても栄養にならないって」

『確かに食材としては物足りないが、それはそれ。リゼが作った料理には興味があるのだ。それに今までに食したことのないものだし、面白そうだし、リゼの手作りだし、食べたいぞ。ただただ食ってみたいのだ』

そういうものか。もちろん食べたがってくれるのは、作り手としても嬉しいものだ。

さあさ、お口に合うかは分からないけれど、どうぞ召し上がっていただこう。

ラナグはひと口でバクンと丸呑みにした。そんな食べ方で味が分かるのかと思うが。

『ふっふっふ、なるほど美味いな。これほど長く生きてきて、まさか新しい味に出会えるとは。リゼはやはりリゼだったな。我の感覚に狂いはなかったらしい。いや、人間にしておくにはもったいない。素敵な女の子だ』

毎度毎度の恥ずかしめな台詞《せりふ》を吐き出すラナグである。

素敵な女の子だなんて台詞《せりふ》は、地球人は普通使わない。言われ慣れない言い回しである。

少し困惑気味な私の肩に、今度はキッチンおじさんが優しく手を置いた。

妙に真剣な表情。腕の良い暗殺者みたいな彼の瞳が、私にグイッと近づきキラメイた。

「なあ、お嬢ちゃんウチで働かないか？　……いや、違うな……そうだ、俺を弟子にしてくれ」

弟子？　幼女にいきなり弟子入り志願とは、これまた尋常ならざるおじさんである。

「いや、弟子って。リゼは小さい子供だぞ？」

「いいや隊長は黙っていてくれ。なにも分かっちゃいないぜ」

「お、おう？」

キッチンおじさんの迫力に気圧《けお》される隊長さんだった。いや、頑張ってください。

隊長さんの言い分のほうが明らかに常識的で理性的なのだから。

副長さんも横にいて、冷静になるように促してくれている。まっとうな人である。

しかしサメ顔のキッチンおじさんは、私ごと丸呑みにしてしまいそうな勢いを緩めることがなかった。

「ああ、素人は黙っていてくれ!!　なあリゼちゃん、いや、リゼ先生。せめてさっきの技だけでも教えてくれないか。代わりにここのキッチンにあるものは、自由に使ってもらってかまわない。正式には隊長からの許可をもらわなくちゃいけないが、それは隊長をぶっ飛ばしてでもなんとかする。自慢じゃあないが、ここのキッチンにはそこらの高級レストランにもないような材料や道具も揃ってるんだ。どうだい魅力的だろう？」

「おい、待てコック。今、俺をぶっ飛ばすって言ったな？　よし、いつでも返り討ちにしてやるからあとで訓練場に来い。それは別として、リゼにキッチンを使ってもらうことについては、俺も反対してないがな」

「お、流石《さすが》隊長。話が分かる。ならぶっ飛ばす話はキャンセルで」

「すまんな、そいつはもう受理しちまったよ。あとでロザハルト副長と一緒に三人でバトルロイヤル形式の模擬戦三本勝負が確定している。決定事項だ」

戦うらしい。ここで話に巻き込まれた副長さんも驚いた顔をして反論に加わる。

「ええっ!?　ちょっと隊長、俺の模擬戦の件ってまだ生きてたんですか」

「当たり前だ。二人とも楽しみにしておけよ？」

「くそが。ロザハルト、こうなったら二人がかりでぶっ倒すしかないようだぞ」

「ああコック、やってやろうじゃないか。晴れて明日からは俺達がこの隊の隊長だ」

とまあ、そんな流れがあって、結局私はこのホームの中でしばらく暮らすことになった。

神獣ラナグに聞いてみても、ここのキッチンは確かに上等なものだろう、人間達の質も悪くはないと言うし、そして私もそう思ったのだ。

ちなみに、激しく散らかしてしまったキッチン。これは普通に頑張ってお掃除をした。異世界なのだから一発で綺麗にできる便利魔法の一つでもあってしかるべきだ、なんて思いながら。

「リゼは小さいのに偉いな。お掃除がちゃんとできるなんて。凄いぞ。よし、ご褒美《ほうび》にこの薬草をやろう」

「本当ですね。偉いなぁ、リゼちゃんは」

自分で汚したものを掃除しただけでこの言われようである。

まあそうか。これでも一応は幼女か。お片付けできれば偉いのだろう。

その後アルラギア隊長は、模擬戦三本勝負を予定どおりに遂行した。

もちろん相手はコックさんと、ロザハルト副長の連合軍である。

結果は隊長さんの全勝。二人は善戦を見せたもののあえなく撃沈《げきちん》。

全力を出し尽くして、今は訓練場の地面に寝転がっている。

「くそが、バケモノめ」

「はぁ、相変わらず強い。ただの変なおっさんじゃないですね」

といった具合だ。

模擬戦を終えた隊長さんは、引き締まった身体から流れる汗をササッと洗浄魔法で取り払い、私とラナグの隣に座った。流石《さすが》に隊長さんは強いらしい。

さて、ホームと呼ばれるこの場所には、百名を超える隊員さんが出入りしているそうだ。常に全員がいるわけではないけれど、それでもちょっとした人数だと思う。良く手入れをされた揃いの隊服を着ていて、彼らが並んで歩く姿には騎士のような風格があった。

彼らは主に対魔物を想定した傭兵団であり、冒険野郎どもである。

今はこのあたりの未開エリアの調査と、周辺に散在する小さな町や村の支援が主な活動らしい。

その他に大小様々な依頼を受けては、あちこちを飛び回る生活のようだ。

私達はホームの内部を簡単に案内してもらいながらそんな話を聞いた。

「リゼ、ラナグ。すまんが、二人のことは周辺国のお偉いさん方にはある程度伝えさせてもらいたい。もちろん二人に不利益が及ぶようなことは俺がさせない、なにがあってもな。それも俺の仕事だ」

いつにも増して真剣な顔で安心しろと語る隊長さん。

けれどもその言い方は、かえってなにかしらの危険がありうることを強調しているように思えた。詳しく聞いてみると、隊長さんは渋々といった様子で続きを話してくれた。

「……まあ、本来なら子供に話す内容じゃないが、リゼだからな。珍しい話でもないんだが……とにかく、お前さん達のように特異な能力を持った存在を狙う連中は多いんだよ。その中には善人もいれば悪人もいる。どんな手段を使ってでも服従させようとするやつだっている。俺としては、フィアナ連合王国あたりにでも腰を落ち着けるのがお勧めだがな。うちの副長の出身国でもあるから、よければ送り届けてもらおう」

ふむ。なにかと狙われやすいか。

しかもそれが私のような身寄りのない幼女となれば、これはもう連れ去ってくださいと言わんばかりのターゲットらしい。

「フィアナ連合って、うちじゃないですか隊長」

ロザハルト副長が割って入った。もうすっかり回復して元気そうである。

「うちもまあ他の国よりはましですけど、それでも腹黒いのも悪どいのも極悪人も大勢いますからね。こっちにいたほうが絶対楽しいですよ、俺はこっちがお勧めです」

「そんなもんかね。こんな小さい子には、平穏な場所で暮らしてほしいもんだが」

「かといって王宮が平穏ってわけでもありませんから」

「傭兵団とどっちがましか」

「さあて、どちらですかね。少なくとも俺にはあそこの国に居場所はなかった。他に行くところもなくて、隊長のとこにご厄介《やっかい》に。今ではなぜか副長に」

「そうだな。まあそんなやつばっかりだよ、ウチは。ああリゼ、ちなみにこいつはこんなでも元王子様だ。今じゃ見る影もないけどな。ただの傭兵団のゴロツキだ。はっはっは」

「なに言ってるんですか。元から王子様なんかじゃないですよ。最初から継承権も相続権もない庶出の子で、ほとんど隠し子状態。生まれたときからちゃーんとゴロツキでした」

隊長の言葉に、ロザハルト副長はそんなふうに言って返した。

私の目から見ると、やはりロザハルト副長にはどこか王子様っぽさがあるように思えるけれど。言葉遣いも態度も努めて軽く振舞っているように思える。

「あのときは僧籍に入るか、ここに来るかぐらいしか選択肢がなかったんですよね」

「まあここは、わけあり子弟がよくブチ込まれてくる場所だからな。連中はいったい傭兵団をなんだと思っているのやら。まるで行き場のない貴族令嬢を修道院にぶち込むような感覚で男どもを送ってくる」

この傭兵団には元貴族とか、あぶれた庶出の男子なんぞがいくらか所属しているらしい。

没落貴族に廃嫡《はいちゃく》子弟、追放、勘当。そんなわけあり人材の巣窟《そうくつ》なのだと彼らは語る。

生まれも育ちも完全な日本の庶民な私。ここの人達ってただの気の良いおじさんお兄さん達だと思っていたけれど、そうでもないらしい。

「リゼ、言っとくがなにも気にする必要はないぞ。ここにいる限りはロザハルトも純粋に俺の部下だし、単なる傭兵団の副長だよ。そこらの兄ちゃんとして足蹴《あしげ》にしてくれてかまわない。本人もそのほうが喜ぶ」

隊長さんが哄笑《こうしょう》する横で、ロザハルト副長がぐっと眉根を寄せた。

「ちょっと隊長？　ただの副長っていうのには同意しますけど、足蹴《あしげ》にされたほうが喜ぶってどういうことですかね。そんな趣味なんて、あいにく持ち合わせていませんけれど」

「はっはっは、いつも俺に蹴り転がされて喜んでるから、そういうのが好きなのかと思ってたよ」

「馬鹿なことを。それは隊長を転がすのを目的として挑んでるんですよ。一年後にはちゃんとそうなってますから。足蹴《あしげ》にしてみせますよ」

「ふふん、そいつは楽しみだが、一年は待てん。明日にはまた転がしてやろう」

この二人はいつもこうしてワチャワチャしてるばかりである。

確かに隊長さんの言うとおり。ロザハルト副長には肩肘を張った感じはまるでない。

「リゼちゃん。そんなわけだから、今までどおりよろしくお願いします」

本人もそう言っていることだし、私もきちんと足蹴《あしげ》にしようと決意した。

こうして昼下がりのひとときをアメリカンドッグと模擬戦で過ごした私達だった。


夕方になって、また町へと戻る途中のこと。

午前中の薬草採集のときからずっと続けていた探知魔法の成果が出たらしい。

レーダー式のオリジナル探知術。アレである。

そう、私はついに探し物を見つけたのだ。あの少年が求めていた銀蘭ヒラタケを発見したのである。私という人間は、なんて偉いのだろうか。

なかなか深い場所にあった小さなキノコ。掘り上げは隊長さんにおまかせした。

「……あったぞ、確かにこれだ。それにしてもな……よくこんな場所まで探したもんだよ」

見つけたのは町からは少し離れた場所だった。

「ええまあ、ちょっとばかり運が良かったようです」

「リゼよ、いいか？　これは運って感じの距離じゃあない。なにをどうしたらこんな場所の地中深くまで探せるんだ」

拡張版の光魔法とでも言うべきこのレーダー魔法。とにかく効果範囲は広いのだ。

ただもちろん万能なわけでもないから、今回のキノコを見つけられたのは、やはり運が良かったからだとも言えるだろう。

目的のキノコが、光属性への反応が良い特殊なキノコだったから、今回のレーダーにも引っかかってくれた。これが幸いだった。

隊長さん達は不思議がっている。念のため、ここまでに試してみたことは説明をしておいた。

「という感じでして。光魔法は目に見える光そのもの以外にも、使える領域があるということになりますかね。どうですかね」

地球の人にはお馴染《なじ》み。遠赤外線のヒーター、電子レンジのマイクロ波、携帯電話やレーダーの電波。全て目には見えないけれど光とは親戚《しんせき》みたいなものである。

波長によって性質はそれぞれ、効能は様々。私はできる限りの言葉を使って説明をした。

この魔法世界では、いったいどういった扱いなのだろうかという興味もあった。

「うーん、知らん。ロザハルト副長は魔法理論も詳しいだろう？　どう思う？」

「いやそんなの、もうあれですよ。これが確かな事実であればですが、光属性魔法の新領域発見かっていう一大事件ですよね。理論錬金術学会の爺《じい》さん達が震撼《しんかん》して、卒倒して、錬金術士の大研究塔が爆発しちゃうでしょうね」

ロザハルト副長の言葉には興奮の色が見えた。

それと同時に隊長さんは、ヤレヤレ困ったベイビーちゃんだぜっ、みたいな表情である。

私から言わせてもらえば、そもそも指先を魔法で光らせるという時点で驚異的なことなのでは？　という感覚もあるのだけれど。

いずれにしても、隊長さんも副長さんも興味深そうに拡張版の光魔法を試し始めていた。興味津々である。

ただ、原理を説明してもこの世界の人にはあまりピンとこない感覚らしかった。

「ううむ、いまいち掴めないな。上手くイメージできない」

地球のように携帯電話の電波がうんぬんとか、日常会話に平然と電磁波が登場する世界とはまったく違っているからだろう。

その代わり、こちらの世界では光を司《つかさど》る精霊なんかが平然と実在するそうだ。私にはそちらのほうがずっと興味深い。

「ねえ、ところでリゼちゃんさ、まさかあれからずっとその術を展開し続けてたってことと？」

「はい、そうですけど」

「料理の間も？」

「そうなります」

「それはそれでさ、ありえないよ？」

「ありえませんか。それは失礼いたしました、そんなこととは知らなかったもので」

副長さんも隊長さんも変な顔をしている。ラナグはウンウンとうなずいて満足げだ。

まあ、だいたいの地球人は魔法の世界に行くとなにかしら特別な力を持つものだ。昔からの決まりごとだから、それほど気にすることでもあるまい。

とりあえずキノコが見つけられて良かった。これはあの少年に渡しておこうと思う。

町の周囲に少年の姿は見えない。

先にギルドまで戻って他の薬草の売却や、採集依頼達成の手続きを済ませておくことになる。

結果。銀蘭ヒラタケ以外の売却額の合計は約十二万シルバだった。

物価から換算すると一シルバ＝一円くらいの価値になりそうだ。

隊長さん達は「まあこんなものか」などと言っていたけれど、かなりの大金だと私は思うのだが。

「リゼ。これが初仕事の報酬だ」

隊長さんは、ギルドから受け取った銀貨の全てをポンと私の手の平の上に置いた。ずしりと重い。

全額私にくれてしまうつもりのようだった。けれどなんとか交渉して、一万シルバだけ受け取ることに。実際、私なんて色々と教わっていただけでなにもしていないのだ。とてもこんな大金は受け取れない。断固拒否の構えで応じる。

「しかしなぁ。これじゃあ俺達が小さい女の子にたかってるみたいに見えるだろうよ……」

隊長さんはそれからギルドのカウンターに戻って、そこでお金を預ける手続きをした。

「よし。リゼの名前でギルドに口座を作っておいた。考えてみりゃ、全額現金で持ち歩いてるのも物騒《ぶっそう》だ。必要なときには受付でギルドカードを使えば引き出せるから、そうしてくれ」

結局、報酬は全部私の懐《ふところ》へと入ってしまった。

幼児に十二万円相当の銀貨とは、これいかに。

さて、すっかり日も落ちて暗くなってきた頃だった。ようやく例の少年がギルドの扉を開けて入ってきた。

もとから疲れ果てたような顔をしていたけれど、頬は泥《どろ》だらけになり、さらに悲壮感が増している。瞳からは今にも涙がこぼれてきそうだった。私はテチテチと彼の前に歩み出る。

「はいどうぞ、たまたま見つけたから」

「っ!? これって?」

銀蘭ヒラタケ。少年は必死でこれを探していたはずなのに、目の前に差し出してもなかなか受け取らない。瞠目《どうもく》して、へどもどするばかりである。

ふうむ、もしかして欲しいのはこれではなかったのだろうか?

そうだとしたら私はとんだ赤っ恥なのだけれど。

「い、いいのか? あ、でもこれ、高いんだぞ。俺の持ってる金はこれだけしかないんだけど……」

良かった、ものはこれで合っていたようだ。

お金に関しては特に気にしていないので、適当な金額をもらっておいた。

ついでといってはなんだが、このキノコの探し方も教えておく。まずは土魔法のほうから。

私とてついさっき教えてもらったばかりの身ではあるけれど。

少年は土属性の適性が少しはあるようだった。

しばらく練習すれば、次にまた必要になる頃には、むやみにスコップで地面をほじくり返すよりはましな探し方を身につけているかもしれない。

ついでに光魔法の応用技、レーダー探知術を教えてみる。

この少年、光のほうは実に適性が高い。

さわりの部分だけではあるものの、身につけられそうな感じがあった。意外と恐るべき少年である。

「凄いね、あなた」

「いやいや、お前こそちっちゃいのになんかすっげーな。なんなんだよ。俺の故郷の連中は光属性専門の適性者だらけだけどさ、こんな術体系ってないぜ……うーん、まあいいや。俺、もう行かなくちゃいけないんだ。でも、リゼ、いつかウチのほうにも遊びに来てくれよ。また今の魔法のこと教えてくれよな。みんなきっとビックリするぜ」

少年はブンブンと手を振って、母親の待つ馬車に帰っていった。

すっかり日が落ちた町の中。彼らの馬車から、突然、強烈な光の柱が空に向かって伸びた。

ふうむ？　なにが起きたのだろうか？

少年とお母さんは大丈夫なのだろうか？　完全に光の柱の中に呑み込まれているけれど。

などと心配していると、光の柱の周りを踊るようにして、銀色に輝く二羽の小鳥が舞い昇っていった。

私がポカンとアホみたいな顔をして突っ立っていると、隣で神獣ラナグは語り始めた。

『ああ、やはり光の精霊が地上に顕現《けんげん》した姿だったか』

「え、なにが？」

『いや、あの小僧がな。あれは天空に住む光の精霊フォトンが人化した姿だ。人の身を借りて、一時的に地上に降りていたようだ。そもそも普通の人間なら体調を崩しても銀蘭ヒラタケなんぞ欲しない。にしても母子揃ってというのは珍しいかもしれぬ。母親のほうが力のバランスを崩して天空に帰れなくなっておったんだな。なっとく納得』

恐るべし異世界。流石《さすが》にファンタジーな要素が平然とそこらに転がっているものだ。

銀と光で形作られた二羽の小鳥は、元気よく上空へと飛び去った。

真っ暗な空から、一枚の羽根が降ってくる。ヒラリヒラリと私の手の平に収まった。

『ちと珍しいものをもらったなリゼ。光の守羽根《もりばね》か。それを装備して光属性の魔法を使うと、効果が数倍に跳ね上がるぞ。それからな、ここからは遠いが、天空界へ通じる門の通行手形にもなる』

なにやら珍しいものらしい。それなら、なくさないように亜空間に仕舞っておこう。

せっかくの異世界旅だ。良い記念にもなる。

綺麗な銀の羽根飾りだから、アクセサリーとして身につけても可愛いとは思うけれど、可愛すぎて私には似合わないかもしれない。

「……う～～む」

「……う～～ん」

隊長さんと副長さんは、二人揃って難しい顔をしていた。

なにかまずかったのかと話を聞いてみると、二人はなにもまずくはないと答える。

ただ、光の精霊の顕現体《けんげん》なんて初めて見たと、そう言った。

どうもこれは、この異世界の中でも珍しい出来事であったらしい。


夜になった。

私とラナグはホームの中に新しく部屋を建築してもらい、そこで寝ることになった。

隣には隊長さんの部屋がある。ここはホームの主要な建物のうちの一つだ。

建築魔法に土魔法、植物魔法、そういった技術を組み合わせて造られているそうだ。

増築は実にあっという間だった。建築術を使う専門の隊員さんが来て、すぐに済ませてしまった。

生きた植物の根や枝、石や土。それらが有機的に絡まり合って、なんとも優しげな建物を造り出していた。

しいて言えば、ガウディ建築やアールヌーボー様式の建築にも似ているかもしれない。

トイレはきちんと女子用のものがあった。来客用らしい。

女子風呂はなかったけれど、これも新しく造ってくれてしまった。

実質的には私専用のお風呂である。なんだかすみませんねという気分だ。

建築術士の方々というのは、魔法使いらしい雰囲気が漂うマントを羽織《はお》っている。

基本は隊長さん達と同じ隊服のようだけれど、ちょっとだけバリエーションが違う。

「リゼちゃん。隊長から話は聞いています、さぞかし心細いでしょう、大変でしょう。強く生きるんですよ、リゼちゃん」

建築術士チームを束ねるブックさんという方は、初めて会ったとき、私にそんなふうに声をかけてきた。

隊長さんからどんな話があったのか分からないけれど、どうやら私は孤児だと思われている節がある。やたらと親身というか面倒見が良いというか。

建築術士チームの人々全体がそんな様子である。

あまり自覚はないけれど、確かに今の私はほとんど孤児みたいなものかもしれない。

「はいどうぞリゼちゃん。美味しいクッキーなんですよ」

「よし、俺のも」

子供といえば菓子だろうという安易な発想で、やたらにお菓子を差し出される。

もちろんいただく。手を伸ばして菓子をゲットする私だ。

なんなら少しだけ背伸びもした。

ブックさんからいただいたのは木苺フレーバーである。

素朴なクッキーなのだけれど丁寧な作りが見えて、香りがまた良い。

仕事熱心な方ばかりで、こんな様子で何度となく私のところへやってきては、部屋の確認や施設の使い方の説明をしてくれた。

一日の終わり近くに
SIDE　建築術士長ブック

リゼちゃんという小さな女の子が泊まる建物、そこから出てすぐの道の上での出来事でした。

周囲には夜の帳《とばり》が下り始めていました。

「ブック術士長……あれは、あれはなんなんですか。あの子供は」

建築術士チームの一人が、厳しい顔で私に詰め寄ってきたのです。

私と同じ二十代そこそこの彼ですが、チーム一の巨漢で、レッドデーモンの異名を持つほどの強面《こわもて》。彼に詰め寄られると、その迫力に圧倒されそうになるほど。

私は努めて冷静に言葉を返しました。

「ですから彼女は、アルラギア隊長が保護した子供です。不思議な力を持っている上に、身寄りもないようなので、しばらく我が隊で保護することになりました。すでにそう説明したと思いますが？」

彼らにはすでに話したはずの内容ですが、私はもう一度繰り返しました。

「そんなことは分かっているんですよ、術士長」

彼は相変わらず眉間に深々とシワを寄せ、苦悶《くもん》の表情を崩しません。

「分かっているんですよ、それは聞きました。そういう話じゃないんです。そうじゃなくて、なんていうか、耐えられないんですよ。あんなの、俺には耐えられないんです……なんですか、なんなんですか⁉　あの愛らしさは。おかしいでしょう⁉　俺に笑顔を向ける女の子なんておかしいですよ！　そもそもうちは、男所帯のおっさんまみれの荒くれ傭兵部隊ですよ⁉ 俺にどうしろっていうんですか⁉ いいですかあの子はですね……『ほう、お菓子ですか。これは結構なものをありがとうございます』なんて妙に丁寧な口調で言いながら、そのあといきなり、ニコニコ百パーセントで屈託《くったく》なく笑いかけてくるんですよ？ 分かってますか⁉ そもそも俺は子供に笑顔なんて向けられたことがないんですからね⁉ どうするんですか⁉」

子供に笑顔を向けられたことがないというちょっと悲しい告白でしたが、それを私に訴えられてもどうしたら良いのでしょうか。はっきり言って困ります。ただただ悲しいだけです。

そういうものは自分でなんとかしてください。そう思っていたのですが……可愛さ耐性が低いのは彼だけではなかったようです。

もう一名、また別な隊員がこう語るのです。

「俺も同感ですよ、術士長。だってですね、普段の我々の生活を考えてみてくださいよ。むさっ苦しい男達しか視界に入らない日常ですよ？ 特にうちのチームは内勤が多いからなおさらなんです。そりゃあブック建築術士長はなにかと外にも仕事をしに行くからいいですよ。でも俺なんかはどうしたらいいんですか？ 可愛さに対する免疫《めんえき》がまるでありません。我々はいったい、どーうしたら良いのでしょうか」

我がチームの人達にこんな弱点があったとは。長としては軽い危機感を覚えるほどです。

とりあえず外出を勧めるくらいしか対策が思いつきません。

「お休みの日にでも出かけたらいいのではありませんか？　そもそも内勤が多めなのは貴方の希望でしょう？　家の中が好きだから建築術士になったんだとか言ってませんでしたか？　配置を換えますか？」

「ぐぬぬ、それは……俺は引きこもり気質なんです！」

「知りませんよそんなことは。出てください、外に出てください。もしくはこの際、精神修養だと思って頑張ってください。魅了耐性でもつくかもしれませんよ」

変な人ばかりで困ります。楽しいは楽しいのですけどね。

二人とも「ああ試練のときが来た」なんて言いながらも、どこか楽しそうですし。

さてそんなお馬鹿な戯言《ざれごと》よりも、それよりもあの子、リゼちゃん。本当に只者ではないようです。すでに二つ新たな魔法を生み出したとか、いないとか。

一つ目は竜巻魔法の応用で、効果としては料理用の日常魔法のようですが、あの料理馬鹿たるコックさんを唸《うな》らせ、弟子入りさせたというのですから恐ろしい。

私もこの目で拝見してみたいものです。

他にも未知の強力な神獣を手なずけているとか、光の精霊フォトンとも心を通わせたとか。現れて早々、噂が絶えないようです。

アルラギア隊長が厳重警戒をしているのものうなずけるというものです。

まだ小さな子供。何事もなければ良いのですが……

「すみませんが二人とも、先に戻っていてください。念のため、彼女の部屋にはもう一重の物理障壁と結界を張って安全性を強化しておこうと思います」

「え、もう一重にですか？　あそこの建物は初めから最高クラスの防護性能のはずですが……でも分かりました術士長、それなら我々もすぐに準備を始めます」

「そう、ですね。よし、俺もお供します！　じゃあ俺は秘蔵のお菓子を大至急取りに戻るんで、ちょっと待っててもらってもいいですか？」

まったくこの人達はなにをしに行く気でしょうか？　やれやれですね。

一日の終わりに

夜も更《ふ》けてきて、私はラナグと一緒にベッドに潜《もぐ》り込んでいた。

実に快適な部屋。けれどヌイグルミやらなにやら、むやみに可愛い物品が部屋の中に持ち込まれていた。主に建築術士チームの仕業らしい。

いったい私のことをなんだと思っているのだろうか。そこまで女の子女の子した趣味の持ち主ではないのだけれど。

ともかく用意していただいたベッドの上で休んでいると、これが途端に眠くなってくる。

まぶたが重くて重くてしかたがないのだ。所詮は幼女というものだ。

「ねえ、ラナグ」

『なんだリゼ。トイレか？　怖ければついていってやるぞ』

「違います。全然違いますから。そうじゃなくて、おやすみラナグ」

『ん？　ああ、おやすみリゼ』

ラナグはモフモフモフリと私をくるむ。静かな眠りがやってくる………

SIDE　ロザハルト

リゼちゃん達が寝静まったあと。

音の漏れない執務室。

アルラギア隊長は、俺と向き合って真剣な面持ちで座っていた。革張りのソファがきしむ。

ピンと張り詰めた空気。魔石ランプの灯りが揺らめいて、壁を照らす。

透明なグラスに注がれた赤い液体。それを飲み干した隊長が、ギンッと鋭い視線を放った。

「だぁっつはぁー！　なあロザハルト、リゼってなあ、健気《けなげ》じゃないか？　健気《けなげ》だよなぁ。あんな小さいのに一人でなぁ。あああぁ泣けてくる」

唐突な訴えだけれど、俺はただ静かに、かつ適当に返事をする。

「健気《けなげ》？　まあ、そう思えなくもないような？　どうですかね。あの年齢で一人でっていうのは確かにそうなはずなんですけど、彼女自身があまりにも、ねぇ。余裕が凄いというか泰然としてるというか」

アルラギア隊長の手の中にあるのはお酒だけれど、酔っているわけではない。たぶん、どれだけのアルコールを摂取しても効き目はないだろう。とても丈夫な人だから。

しかし隊長は、素面《しらふ》で泣き上戸《じょうご》だ。人前では隠しているが泣き上戸《じょうご》だ。

「なあ聞いてるか？　ロザハルト」

「はいはい、なんですか隊長」

「リゼを、あの子をうちみたいな場所に置いてしまって、本当にいいんだろうか。俺はまだ迷ってるよ。とりあえず当面の安全確保は俺達でやるとしてもだ」

「客観的に見てうちで保護するのが最善。分かっているでしょう隊長だって。他にもっと安全な場所なんてあるんですか？」

「うーん、しかし俺は本当はな……普通の女の子のように、当たり前の幸せな生活をさせてやりたいんだよ。ロザハルトだって知っているだろう。生まれつき妙な能力を持って生まれてしまったら、もう普通に生きていくことは難しいんだってな。特に子供のうちは妙な連中にも狙われる。悪党だけじゃない、そこら中の権力者があの子を狙いかねない。俺はなぁ、それを思うと不憫《ふびん》で不憫《ふびん》で、なぁ、守りたいだろ、あの笑顔」

「……まあ守りたいですけども」

そこに異存はなかった。笑顔を守りたいなとは俺も思っていた。

ただ、今はそれどころではないのだ。このモードに入ったアルラギア隊長はひたすらに邪魔ください。

「頑張ってんだよ、たった一人で見知らぬ土地で！　あんな小さくて幼い子がなぁ！」

「いやいやもう、泣かないでくださいよ。隊員に見られますよ？」

「馬鹿やろぉう、見るんじゃないよ」

これで酔っ払っていないのだから、かえって心配になってくる。

アルラギア隊長という人はそもそも子供に弱い。子供に対する庇護欲《ひごよく》がただでさえ強い。

特に、リゼちゃんなんて隊長の弱点そのものではないだろうか。

なにせ隊長自身がかつて天才児で、かなり壮絶な幼少期を過ごした人だから。

アルラギア隊長という人は、彼自身、特別な力を持って生まれた人間だ。神童、それどころか、化物と呼ばれた子供だった。

「ほんとにもう、泣かないでくださいよ。どれだけ隠れ泣き上戸《じょうご》なんですか」

「人間てのはな、年をとるとな、涙もろくなるんだよ。みんなそうだ、漏れなく全員がそうなんだ。自然の摂理だ。お前のような若造にはまだ分かるまいがなぁ」

「まったくもう、隊長だってそんなことを言うほどの年でもないでしょう。俺と年齢そんなに変わらないですし」

夜は更《ふ》ける。ホームは常に誰かしら起きていて寝静まることはない。

俺も隊長もむやみやたらに身体は元気だから、夜も不測の事態に備えていることが多い。

まあ大抵は、大したことも起こらないのだけれど。

この日は幸い起きていた甲斐があった。夜遅くになってから、近隣から救援要請が来たからだ。それなりの大物モンスターが相手のようで、みんなやや浮かれていた。

ただし俺はお留守番。リゼちゃんはまだホームに来て初日だし、少しでも馴染《なじ》みのある人間がそばにいたほうがよかろうという隊長の判断だ。

だから彼女には安心して眠っていてほしい。

しかし隊長の心配をよそに、リゼちゃんという女の子は、とにかく大人しく寝て待っているような子ではない。俺は薄々気がついていた。

一日は終わらない

眠りについてから、さてどれくらいの時間が経っただろうか。私を包み込むようにしていたラナグが、耳元でなにかを囁《ささや》いていた。

『リゼ、リゼ……』

うーん、なんだろうか？　私はまだ甚《はなは》だしく眠いのだけれど？

『リゼ起きろ、大変だぞ。ドラゴンだ、ドラゴンが現れたらしい』

「ドラゴン……ドラゴン？　……ほう!?　ドラゴンが？」

『そうだドラゴンだ。現れたらしい。隊長どもが話をしていたのだ。ドラゴンが現れたから戦いに行くと。これは大変なことだ。我らも行かねばならぬ。行って、ドラゴンを喰らわねば』

「うーん、興味深い」

興奮ぎみな神獣さんに起こされて、私ははっきりと目を覚ました。

隣の部屋には灯りがついている。隊長さんの部屋だ。

ベッドからそっと下りてドアを少しだけ開けてみると、そこには副長さんやコックさんと、他にも数名の男性達がいた。

みんなで一箇所に集まって、なにやら楽しそうに話をしている。

なんだろうか。少なくともドラゴンと戦いに行くようには思えない。まるで遠足前夜の少年達。待ちきれずに夜中に目を覚ましてしまったような嬉々とした様子だった。

もしやドラゴンというワードはなにかの隠語で、本当は美味しいものでも食べに行くのではなかろうか。

『リゼリゼ、あれは転移魔法だぞ。人間達はどこかへ飛ぶようだ』

隊長さん達の足元には魔法陣らしき光が広がっている。

どこか遠くの場所に移動するための魔法が起動中らしい。

となれば、ドラゴンがもし本当に現れていたのだとしても、それはこの近くに襲撃してきたわけではないようだ。

『ゆくぞリゼ。やつらめ、我らを置いて出かける気だぞ。自分達だけでドラゴンを食べてしまうつもりに違いない』

「ラナグ、たぶんそういうわけじゃない気がするけど?」

人間はドラゴンを食べるのだろうか。疑問である。

『とにかく急げ、リゼ。突撃だ、転移陣がすぐにも起動してしまいそうだ』

確かに隊長さん達は準備を済ませたようではあった。声が聞こえてくる。

「それじゃあ行ってくる。ロザハルト副長、リゼのことはまかせたぞ」

「もちろんまかせてください。隊長も気をつけて」

「こっちは余裕だ。三十分で戻る」

副長さんはこの場に残るらしい。

さて私はといえば、神獣ラナグの鼻の頭で背中をグイグイと押されていた。

その勢いで自分の部屋を飛び出すことになる。

「ああリゼ、起こしてしまったか。少し出かけてくるがな、副長達と一緒に大人しく待ってるんだぞ」

『いいや、そうはさせるか人間め、我らも行くぞリゼ。やつに言ってやれ、連れていかねば貴様らが帰ってきたときには、この地の全てが灰燼《かいじん》と成り果てているとな！』

荒ぶる神獣ラナグ。よほどドラゴンを食べたいらしい。

私はとても眠いのだけれど、ドラゴンには興味もあるし、ラナグのこともある。隊長さんへの交渉を引き受ける。

「アルラギア隊長。ラナグがどうしても一緒に行きたいと言うのですが、連れていってくれませんか？　ドラゴンを食べたいそうです。ラナグ、これでいいかな？」

『我の言葉とは少しばかりニュアンスが違うが、まあいい、とにかく連れていくのだ』

ラナグはグルグルグルルと低い唸《うな》り声をあげながら、転移の魔法陣の中へと無理やり入り込む。

ロザハルト副長が止めに入るけれど、神獣様の力はもの凄い。

ズリズリと引きずられてしまう。叫ぶ副長さん。

「待って、ちょっと待ってラナグ。そんなことをしたら事故になります。危険ですから」

しかし止まらぬ神獣。

『ならば大人しく我も連れていくことだな。ガルゥ』

てんやわんやの様相である。

ラナグの気迫、それだけはみんなにビシビシと伝わってゆく。

「まったく、しかたないな。もう飛ぶ時間だ。全員乗ってしまえ」

最後に隊長さんが発した一言で、その場は決着した。

ラナグの無理やりな要望は受け入れられ、私と副長さんも含めたみんなで転移魔法の輪の中へと収まる。

「では行くぞ、リゼはもっと中に入れ、落っこちないようにな」

その言葉に返事をする間もなく、突然それは巻き起こる。

まるでジェットコースターのような浮遊感。

お尻に冷風をあてられたような、あの、なんとも言えないむず痒《がゆ》さ。

私は年甲斐もなく左手で隊長さんの手を握っていた。

右手はラナグの身体をガッシリと掴まえている。ビビリである。

もっとも、今は幼女なのだからこれくらいは許してほしい。

ジェットコースターなら身長制限で乗れないのは確実だろう。転移魔法の安全基準に、身長制限の項目がないことを祈るばかりである。

真っ白な空間を抜ける。再び目の前に景色が現れる。

無事に着いた場所はどこか知らない町で、そして町はドラゴンに襲われていた。

「情報どおり岩石小竜《がんせきしょうりゅう》の群れだな。では総員突撃。獲物は早い者勝ち。ただし副長はリゼの保護を」

「はいはい、分かってますよ」

隊長さんは稲光のような速さで駆け出したかと思うと、ほんの一瞬のうちに一体のドラゴンの首元にまで到達していた。

ドラゴンはカバを十倍ほど大きくしたくらいの巨体で、ちょっとした岩山のようにすら見える。

岩石小竜と呼ばれる強大な魔物らしい。

ひーふーみーよー……。数は全部で八体ほどだろうか。

しかしあれで岩石小竜ならば、普通の岩石竜はどんなサイズになるのやら。

そんなドラゴンの首元に強烈な稲光が煌《きら》めいた。かと思うと、大きな頭部がそのまま胴体と離れて地面に落ちた。

鳴る地響き。隕石《いんせき》でも落下したのかと思うほどの震動。

「相変わらず隊長はキレッキレだなぁ。よくもまあ、あんなナイフで竜と戦うもんだよ」

ロザハルト副長は私の隣で待機中。隊長さんの戦いを見つめていた。

次の瞬間、ひときわ身体の大きなドラゴンが隊長さんの背後から喰らいつく様子が見えた。

隊長さんは身体を反転させ、その鼻先を易々と蹴り飛ばす。

ドラゴンの巨体が地面に打ち付けられる。

「あ、見てよリゼちゃん。隊長め、竜を町のあるほうに蹴り飛ばしたよ。あーあー、あとで直すの大変なのに」

ロザハルト副長が目を細めて言った。

向こう側ではコックさんが竜を倒して捌《さば》いて、その場で炭焼きにしている。

やはり人間もアレを食べるのだろうか？　はたして美味しいのだろうか。

「あっちはコックか。そもそもあの人はホーム待機の仕事なのに。なんでこっちに参加して……ああ今日は非番だったっけ。でも外出するなんて珍しい。よっぽど食べてみたかったんだな」

副長さんは竜を焼いているコックさんのほうに目を向けていた。

どうやら副長さんも参加したくてウズウズしているようだ。

行ってきてくださいと言いたかったけれど、副長さんはうちの神獣様からも私の保護を頼まれていたし、そうもいかないのだろう。

神獣ラナグはすでに飛び出していった。ドラゴン退治というか、ドラゴン捕食をするために。

とはいえちゃんと常にこちらをチラ見しながらである。その姿はまるで、散歩の途中で後ろをちょくちょく振り返る大型犬の如し。なんだか可愛らしい。

副長さんのほうも引き続き私の周囲を警戒してくれている。

「ああ、全然気にしなくて大丈夫だよ。こうして全体の動きを観察するのも良い経験になるからね」

なかなかにジェントルメン揃いである。

「さて、俺達は向こうに行こうか。あの様子なら問題なさそうだし、すぐに終わってしまうからね。向こうではバックアップチームが町の人達の救護を始めてるよ」

ロザハルト副長の言うように、大きなドラゴン八体はすでにほとんど打ち倒されていた。結局、ドラゴンよりも派手に大暴れしているのは隊長さんであったようにすら思える。

幸いにも今回のドラゴン襲撃で町に死者は出なかったようだ。

戦闘終了後も隊長さん達は獅子奮迅《ししふんじん》の働きを見せて、瓦礫《がれき》の中から人々を救出しては手当てを施していった。

私も初心者ながら回復魔法を使って怪我人の手当てをさせてもらった。

神獣ラナグはムシャムシャとドラゴンを一体丸呑みにしたあげく、

『ドラゴンとは言っても子竜だったな。これではいまいち腹が膨れぬか……筋張っていて硬い。味もいまいち。もう少し美味くなるように調理でもすればあるいは。竜巻揚げも美味しかったけどなぁ……』

無理を言ってついてきたくせにこの言い様である。さらには私の顔をじいっと見つめてくる……

これは明らかに、どうにか美味しく調理してくれと言っているのでは？

まあやってみても良いけれど。ただ一つだけ言っておかなくてはならない。

私は、ドラゴンの調理方法なんて知らないのだと。

『リゼならできる。きっと美味しくなる』

謎の信頼をいつの間にか勝ち取っていた私である。

人様の期待に応《こた》える気などはあまりないけれども、美味しいものは私自身も食べたい。

上手かどうかは別として料理は好きだし、やってみるのは吝《やぶさ》かではない。

それにしてもドラゴン肉か。どうやって調理したものか。まずは味見からだろうか。

いっぽう、ひと通りの人命救助も終えた町の中では、隊長さんが文句を浴びているところだった。

「ちょっと隊長よろしいですか。町を壊してたの、半分以上は隊長でしたからね」

「問題ない。俺はちゃんと人のいないほうへ蹴り飛ばしていた」

ちょうど建物の復旧が始まったところらしい。

建物を直しながら隊長さんと話しているのは、私の住む部屋の拡張工事をしてくれたブックさんである。

「建物を直すのは私なのですからね」

「良い実戦練習になるな」

「なにをおっしゃっているのですか。もし今度また町を破壊したら、私が隊長を討伐しますから覚悟をしておいてください」

「分かった、楽しみにしてるよ」

「まったくもう、しょうがない人ですね」

隊長さんはしょうがない人らしい。

ブックさんのほうは建築術士とは聞いていたけれど、なるほど、隊長さん達が壊した建物を直すのも彼の仕事のようである。

ちなみにこのブックさんも貴族の出身らしい。エスペルダという公国の生まれだという。家を出てこの部隊に参加している境遇は副長さんと同じだ。

この部隊の中では細身で、手には魔導書を持っている。

他には転移術士の方が一名来ており、医療班は三名が参加中。

あとは隊長さんをはじめとした暴れ担当が五名。

私の護衛に回されてしまった副長さん一名。コックさん一名。

転移してくる前に、隊長さんは三十分の仕事だとか話していたけれど、実際にかかったのは十分ほどだろうか。その間に全ての仕事を彼らは終えてしまっていた。

大暴れしている感じであったけれど、終わってみれば見事なものだった。

まるでドラゴンなんて来なかったかのように綺麗な町の風景が広がっていた。

「よし、帰って寝るぞ。特にリゼ。良い子はとっくに寝てなきゃいけない時間だ。しっかり寝ないと大きくなれないぞ」

隊長さんは小さく欠伸《あくび》をしながら私に言った。自分だって眠いのではないだろうか。

私のほうはドキドキしてしまってそれどころではなかった。

転移術士の方が魔法陣を地面に描き、なにやら難しそうな道具を使って準備をしている間、周囲には町の人達が集まってきていた。

みんな口々にお礼と感謝と感激の言葉を叫んでいる。

特に女性達からの声援は凄《すさ》まじい。

『アルラギア隊長大好き』というミニ横断幕を振っている娘達までいるほどである。

なんなのだろうこの様子は。いつも男ばかりで暮らしているから女気なんてないのかと思っていたけれど。この隊の人達って、もしかして人気者なのだろうか？

副長さんへの歓声も凄《すさ》まじい。特に女子からの歓声がキャーキャーである。

歓声の中で転移魔法は発動した。

再びジェットコースター感覚を味わって、私達は隊長さんの部屋へと戻ってくる。

みんな何事もなかったかのように自分の寝床に戻ってゆく。あっさりしたものだ。

「ところで隊長さん。確かドラゴンなんて町の近くにはいないと言ってませんでしたっけ？」

「いないさ、普通はいない。いても今みたいにすぐに全力で倒しちまうからな」

「そんなの屁理屈ですよ？」

「まあな、ただどっちにしろ、ドラゴンといってもラナグが求めてるようなのとは違うだろう？　こんなのはまだドラゴンのうちには入らないってところだ」

『ふん、分かってるではないか人間よ』

ラナグは隊長さんに向かってうなずいた。

「まあデカイのを見つけたら教えるよ。今回みたいに無理やりついてこられても困るからな」

ラナグはさらに大きくうなずいて、食いしん坊然りとした笑みを浮かべていた。

この夜、自室に戻ってからも私の寝つきが悪かったのは言うまでもない。ラナグはグーグー寝ているが。

そういえば、ラナグって睡眠は必要ないと話してたようにも思うのだけれど？

『ん？　むにゃむにゃ。寝なくても問題ないが、眠りたいときはいくらでも眠れる。百年でも千年でも。神獣だからな』

なんて便利な習性だろうか。

ラナグの寝息を聞いているうちに、私もいつの間にか眠りに落ちていた。


ドラゴン退治の翌日。私は隊長さん達に連れられてホーム内の倉庫へとやってきた。

「昨日の夜はリゼのおかげで予定よりも早く仕事が片付いた。まさかリゼの収納魔法が、岩石小竜七体分も収まるとは思わなかったな」

「俺の言ったとおりだったでしょ隊長。リゼちゃんがいればきっと隊のためにもなるって」

副長さんが得意げに笑う。

「まあ、一応そうか。しかしなリゼにラナグ、もう無理についてくるのは勘弁してほしいもんだが」

「ベストを尽くしましょう」

今後、無理についていくことはしません、とは断言しないでおく。

そもそも昨晩だって、ラナグが無理をしたのであって私ではないという点も、あわせて強調しておきたい。

さて、昨日の夜皆さんが倒したドラゴンについて。

これは私が隊長に言われて、収納魔法で亜空間に仕舞っておいた。

本当は全部で八体いたのだけれど、ラナグが一体をその場でまるまる食べてしまったので、残りは七体である。その七体のうちの一体もコックさんが少しだけ食べてしまっているから、厳密には六体と食べかけ一体である。

収納魔法そのものは隊長さんも副長さんも使えるらしい。けれども、ドラゴン七体が入るような容量ではないという。だから普段はその場で解体して、みんなで分割して持ち帰るのだそうだ。場合によっては何度か往復することすらあるとか。

あるいは現地で売り払うこともあると聞いた。

戦いには参加しなかった私だけれど、荷物運びだけでもできたのは喜ばしい。そんなことを思いながら、岩山のようなドラゴンを七体、亜空間から取り出した。

「なかなかにデカイな。解体のやり甲斐もあるってもんだ」

倉庫番をしているドワーフ小人のお爺《じい》さん。みんなからはデルダン爺《じい》と呼ばれているようだ。彼はいとおしげにドラゴンに触れていた。

ドワーフというのはファンタジー小説ではお馴染《なじ》みの種族だろうと思う。

だいたいは人間に良く似た種族として描かれることが多い。

もじゃもじゃの髭《ひげ》が生えていて、身長のわりにガッシリとした体形。鍛冶《かじ》が得意で大酒飲み、そんな感じで描かれることが多い。

人間よりも背が低い種族とされることもあれば、豪快な大男として描かれることもある。

どうやらこの世界では、人間よりもやや小さめな種族であるらしい。

倉庫番のデルダン爺《じい》は角つきの大きな兜《かぶと》を目深《まぶか》に被っていて、残りの部分は立派な白いお髭《ひげ》で覆われている。顔はほとんど見えない。

厳密には純粋なドワーフではないという話も教えてもらった。

「それで隊長さんよ、岩石小竜の鱗《うろこ》やら牙やらはなにかに使う予定はあるのかい？」

「いいや、好きにしてくれてかまわんよ」

ちなみに一体分のドラゴン肉と骨は、すでに神獣ラナグからの予約が入っている。

彼の希望で、それは私が調理しなくてはならないのだけれど……

ドラゴンの美味しい食べ方なんて全然分からない。どうしたものか。

コックさんに相談してみようとは思っている。

「でもラナグ。ドラゴン肉って高級品みたいだから、なにか働いて返さないといけないよ」

『むううう、分かった、面倒だがなにかやろう。しかしなぁ、なにをしたものか……』

「私にやってくれたみたいな加護を隊長さんにもあげるのはどう？」

『それは難しいな。誰にでも付与できるものではないのだ。相性やら、繋がりやらが必要になる』

ラナグの迷っている様子を隊長さん達にも伝える。すると、デルダン爺《じい》が口を開いた。

「隊長さんよ、それなら是非神獣さんの毛を少しもらいましょうや。見たところ、かなり霊験あらたかな素材になりそうだぜ？　爪でもいいですがね」

『むむ、なんだと、我の毛と爪を所望《しょもう》するか。生意気なドワーフめ』

そんなふうにラナグは初め渋っていたものの……

「いやあ、本当に見れば見るほど素晴らしい毛並みだ。魔力が漲《みなぎ》っているし、この毛一本でももらえれば大幅に強化できるアイテムがいくつもあるわな」

ドワーフのデルダン爺《じい》が誉めそやすのを聞いているうちに、すぐに気が変わった様子である。肉と毛を交換する契約は、こうして無事に成立した。

ただその交換レートがまたとんでもない。ドラゴン肉と骨一匹分に対して、交換するラナグの毛はたったの一本。

岩石小竜まるまる一匹分と、ラナグの毛一本で価値が釣り合うというのだから驚きだ。

「この毛を見る限りただもんじゃあねぇな。長年世界中の素材を見てきたが、こんなのはお目にかかったことがない」

そんなに高価なものだとは露知らず。私は毎晩ラナグの毛皮にくるまれながら、そこによだれを垂らして眠っていた。

ちょっとフワフワで気持ち良い毛だなとは思っていたけれど、思いのほか貴重な毛らしい。

けれどもよそ様で値打ちがあろうとなかろうと、そんなことを気にしていては風流も風情もモフモフも十分に堪能はできまい。

私はこれからも、しっかりとよだれを垂らしていく所存である。

ともかくお肉は手に入った。これを調理すべくキッチンへと移動した。


「へぇ、隊長さんてモテるんですか？」

「ああもちろんだ。モテるなんてもんじゃないぜ。しかも、それに引けをとらないぐらい副長だってモテる。副長のほうは庶民よりも、特に貴族連中に人気があるけどな」

本当はコックさんにドラゴン肉の調理方法を聞くために、キッチンに来た私である。

けれど、なぜかちょっとした恋愛話が始まっていた。

「いいか、お嬢？　実はこの部隊に女の子がいないのはな、この二人を巡って必ず問題が起きるからなんだよ。それでいつの間にやら女人禁制みたいになっちまったんだぜ？

理不尽な話だよ」

「でもコックさん、おかしいですね。私も女人なのですけど。良いのでしょうか」

「たっはっは、流石《さすが》に嬢ちゃんは大丈夫だろう。まだちいと若すぎるってもんだよ」

「まあ、それもそうですね」

実はちょっとだけ腑《ふ》に落ちない気分だけれども、つんと上を向いて大人っぽい顔で乗り切ることにした。

肝心なのはドラゴン料理のほうである。これが一筋縄ではいかない代物であった。

「お嬢いいかい、まずはコイツを食ってみるといい」

コックさんから手渡されたのは、薄切りにした岩石小竜の肉を、サッと湯がいただけのもの。香りをかいでから口の中に放り込む。モグモグモグ。

「かったい。硬いですね」

「そうだ。ドラゴンといっても種類は色々。今回のは地竜属《ちりゅうぞく》、ロックドラゴンの幼竜みたいなもんだ」

「幼竜ですか、このサイズでまだ子供なんですね」

「みたいなものだ。それでな、ロックドラゴンはとにかく硬い。幼竜でも硬い。肉も骨も鱗《うろこ》も牙も硬い。目玉すらも宝石のように硬い。普通はこのまま食用にするんじゃなくてな、回復薬や滋養強壮薬の材料として使うようなもんなんだ。俺も実際に食ってみたのは昨日が初めてだが、噂に違わぬカチカチ肉だったよ。あれはあれで良い経験ができたけどな」

そんな会話の中、神獣ラナグは私の隣に座って、ウンウンとうなずいていた。

『うむ、確かに美味くなかったな。不味かったと断言できる』

不味かったと言うわりには、昨日すでに一体まるまる食べているのがラナグである。

『リゼ、なんとかならないのか？　矮小《わいしょう》とはいえせっかくのドラゴン、それなりに栄養はある。我は美味しく喰らいたい』

そうは言われても柔らかくする方法なんて、私には長時間煮込むくらいしか思いつかないけれど。

岩のように硬いドラゴンがそんな方法で柔らかくなるだろうか。

一応コックさんによると、十日くらい煮込み続ければ柔らかくなるかもという話だ。ただしつきっきりで高濃度の魔力を外から送り込みながら煮込むのだそうだ。

流石《さすが》に長い。良い具合の圧力鍋でもあれば少しは短縮できるかもしれないが。

「圧力鍋？　なんだそれは？　知らないな、あれか？　お嬢もしかして……!!　また未知の調理法の話なのか!!」

圧力鍋、コックさんは知らないらしい。

ただ、もしかすると倉庫になにか似たような機能の道具があった気もするという。昔なにかで使った武器が、高圧の水流を扱うものだったとか。

行ったり来たりになって少し面倒だったけれど、再び倉庫に戻ってドワーフのデルダン爺《じい》に聞いてみることに。

「ん？　圧力鍋？　なんだそりゃ」

「密閉されたお鍋なんです。加熱によって発生した水蒸気の圧力を程良く外に逃がして、一定の圧力に保ってくれるものなのですが……」

「んんん、なるほどな。しっかしお嬢は難しい言葉を知ってやがるな。うちの孫も天才だが、それと同じくらいかあるいは……よし、分かったちょっと待ってろよ。圧力鍋ってのに似たようなものがなくもない」

デルダン爺《じい》の孫。いったいいくつなのだろうか？　私と同じくらいの年齢なのかもしれない。

そんな感じの会話をしながら倉庫の奥に引っ込んだデルダン爺《じい》。

再び出てきたときには、大きな丸い球を肩に担《かつ》いでいた。

「なんですそれ？」

「大瀑布《だいばくふ》バズーカ杖だ。昔、隊長達が水属性だけが弱点のヤバイ化物と戦ったときに使ったもんだよ。作ったのはウチの弟だ。こんな形だが一応杖でな、こいつに水魔法を流し込むと、中で超高圧力の水流に変換される。それを発射しないでキープしてれば内部の圧力は保たれたままになるだろう。強度も十分、熱にも強い。なにせ、あのときの相手は炎の化物だったからな」

「要するに、水魔法を込めると中で高圧力の状態が維持されると？」

「そういうこったな。圧力の調整もできる」

なるほど、なんとなく圧力鍋っぽい感じはする。見た目は大きな玉で、実際には杖らしいけれど。

「直接、火にかけても大丈夫ですか？」

「まあたぶんな、もう使わないからぶっ壊れてもかまわない。あとはやってみな。ちなみに、ここのところが開閉できて、中の魔石と聖水を交換できるようになってるから、今回は代わりに肉を入れてみるといい」

これは良いものを借りることができた。早速試してみよう。

キッチンへと再び走っていって、実験開始。

それから試行錯誤すること数時間。多少の暴発や事故はあったけれど、なんとか調整も上手くいって、圧力も火加減の調整も落ち着いてきた。

　さあ、あとは二日半ほど待つだけだ。

『二日半！　二日半もかかるのかリゼ』

「ラナグ？　十日が二日半になったのだから、ここは褒《ほ》めてほしいところですよ」

『グ、グルルゥ、それは確かにそうだ。我のミステイクだ。待とう、二日半待つとしよう』

　大瀑布の杖は魔導コンロの火にかけられている。

　その周りをグルグルと回る神獣ラナグ。

　まさか二日半の間ああしてるわけではないと思うけど、目を回してしまわないか心配だ。

『リゼは優しいな。大丈夫だ。我はこれしきのことでは目を回したりせぬ』

　自《みずか》らの言葉を証明するかのように、ラナグのグルグルは加速した。

　さらに加速。どうも途中から目的が変わってくる。

　急にピタリと止まったかと思うと、どうだリゼ凄いだろう、みたいな顔でこちらを見てくる。

　ふむ、アホ可愛い神獣様である。などと言ったら失礼だろうか。

　とにもかくにもワフワフしてくるので、私はモフナデで返すのだった。

そしてもう一人。杖の近くから動かない人物がいる。ぴったり張り付いて動かない。穴が開くほど杖を見つめている人物。当然のごとくコックさんである。

「ああ、お嬢、確かに中の湯は限度を超えて熱くなってるし、強い圧力も魔力もかかっている。良く煮えそうな感じはあるな。これが圧力鍋というものなのか。くそっ全然知らなかった。勉強不足だぜ。そしてありがとう、ありがとうなぁ、お嬢なぁ、う、うぅぅ」

今回もまたコックさんは興奮していた。それどころか半泣きの様相である。お腹でも壊して呻きだしたのかと思ったけれど、そうではないのだ。ただただ新しい調理器具に大興奮。

「ああこれが、これが圧力鍋かァァ!!」

こうして叫び出すので、大層やかましい。

しかし一つ言っておかねばなるまい。こんな代物は、私が思っていた圧力鍋とはまったく違うものだと。

私の知っている圧力鍋は、滝のような大水流を発射して魔物を倒したりはできないのだ。まったく似て非なるものである。

さて現在この圧力鍋（大瀑布の杖）の中には、肉と一緒にブラウンシチューっぽいスープも一緒に入れてある。

これはラナグからのリクエストだ。濃厚な味のスープになっている。

『ああリゼ。我は嬉しいぞ。とても嬉しいぞ』

ラナグはなんだかはしゃいでいた。

彼のオーダーどおりのスープになっていて、それが嬉しいらしい。

考えてみれば、私以外の人間には言葉が通じないのだ。

そこらにあるものを適当に強奪して食べることならできるけれど、自分の食べたい料理のリクエストなんて無理なのだ。そのあたりも考えて、せっかくだから今回は存分に彼の好みを聞いて、できる限りオーダーに近い形を目指して製作してある。

シチューの材料はコックさんが提供してくれたし、作るためのアドバイスもしていただいた。

異世界風シチューだ。まだ小竜のお肉は入ってないけれど、実はこれだけでもすでに美味しいシチューである。

ところでこのコックさん。本業は料理人ではなく通信術士らしい。

けれどその本業はただ座って待っている時間が長いのだとか。

暇にまかせて料理をしているうちに、今ではみんなからコックと呼ばれるまでになってしまったのだ。

本当の名前はデンセルさん。しかし、その名で呼ばれているのをまず聞かない。

「よし、リゼちゃん師匠。シチューだけでも食えるから、もう昼飯にするか?」

「師匠ってなんですか、そんな大層なものではありませんから勘弁してくださいね。全然違いますから。でもシチューは食べましょう」

「はっはっは、よし、食おう食おう先生」

コックさんは悪戯《いたずら》っぽく、私のことを師匠扱いする。彼の知らない調理方法を私が知っているかららしい。あるいは、調理に使う魔法の制御技術が高いからというのもあるようだ。

今回の圧力と火加減の調整も、それなりに緊張感と集中力が必要な作業だった。

日本の圧力鍋と違って、これはあくまでも杖。機械的な圧力調整弁なんてものはなくて、全ては使用者の魔力コントロールのサジ加減一つなのだ。

一歩間違えれば滝のような水流が飛び出してきてしまう。

神獣ラナグが言うには、私にはその手の細かな魔力調整に並々ならぬ天性の適性があるのだとか。センスがある、そういうことらしい。もしかしたら転生の才能なのかもしれないが。

『ただし、戦闘センスのほうは微妙かも知れぬがな。殺気、相手をブチ殺してやろうという気概が足りぬようだ』

私にそんな方面の気概を求められても困ってしまう。

これでも現代文明の中の平和な日本に住んでいた女子である。ぶち殺しの気概なんて不足していてもしかたあるまい。そんなのあったら困るくらいのものではなかろうか。

それはそれとしてこのシチューだけれど、結局お昼ごはんには別なものを食べた。なんだかラナグがあまりにも完成系を楽しみにして鍋の周りをグルグルしていたからだ。

その意思を尊重して、完全に出来上がってからみんなで食べるという約束になったのである。

翌日。今日は朝からホームの中で魔法の練習をして過ごすことに。

初めは薬草採りにでも行ってみようかと思ったのだけれど、それはやめにした。

隊長さんが言うのだ。外に出るなら人間の護衛もつけていくようにと。

ラナグの場合はいつも私の近くを離れないから気にならないのだけれど、他の皆さんは忙しいだろうし、手を煩《わずら》わせるのは気が引けるというもの。

ということで魔法の練習である。

先生を務めてくれているのは、やはり神獣のラナグだったりする。

ありがとうラナグ。見た目はほとんど犬だけれど、やはり神獣だ。

どんな魔法のことも良く知っていて、教え方も実践的。良い先生だといえよう。

昨日もラナグに指摘されたけれど、やはり私は攻撃魔法よりも回復や補助の魔法が向いているらしい。

あるいは縛って動けなくするだとか、はたまたアイテムを生み出すための魔法とか、日常生活に使える便利系魔法も良さそうだ。

こうした得意分野の魔法能力が良く成長するようにと、ラナグはおまじないまでかけてくれた。あとは私の頑張り次第でどれだけでも成長していくぞ、なんて言われてしまう。

一緒に世界最強を目指そう！　なんて言われてしまう。

ラナグ先生は良い先生だけれど、期待がやや重めの先生でもある。

さて先生曰く。中でも特に私の適性が高いものの一つが時空属性の魔法だそうだ。

水や火といった基本の属性とは違って、そもそも使い手自体が希少らしい。

ドラゴン七体を仕舞った収納魔法も、この時空属性に分類されている術の一つである。

他には短距離転移術テレポや、長距離転移術トリップ、加速術クイックに、減速術スローというのも時空魔法の一種だ。

トリップ以外はすぐに使うことができた。

ラナグも喜んでくれて、ワフワフと走り回っていた。

ただし長距離を瞬間移動するこのトリップだけは、発動のための道具も必要みたいで試すこともできなかった。使用するための免許まで必要らしい。

そもそも人間界では無許可で使ってはいけない術なのだとか。

なにせこの魔法、場合によっては国境線を越えたりもする。

無許可でうっかり立ち入り禁止エリアに侵入したりすると、すっごく怒られるという。

私は怒られるのは好きではない。ゆえにトリップなんて絶対に使うものかと心に誓う。

もし私が本当の幼女ならば、日常生活の中で怒られることも多く、慣れっこかもしれない。がしかし、中身の私はいい大人なのだ。少なくともそういう記憶がある。もはや怒られ慣れていない。大人の心に幼い涙腺。これはもう、すぐに泣いてしまう自信がある。

恐ろしや。あな恐ろしやトリップの魔法。

そんなふうにトリップを過剰に恐れる私を放っておいて、ラナグ先生の講義は続く。

『リゼの魂はどこか別の世界から来たそうだからな、その影響で時空魔法の適性が身についたのだろうな。もしも火の中で生まれれば炎魔法が得意になるし、水中でも土の中でも同じことなのだ』

そういうものらしい。

すでにラナグにも隊長さんにも、私が別な世界から飛ばされてきた話はしてある。

伝えても特に不都合はなさそうだったからだ。

ただ、元々は大人の女だったのだという事実も伝えたのに、それはあまり重要視されなかった。

真剣に受け取られなかったというか、前世の記憶があったとしても今は生まれ変わってしっかり子供なのだから子供だ。そう思われている。

前世の記憶があろうと幼女は幼女。まあそういうものかもしれない。

ともかく時空属性が得意そうなのは確かだから、そちらも伸ばしていこう。なんなら地球まで飛べちゃったっておかしくはあるまい。

そんな考え事をしながら、魔法の練習をしている途中のことである。

鋭い顔の背の高いおじさんが勢い良く走ってきた。コックさんである。

何事かと思っていると、手にはアメリカンドッグを握りしめていた。両手にアメリカンドッグ。嬉しそうに振り回している。

「リゼちゃん師匠！　見てくれ俺の作品を！　ついに成功したぞ、竜巻揚げの技を習得した！」

喜色満面とはこのことだ。笑顔百パーセントのコックさんがウッキウキでアメリカンドッグを振り回していた。棒からドッグがもげそうな勢いである。

「味を、味をみてくれリゼちゃん師匠」

幸運なことに私は試食の権利を得た。大歓迎である。パクついてみる。

見た目は少々崩れている部分もあるけれど、味も食感もしっかりとアメリカンドッグ。

私はうんうんとうなずく。

「良くやったな、我が弟子よ」

「し、師匠!!」

ほんの戯《たわむ》れに弟子扱いしてみると、思いのほか本気で喜ばれてしまう。困惑する私。

まずい、この人に対して迂闊《うかつ》にふざけると、取り返しのつかない事態に発展しそうに思える。

「じゃあまたな、リゼちゃん師匠。実はまだ竜巻揚げ練成の成功率は五パーセントってところなんだよ。風魔法の操作レベルをもっと上げなくちゃあならないんだ」

コックさんは無数のミニ竜巻を操りながら再びキッチンへと戻っていった。

ふむ、頑張っている様子だ。私は私で魔法レッスンを続けねばなるまい。

今日は引き続き時空魔法を攻めてみようと思う……

と、今度は隊長さんが数名の隊員さんを引き連れて通りかかった。この場所は意外と人がやってくるらしい。

隊長さん達はなにやらブツブツと相談をしている。立ち聞きを試みる私。

どこかへ荷物を運ぶ仕事で人手が足りないらしい。おいおい、と思う。

なぜ、このリゼさんに話がこないのだろうか。おかしいではないか。

荷物のことならリゼさんへ。なにせ大容量の収納魔法が得意技なのだ。リゼさんマークの運送屋さんを開業しようかと思っていたほどだというのに。

「ん？　どうしたリゼ。そんなところで通せんぼして」

私は隊長さんの前に仁王立ちし、詳しい話を聞き出そうと試みる。

聞いてみると、今回は岩石小竜の鱗《うろこ》を運ぶお仕事らしい。

行き先はエスペルダ公国。建築術士長ブックさんの実家がある国だそうだ。

「ウチの父が岩石小竜の鱗《うろこ》を使いたいと言い出しまして。領内の砦《とりで》の改修に使うようです。急ぎらしくて、なるべく早く持っていけると良いのですが」

「リゼ、もしかしてだがな。収納魔法を使って運搬仕事を手伝うなんて言い出さないよな？」

「まさに、今ちょうど言うところでしたよ、アルラギア隊長」

なぜかこめかみを押さえる隊長さん。

「幼児を働かせる傭兵団がどこの世界にある」

「ちょうど今、この世界にあるようですね。いえ、それほど気にすることでもありませんよ。幼女と言っても普通の子でないのは明らかですし、なによりも本人のヤル気が満々なのですから」

アルラギア隊長は頭を抱えるような仕草《しぐさ》をした。

それからひと悶着ふた悶着あったけれど、最終的に私はエスペルダ公国への切符《きっぷ》を手に入れた。

可愛い子には旅をさせよ。私が可愛いかどうかはこの際横に置いて、旅だけはさせていただこう。

「リゼちゃん、本当に良いのですか？　私としてはとっても助かりますけど……」

ブックさんは申し訳なさそうに言う。

ちなみに彼の父親というのは、公国の中のラパルダという地方領地の侯爵。要するにとっても身分が高い。

ブックさんはその家を出て傭兵団に参加している。今でも大貴族の血筋であることに変わりはないが、物腰が柔らかい人で、偉そうな雰囲気など微塵《みじん》も感じさせない。

暇なときにはいつも本を読んでいるのでブックと呼ばれている。

どんな本を読んでいるのかと覗き込んでみたことがあるけれど、私には良く分からない建築魔法学という分野の書物だった。勉強熱心で感じの良い若者である。

さていっぽう私のほうは、岩石小竜シチューの完成を待っている以外には特に用事もない。

今回の任務は荷物運びといっても体力も使わないし、簡単な仕事だ。

これぐらいならむしろ積極的に手伝わせてほしいくらいだ。

幼女の細腕でできることならば、是非ともまかせていただかねばならないのである。

特にブックさん率《ひき》いる建築チームには、日頃お世話になっている。

私の部屋や女子用（私専用）お風呂も造ってもらった。建築班は建物や設備の管理も担当していて、なにかと見回りに来てくれもする。ついでに美味しいクッキーなんかも持ってきてくれるのである。

つまりは、今こそ私が出動するべきときなのであった。

「ありがとうリゼちゃん。それではお世話になってしまいますね」

「いいえいいえこちらこそ、いつもお世話になっておりますから」

目を細めて優しく微笑むブックさんに、私はペコリと会釈《えしゃく》で返した。

隊長さんはちょっと心配そうな顔を覗かせていたけれど、いよいよ話は前へと進む。

「分かったよリゼ。まあ運搬量が多いのは確かだ。しかも転移術を使っても時間がかかる場所。一往復するだけでも帰還は夜になるだろう。しかしなあ、俺は用事があって、どうしてもついていけないんだよな……代わりにロザハルト副長に同行してもらおうか。ブックもリゼのことを頼んだぞ。目を離さないようにして、それからあと他に準備は……」

一見すればいつもどおりの隊長さんが、こうして私の旅支度を整え始めた。

まずはオヤツを渡される。それから防犯グッズに回復薬に、水筒に……なんだか荷物が増えていく。

使うか分からないものもあるが、亜空間に収納してしまえば邪魔にはならなかろう。受け取っておく。

「それから寂しいときのヌイグルミと、一振りすれば地獄の業火で見渡す限りを焼き尽くす魔法の大斧……」

なにかやたらに物騒《ぶっそう》な代物が出てきたけれど、どうしよう。と、ここで副長さんが現れる。

「隊長？　まずヌイグルミはいりませんよ。なんの心配ですかそれ。あと獄炎《ごくえん》の大斧は持ち出し禁止アイテムです」

今日も隊長ストッパーとしての能力を抜群《ばつぐん》に発揮していた。一連のやり取りを見守っていたブックさんも、柔らかな呆れ顔で口を開く。

「そもそもですね、リゼちゃん自身が強いですし凄い子ですし、あまり過保護に干渉しすぎるとかえって邪魔くさがられてしまいますからね？」

「過保護？　なにを言ってるんだブックまで。俺はただ安全と快適さを考えてだな……」

力説する隊長さんだったけれど、今度はその背後から唐突に伸びてきた手に捕獲される。

「はいはい隊長。それはそうとして会議に遅れますよ。お偉いさんを待たせたらマズイっすからね」

私のよく知らない人達だけれど、こちらもアルラギア隊の隊員さんだ。

「そんなものは、いくらでも待たせておけ。今はそれより過保護問題について……」

隊長さんは数人がかりでどこかへと引っ張られていった。

今日は会議だそうでスーツのようなフォーマルな服を着ていた。腕が太すぎてパッツンパッツンになっていた。日本のものとは雰囲気は違うものの、やはり窮屈《きゅうくつ》そうに思えた。はたして筋肉紳士にフォーマルスーツは似合うのか似合わないのか、これは議論の分かれるところであろう。仕立て屋さんの腕の見せ所なのかもしれない。

「さ、行こうかリゼちゃん。隊長が心配するから安全には十分に注意をしてね」

ブックさんは私に右手を差し出す。

彼は私と手を繋いでいこうというつもりらしい。彼は彼で子供扱いだと言わざるを得ない。

どうも今の私は見た目がかなり幼いせいで、やたらと過剰に心配されてるように思う。

一人で歩けるもんなどと主張したところで、いまいち信用されない傾向にある。

その後すぐにロザハルト副長から左手を差し出され、両手を取られた形になってしまう。

はたから見れば、ただ小さい子供が手を引かれているだけの普通の光景なのだろうけれど、二人とも見目麗しい美男子なせいで私はややこっぱずかしくもある。よりによってこの二人は、この隊における美形代表のようなものなのだ。

なんとも落ち着かない。

むしろラナグの背中に跨《また》がっているほうが、よほど心が落ち着くことだろう。

結局両手を捕縛されたまま、私は倉庫に行って岩石小竜の鱗《うろこ》とその他いくつかの物資を受け取った。

あとは真っ直ぐに長距離転移の魔法陣のある部屋へ。

そこでは転移術士のグンさんという方が準備をしていた。

「なんだ、もう行けるのか？　少しばかり待ってくれるか？　こっちはまだ転移魔法を向こう側と繋ぎ終えてないんだよ。今回は距離もあるし、国境もいくつか跨《また》ぐ。しかも目的地は都市壁の中ときたもんだ。転移術を繋ぎにくいったらない。まったく骨が折れるよ」

準備には多少の時間がかかるようだった。

謎の道具がいくつも並んでいて、複雑な図形は淡く光を放っている。

グンさんはスキンヘッドの巨人だ。巨人というのは比喩《ひゆ》ではなく、本当に巨人族の血を引いている巨人らしい。その人一倍大きな身体が、細密な魔法陣を紡いで完成させる。

「――よし、待たせたな」

私達四人と神獣ラナグ。またお尻が浮くような感覚を味わいながら目的地へ飛ぶのだった。

ラパルダ侯爵領にて

長距離転移魔法の光が薄れてから見えてきた景色は、石造りの豪壮な建築物の群れ。

エスペルダ公国にあるラパルダ侯爵領。建築術士長ブックさんの故郷。

今私が住んでいるホームの建物は植物的で曲線だらけだから、こんな感じの四角四面の町並みは、より一層カチコチに見えてくる。

「人が住むには、ちょっと堅すぎる印象の町ですよね、ここは。もちろん技術的には、大陸全土に誇るべき世界最高クラスの建築魔法で造られているんですけどね」

転移術で降り立った場所は、丘の上に建てられた城砦《じょうさい》の屋上だった。

眼下には町並みが広がっていて、町の向こうには巨大な円柱が聳《そび》え立っている。

あれはお城らしい。正確無比に積み上げられた石の壁には隙間の一つもなさそうに見える。

それから私達を出迎えたのは、ひどく横柄《おうへい》な態度の男だった。

「来たかスパラナグ、追放者のお前がまたこの国の国境を跨《また》ぐとはいい神経をしている。それで、件《くだん》の荷物はどこかね。さっさと仕事だけして野良犬の群れに戻るのがいいだろう」

スパラナグというのはブックさんの本名らしい。

それを呼び捨てにするくらいだし、この態度でもあるし、もしやこの人はブックさんの父親？

この領地を統《す》べる侯爵様だろうか？　そう思ったのだけれど様子が違う。

「出迎えをありがとう、エイグラム家令」

ブックさんは男にそう挨拶をして握手を求める。

家令と呼ばれた男は差し出された手を無視して、値踏みをするように私達を見ていた。

挨拶もそこそこに、私達は城砦《じょうさい》の中へと案内される。

急な下り階段のリズムに合わせて、エイグラム家令の身につけた豪奢《ごうしゃ》な装身具がジャラジャラと音を鳴らす。

豊かな黒い髭《ひげ》に、脂ののった身体。派手な装身具。

王冠こそつけてないものの、どこかの王様だと言われても違和感のない出《い》で立《た》ちだ。

階段を下りた先には大勢の兵士が待ち構えていて、ズババッと音を揃えて敬礼を炸裂《さくれつ》させてきた。

その中に一人だけ、兵士とは違う服装をした人物がいる。

白い法衣を着た男で、私と目が合うと軽く会釈《えしゃく》をしてから前に歩み出てきた。

男は挨拶も名乗りもなく、唐突に自分の話を始めた。

「いやいや、実はつい最近、そちらの隊で神獣のような存在を捕縛したという情報を聞きましてな、我々としては高い関心を持っていたのです。それが今日、この地に隊の方が来られるということだったので、ちょ～うどこちらに訪問していた我らも同席をお願いしたのですよ。いやいやエイグラム卿にはいつも大変なお世話をしていただいて、感謝をしてもし尽くせないほどですな」

　この法衣の男性は、神獣ラナグに興味があって見学に来たということらしい。

「いやいやいや、お仕事の邪魔はいたしませんので、どうぞお気になさらず。私はただ横から眺めさせていただきましょう。お気になさらず」

　そうは言われても気になる。

　舐め回すようにラナグと、そして私を見つめる視線。とても気になる。

「ああでも」

　男は自分の口の前に人差し指をピンと立てた。

　おちょぼ口がなんともいえない雰囲気を醸《かも》し出している。

「お仕事が終わったら、お二方には是非、我々のところにも遊びにいらしていただきたいですねぇ。ぜひぜひぜひ、是が非でも、我らの神聖帝国にまで遊びにお連れしたいですねぇ」

　あんまり行きたくないな。そう思う私がいた。

　初対面で失礼ながら、背筋に寒さを感じてしまう。

「おい！　積荷はこっちだ。手早くな」

今度は再びエイグラム家令に急かされる。立て続けに現れた強烈な二人の人物だった。けれども恐るべきことに、この公国はまだ他にもう一人の特殊人材を抱えているらしい。

今度は家令の奥様が現れたのだけれど、これがまた絢爛《けんらん》豪華でハデハデしい御婦人だった。

四角四面のこの領地に並んで立つキンピカの家令夫妻の姿。

なんだかまた別な異世界に迷い込んでしまったかのような感覚である。奇抜な絵柄の絵本の中、まるでそんな雰囲気だ。

旦那さんに比べると夫人はかなり若そうだ。名はキャリリエナというらしい。

「あなたがリゼ？　貧相で、みすぼらしくて、傭兵臭くて、庶民臭い娘ね」

初対面でなんてことを言う人なのだろうか。

私達はこの夫人からの指示を受けて指定された場所に移動する。

すみやかに岩石小竜の鱗《うろこ》七体分を積み上げた。

その他にも魔物から獲れた素材をたくさん持ってきているので、それも同じ場所に並べた。

仕事の間中、夫人は語っていた。靴に泥がついているのは賤民《せんみん》の証だとか、獣臭くてかなわないであるとか、巨人の姿形は暑苦しいだとか。これはなかなかの人物である。

こうしてひと仕事終えたあと、最後にやつれた顔の壮年の男性が一瞬だけ姿を現した。

こちらがブックさんのお父さん、つまりは侯爵様らしい。

男女数名の御付きを従えていた。

律儀に私達のところへも来ていただいたけれど、ほんの一瞬だったのでブックさんとは特別に言葉をかわすことはなかった。ほんの挨拶だけだった。

その一瞬で私はクッキーをもらってしまう。そういえば……

ブックさんにも私は良くクッキーを頂戴するのだ。

それとよく似たクッキーである。子供にクッキーを渡すのは、もしかするとこの国の風習なのかもしれない。

ひと通りの流れの中。白い法衣の男はずっとあとをついてきていた。ラナグや私の周りをウロウロしている。

砦《とりで》の兵士さん達は私が収納魔法を使う姿を見て、目を丸くしていた。

中には好奇の目で見ている人達もいるようだった。できることなら全員に後ろを向いていてほしいくらいである。

とはいえ作業自体に難しいことはなにもない。お仕事は滞《とどこお》りなく終了した。

仕事を終えた私達は別の一室へと案内され、そこでしばらく待つように告げられる。

転移術士のグンさんは私の仕事が終わるのを見届けてから、元来た通路を戻っていった。

屋上で帰りの転移陣の準備を始めるらしい。

部屋には私とラナグ、副長さん、ブックさんだけが残された。

「すみませんね、皆さん。エイグラム卿がここに来ているとは聞いていなかったものですから。彼らの失礼な態度には、私が代わって謝罪します」

ブックさんは申し訳なさそうに言った。今は外に出た身だとはいえ、自分の家の関係者の態度に頭を抱えていた。

「ああ、お気になさらずにブックさん。なによりいちばん嫌な思いをしているのはブックさん自身でしょう？」

「ふふふ、ありがとう。リゼちゃんはとっても優しい子ですね」

ブックさんは私の頭にそっと手を触れた。

どうも子供の頭というのは、手を添えやすい位置にあるように思える。

なにかというとすぐに撫でられる。

さて、エイグラム家令という人物は、ブックさんの家の事務仕事や家事を取り仕切る長官のような存在だという。召使い達を束ねるトップだ。そこまで身分が高いわけでもない。

それにしてはブックさんに対する態度は高圧的で高飛車。少し違和感があった。

「私なんて側妃の四男なんですよ。それに比べてエイグラム卿は代々続く家令の家柄です。今では外交から税の取立て、会計係から、法務に関することまで、領地経営に関わるほとんど全てを取り仕切る立場です。身分は騎士でしかないし、あくまで使用人達の中でのトップという立場なのですが、実務上の権限は凄いんですよ。特に夫人のキャリエナさんがエイグラム家に入ってからの権勢は衰え知らずのうなぎのぼり。驚異の夫妻だといえますね」

「ブック、それにしたって彼らの態度は目に余るよ、普通じゃない」

「副長はご存知でしょうけど、私は半ば家から追放されたような人間ですからね。それが未だに父から頻繁《ひんぱん》に呼ばれて顔を見せるんですから、良く思わない人間もいるのですよ。特に野心家の皆さんあたりからは」

「実に、面倒なことだね」

「そうですね。しかし貴族の中では、足の引っ張り合いに暗殺、濡れ衣、蹴落とし合い。そんなもの当然のように蔓延《はびこ》っているものでしょう？　副長だって似た経験をたくさんされていると思いますが」

「ふふっ、まあ残念ながら経験はあるよ。王侯貴族なんてのは厄介《やっかい》な生き物だよ。まったく、俺達にはお気楽荒くれ傭兵団のほうが合ってるってもんだね」

「ええ、本当に」

彼らの境遇は似たところがあるようで、互いに視線を合わせてウンウンとうなずいていた。

二人は、そこまで話をして、おもむろに押し黙った。

私にも目配せをしてなにかを合図している。

ふむ、これは……

神獣ラナグも、私にしか聞こえない声で教えてくれた。

『天井裏になにかがいるようだな。武装してこちらの様子を窺《うかが》っている』

私もオーソドックスな探知魔法を使ってみる。

確かに誰かが上にいることが感じられる。

気配を消して潜《ひそ》んでいるけれど、纏《まと》わりつくような嫌な魔力が感じ取れる。

ちょうど貴族間での暗殺だのなんだのという話を聞かされていたところだったから、私は途端にブックさんのことが心配になってしまう。

シュタッと椅子から立ち上がり、トテトテトテ。

ラナグを連れてブックさんの隣に行って張り付く。護衛だ。

暗殺なんてさせないぞ、来るなら来いという気概で、警戒態勢を取った。

私といくつかの魔法は習っているのだ。最悪、ラナグが迎え撃ってくれるだろうし。

そんな他力本願なことを考えている私の頭に、またしてもポフポフとブックさんの手が触れた。

「ごめんごめんリゼちゃん。ちょっと怖い話をしてしまいましたね。大丈夫ですよ、心配しなくても。怖い大人は貴女に近づけさせませんからね。副長が全部やっつけてくれますよ」

なにやらブックさんは勘違いをしていた。その上、私同様の他力本願ぶりである。

「なんだよブック。そこは自分で頑張ろうよ。だけどリゼちゃんつれないな。ブックのほうに行くなんて。俺のほうがちょっとだけ付き合いが長いっていうのにさ」

副長さんは少しだけ寂しそうな顔をしていた。

分かる。親戚《しんせき》の子供に懐かれなかったときの微妙なわびしさである。私も経験がある。

しかしそんなことよりも、二人ともなにか勘違いをしているようだ。

そうではないのだ。私はなにも我が身の危険を感じて張り付いたのではない。

「いいですか。私はブックさんが心配なんです。暗殺とかされたら困りますから」

二人は顔を見合わせて微笑んでから、揃って私の頭のあたりに手を添えた。

つくづく手を乗せられる頭のようだ。

「大丈夫ですよ、リゼちゃん。私も少しは戦えますからね。建物を建てるばかりじゃないんですから」

隊長さんや副長さんに比べるとブックさんは線が細くて華奢《きゃしゃ》だ。なんとなしに心配になるけれど、しかしここは魔法世界。魔力とイメージを操る力があればなんとでもなるらしい。

天井裏では相変わらず不審者がうごめいている。

少しして、一人の兵士が扉を叩いて部屋に入ってきた。

彼は荷物の受け渡し手続き完了の書類をロザハルト副長に手渡した。

これでいよいよ仕事は完了らしい。あとは帰りの転移魔法が準備できるまで暇になる。

兵士さんは、町にでも行って好きに過ごしてくれとだけ言い残して出ていった。

「それでは、すみませんけれど。私は父のもとに一度行ってきます。合流はまた夜に」

「ああ分かったよ。それじゃあブック、気をつけて」

ブックさんののんびりとした声に、副長さんは軽快に返事をした。

天井裏からの視線は相変わらず続いているけれど、副長さんもブックさんも意図的に無視しているようだ。残ったのは私と神獣ラナグ、そして副長さんだけである。

「それじゃあ時間まで、こっちは町に買い物にでも行ってみようか？　リゼちゃんは大きな町に来るのは初めてだよね」

どうしたものか、買い物か。ただ私は人ごみが苦手だ。どちらかというと田舎《いなか》町か野山をのんびり散歩でもするほうが好みなのだ。よし、やめておこう。

そう思った矢先、副長さんの次の言葉で判断は修正される。

「上等なクッキーがこの土地の名産なんだよね」

種類も色々とあるらしい。なんということだろう。そういった重要情報は先に言っておいてもらわねばならない。

なにせ生きとし生けるもの、全ての者には食事とクッキーが必要なのだ。

つまり、私には美味しいクッキーを食べる権利があるというわけだ。

「行き、ましょう」

一度外出を断りかけたくせに、お菓子に釣られて態度を変えるのは、淑女として品に欠ける気もしたが、私は強い気持ちで外出表明をした。

副長さんはなにも言わずにただニッコリと笑って、ウンウンとうなずく。

こうして無駄に時間をかけてから私達も町に出向くことが決まった。

砦《とりで》の中を抜けて外に出て、丘を下って町へと歩く。

飲食店や食料品店があるエリアは砦《とりで》の人達に教えてもらってある。

進むごとに人が増えて、町並みも賑《にぎ》やかに。

ただし城砦《じょうさい》の中にいたときと同じように、覗き見られているような不快感はあったままだった。賑《にぎ》わう町の中のどこかから、こちらにネバネバとした視線が向けられている。

もちろんラナグも副長さんも気がついているけれど、知らん顔をして歩いている。

「監視の人達。砦《とりで》の中だけではなくて、町中すみからすみまでいるんですね」

私はどうも人様から凝視されることに慣れていなくて、ついつい気になって、相手の動向を探ってしまっていた。

「ええと、町中っていうと……ねえリゼちゃん、今どれくらいの数を掴んでるか聞いてもいい？」

「数ですか？　ざっと二十五名ほどかと思いますが」

「んー。それって……一番遠いのはどこにいる？」

「町の反対側の高い塔の上ですね。あ、もしかして町の外の遠くに、もっとたくさん気配がありましたか？　あれ以上の場所は誰もいなさそうだったので、ちゃんと見てませんでした」

「ん、ちょっと待ってね、リゼちゃん」

「はい？」

「うぅん？　え？　そこまで探知範囲が広いの？　それなりに気配を隠してる状態の相手なのになぁ。あ、もしかしてレーダー魔法ってやつかな？」

残念ながら、そうではなかった。今使っていたのはきわめて普通の探知魔法である。

この世界で広く一般的に使われている術で、魔力の反応を感知するタイプだ。

レーダー式の探知魔法。こちらは光魔法の応用で電波を飛ばす。私のオリジナルである。

これならさらに広い範囲をカバーできるけれども、観測できるのはあくまで電波の反射で分かることのみ。魔力反応なんかは拾いにくい。

ひとくちに探知術と言っても方式は様々である。それぞれに一長一短の特徴があって興味深い。

正直言って私は探知魔法にはまっていた。

こちらの世界に来てからの私の趣味の筆頭と言っても過言ではない。

そのうち観測衛星みたいなものでも飛ばせば、もっと広い範囲で遊べるかもしれないなんて思っている。

個人所有の雨雲レーダーなんて素敵ではないだろうか。

すなわちひとりお天気お姉さんである。

役に立つかは知らないけれど、とにもかくにも夢は広がる。

この数日の私は常になにがしかの探知魔法を広げがちな生活を送っている状況。どうやらそのせいもあって、基本的な探知魔法の技術が成長しているらしい。

流石《さすが》は子供というべきか。よく育つものだ。

「この勢いだと、リゼちゃんは探知系の専門職としても世界一線クラスになりそうだ。身内の贔屓目《ひいきめ》……そんなの抜きにしてもね」

ともかく、副長さんが想定していたよりも監視者の人数は多いようだった。

どこにどんな人がどれくらいいるのかについては、私から副長さんに詳しく伝えておく。

「こうなってくると、どうも相手はただ俺達を監視してるってだけでもなさそうだね。この人員配置から考えても、むしろ狙いはブックのお父さんのところが中心みたいだ」

侯爵様か……確か今日は大きなイベントがあるとか。ブックさんもその様子を見に行ったのだ。場所は闘技場と言っていたはずだが……

　確かにかなり大勢の人間がそこに集まっている気配があった。

「念のためにブックにも連絡しておこう。なんだよあいつ、本当に今日暗殺されそうだね」

　いつもと変わらぬ爽やかさのまま、恐ろしいことを口走る副長さんである。手元ではなにかの操作をしていた。

　おそらく魔法の道具みたいなもので、ブックさんと連絡を取り合っているのだ。道具からは、少しだけコックさんの声も聞こえてきている。

　これに使う通信網はコックさんが構築しているらしい。

　どうやら彼は本当に通信術士であるようだ。初めて彼のお仕事の様子を目《ま》の当たりにした。本業は本当に料理人ではないのだなと妙に感心してしまう。

　それから唐突に、嫌な気配が三つ消えた。ブックさんの近くに点在していた三つで、全てまとめて一斉に消えた。

「お？　ブックが先に行ったか、仕事が速い。あいつは真面目だから」

　ブックさんが謎の相手に攻撃を仕掛けたらしい。それで瞬間的に三つの気配が消えた。つまりブックさんが倒してしまったということになる。

「ブックさんも戦うんですね。建築担当と聞いていましたが」

「そうだねぇ、ウチの連中はみんな戦うね。ほぼ全員が単独で冒険者ランクA以上だよ」

Aランク冒険者。それは七つある冒険者ランクの上から二つ目の階級だった。

一番上がSランク。人間を超えた化物レベル以上の冒険者で、アルラギア隊長もロザハルト副長もこのSランクだと聞いた。

Aランクは国の英雄レベル。大きな町に一人いるかいないかの存在。

あるいは小国の騎士団長にはなれるくらいの強さでもあるらしい。

「つまりコックさんも、転移術士のグンさんも、倉庫番のデルダン爺《じい》も、そんなAランク冒険者だと？」

「そうだね。あ、いや、デルダン爺《じい》はSランクか。今はもう前線で戦うこともなくなったけどね。爺《じい》さんだけど強いよ、あの人は。もしあの倉庫に賊《ぞく》が押し入るなら、ちょっとした軍隊でも連れてこないと歯が立たないかもね」

まったくおかしな話だ。なんで一介の傭兵部隊の倉庫番がそこまで強いのか。

いや、隊全体がおかしい。なにかバランスが奇妙な気はしている。私はとんでもないところに入り込んでしまったのかもしれない。

「う－んまあ、それくらいならさほど珍しいことでもないよ。確かに傭兵団の一部隊としては大きいほうだけど、他にももっと大手はある。Sランクだけで構成された冒険者パーティーなんてのもあるしさ。大国ではSランクの中でもさらに上位の化物クラスが多数重用されてるし」

ロザハルト副長は、他にも凄いのがたくさんいるのだと強調して話を続けていた。

Sランクというのはかなりごちゃ混ぜのくくりなのだという。

人知を超えた化物クラスをひとまとめにしているから、その中でも実力にはかなりの差があるらしい。

副長さんは雑談を続けながら、人影の少ない路地裏へと進路を変えて、奥へ奥へと歩いてゆく。

しばらく道を進んで、周囲からすっかり人のいなくなった袋小路。

そこには私達を待っているブックさんがいた。

本を読みながら木のイスに軽く腰を掛けている。手の中にあるのは、『最新！　魔法建築マニア‼』と表紙に書かれた重厚な一冊である。

「早かったですね、副長」

「お客さんはその中？」

ブックさんのイスの後ろには、木造の小屋がある。

その中には、私達のあとをつけていた人達が三名ほど閉じ込められているようだ。

副長さんが先頭になって入っていった。

あとをついて中に入ると、そこには大きな花のつぼみが三つほど並んでいた。ちょうど人間を風呂敷に包んだくらいの大きさの巨大な花のつぼみだ。

ブックさん曰く、この建物そのものが彼が長年使役している魔法生物らしく、この大きな花も建物の一部らしい。建築魔法ってなんなのだろうか。疑問である。

私が今住んでいる部屋だってブックさんが建築魔法でこしらえてくれたものなのだ。大丈夫だろうか、私のベッドからも人食い花が咲いてきたりしないだろうか。

さて、それで花のつぼみへと話は戻る。

先端からは、ちょろりんと人の頭らしきものが見え隠れしているのだが。

「彼らとお話でもしてみますか、副長」

「ああ、頼む」

ニョッキリ。つぼみの先っちょから人の頭がしっかりと飛び出してきた。

知らないおじさんの頭部である。

飛び出してきた人の頭と頬をペチペチと叩いたのは副長さん。

「こんにちは、良いお天気ですね。お元気ですか？　貴方は誰ですか？　我々になにかご用ですか？」

花の中に囚われていたのは壮年の男。バチッと勢い良く目を覚ますと、ドスの利いた声で凄む。

「ぐぬぅ貴様ら、我らを誰だと思っている。このようなことをしてただで済むとは思うなよ。傭兵風情が図に乗るな、なんの権限があって我らに縄をかけるような真似をするか」

「失礼ながら、貴方が誰だか存じ上げませんので教えていただけますか？」

「誰が答えるか愚か者め」

そして副長さんは男の顔をブン殴って息の根を止めた。

いや違う。まだ生きていた。気絶させたようだ。

「ロザハルト副長、もっと優しく尋問しないと情報が聞き出せませんよ？」

「ああいけない。憎たらしいことを言うもんだから、ついうっかり」

副長さんは二度目のチャレンジで隣の人物を叩いて起こした。

「クソが殺してやる。盗賊ギルドと敵対してただで済むと思うなよ。お上品な傭兵のぼっちゃんどもがよぉ」

この人物からは、彼らが盗賊ギルドという組織と関係があることだけは分かった。しかしそれ以外の言葉は、聞くに堪えないような罵詈雑言《ばりぞうごん》だけであった。

「俺も読心術か自白魔法の系統を習得しておくべきなのかね。あんまりやってないんだけど」

「私もほとんどできません。建築魔法の系統からだと掠《かす》りもしないですから」

副長さんとブックさんがそんな会話をしている間に、三つのつぼみ全てが収縮し始めていた。どうやら、もっとコンパクトにしてホームまで持って帰りやすくしているらしい。

そのつぼみの最後の一つに、はっしと前足を乗せた者がいる。神獣ラナグである。

『リゼ。確か今朝の練習でやったはずだったな、精神系の魔法。せっかくだ、生の良い教材があるなら、自白魔法の教練もここでやっておこう。リゼならきっと上手くできるぞ。ああ楽しみだな』

ラナグ先生はワクワクした様子で、ワフワフしていた。

魔法レッスン実戦編の始まりが突然告げられた。

前足の爪で引っかけて、縮まりつつあるつぼみの中から男性の頭を取り出すラナグ。

ラナグの言ったことを副長さん達にも伝えると、是非やってくれと話が盛り上がってしまった。

できそうな気はするからやってみるけれど、上手くできなくとも勘弁していただきたい。

今朝の練習で私が試した精神魔法というのは、気分を高揚《こうよう》させたり、リラックスさせたり、その程度の基礎的な術だったのだから。

『自白魔法も似たようなものだ。強制的に警戒心を緩めてやるだけだからな』

そんな簡単に言うのなら、ラナグ先生がやってくれればいいのだが、しかしそうもいかない。

彼は無駄に魔法を使えないらしい。お腹がすいちゃうからだ。

力を消耗させると腹ペコになるし、回復させるのがとても大変らしいのだ。だからラナグは、いつも基本的に省エネモードで運行中というわけである。

とにかく私はイメージする。見知らぬ壮年男性を包み込むように魔力を広げ、そのまま頭から首筋へと優しく撫でてゆく。

あまり気持ちの良いものではない。見知らぬおじさんを優しく撫でるのは微妙な心持ちだけれども、私はベストを尽くした。

一切の緊張と敵対心を解きほぐすように。手足を温め、頬に優しい風がそよぐように。

『良し、いいぞ。その調子だ。そもそも幼い婦女子のオーラは相手に警戒を感じさせにくいものではあるが、流石《さすが》リゼは自白術も得意そうだな。なんでもできるな、天才だな』

そんな才能は特に求めていなかったけれど、とにかく私の未熟な自白魔法でも今回の相手には良く効いた。

男は私の問いかけに一切の疑いもなく、ぺらぺらと返事をするようになる。

なんと恐ろしい魔法なのやら。

とはいっても、こうした精神支配系の魔法に抵抗するための手段も実はたくさんあるらしい。

今目の前でつぼみの中に収納されている人達も、元々はそういった抵抗力を高める装備を身につけていたようだ。

今回はすでにブックさんの手で装備品を全て剝《は》がされている。パンツ一丁である。

だからこそ私の拙《つたな》い術でも効果があったに過ぎないのだ。

元々抵抗力が強い相手だったら、たとえ裸でも精神系魔法は効きにくい。

きっとラナグや隊長さん、副長さんクラスには通用しなさそうだけれど、私としてはむしろそのほうが喜ばしいことだった。

さて、自白魔法に完全にはまった男の話に戻らねばならない。

なんでも今日は重要人物の暗殺計画があって、それを邪魔されたくなかったようだ。

私達のほうへと向けられていた監視の目は、実はついで程度のことだったらしい。

暗殺のメインターゲットはブックさんの腹違いのお兄さん——アルハナさんという人物。ここの領主である侯爵の嫡男で、正妃の長男である。

暗殺計画の現場は闘技場。アルハナさんが主催し自《みず》らも参加する予定の剣闘会だ。

そこを狙って暗殺が実行されるとか。

男の口ぶりと状況から考えて、黒幕はエイグラム家令で間違いなさそうだった。

ただし、今のところ確かな証拠はない。流石《さすが》にそこまでの手抜かりはないようだ。

そして今日の一番のターゲットは、このアルハナさんなのだけれど、ついでに、チャンスがあればブックさんも葬《ほうむ》ってしまおうとも計画しているようだ。

元々のターゲットではないそうだけれど、ブックさんは計画が佳境に入るといつもなにかと邪魔をしてくるから、この際一緒に暗殺しようぜっということになったらしい。

「これまで私はエイグラム卿の邪魔ばかりしていたこともあって、父も私をかばいきれなくなり、それで国にいられなくなって外に出たのですよ。ちょうど今の傭兵団に入る機会にも恵まれたということもありますけどね」

ブックさんはエイグラム家令の謀略をこれまで何度か潰してきたらしい。

お父上である侯爵様も彼の企みには気づいているそうだけれど、領内のパワーバランスもあって、簡単には手を出せないそうだ。

エイグラム家令の若き妻キャリリエナ氏もやはり要注意人物で、特に彼女の実家の大商家の財力と裏世界の人脈には注意を払うべきだという。

「それにしても、なにもリゼちゃんのいる今日暗殺に来なくてもいいと思うのですが。迷惑な人達ですね」

「ああブック、でもどうやらリゼちゃんが来ていることもまったく無関係の偶然ではないみたいだよ」

自白をさらに聞き進めていった結果、あろうことか同時に私も攫《さら》ってしまおうという計画まで出てきたのだ。なんてついでの多い計画だろうか。

最近アルラギア隊の周辺に現れた謎の幼女を買いたい、手に入れたいというオファーが盗賊ギルドの中であったようだ。騒動に乗じてついでに攫《さら》ってしまえという計画らしい。

なんという人達だろうか。私としては、ついでなんかで攫《さら》われてはいい迷惑である。

「それでは私は剣闘会のほうに行ってきますね。どのみち父もそちらにいますし、顔を出す予定でしたから」

初めから剣闘会に行く予定だったブックさん。もしかすると、多少なりともこの計画に勘付いていたのかもしれない。

「ああー、ブック、手伝わなくていいのかな?」

「これは私個人の家の問題ですからね。今回の任務とは無関係な。ただ、少しだけ席を外させていただきます。帰りの転移陣には間に合うように戻りますので」

ロザハルト副長はうなずきかける。けれどもそこに邪魔が入った。私である。

「そうはいきませんね、ブックさん。私もお手伝いをいたしますから」

私は小さな背をめいっぱい伸ばして、手をピンと伸ばしてアピールした。

「ちょっとリゼちゃん？　なにを言ってるんですかね？　大人しくしてロザハルト副長と安全な……」

「いいえいいえ、まったくもって、お断りせざるを得ませんねブックさん」

私は再び、小さな背をめいっぱい伸ばして、手をピンと伸ばしてアピールした。

「なにせ、発見してしまったのです」

「なにを発見したんですかね？　リゼちゃん？」

ブックさんはしゃがんで私の顔を覗き込む。

私は答えた。エイグラム家令が暗殺計画に関与していることを示す証拠を、いくつか見つけてしまったのだと。

それにだ、そもそも私が今日なんのためにここまで来たのかも、しっかりと思い出していただかねばならない。

ブックさん率《ひき》いる建築チームには、日頃お世話になっている。お部屋もお風呂もクッキーである。そのちょっとした恩返しのために来たのだから、ここで引いては淑女がすたるというものだ。

「さあ行きますよ、皆さん。私はすでに楽しくなってきています」

ブックさんもロザハルト副長も渋った。けれど、結局は私が押し切った。かわいそうな大人達である。聞き分けのない子供の相手はさぞ大変だろう。

ただし、今は私の安全を確保するほうが重要だと言うロザハルト副長の意見も尊重し、安全対策を十分に施した上での実行となった。

ブックさんは侯爵家公式の捜査許可証というのを取ってきてくれた。流石《さすが》は御領主の子息といったところだろうか。もはや準備は完璧に万全である。

エイグラム家令夫妻による、ブックさん兄弟暗殺計画。これを打ち破ることが決定した。

ブックさんは予定どおり闘技場へと向かう。もしものときにお兄さん達の安全を確保するためだ。

私と副長さん、そしてラナグはエイグラム家へと向かう。

目指すべき場所と物品はすでにおおよそ目星はついている状態だ。

なにせ探知魔法が楽しくて。それで調子に乗って探知術をグリグリと操って遊んでいたら、エイグラム家令の動きも見えてしまっていたし、彼の屋敷の場所も執務室も、その中にあるいくつもの危うい書類もすでに発見してしまったのだ。

ここまで見えておいて手を出さないのは気持ちが良くない。やはり放っておくのも寝覚めが悪いというものであろう。

私達はエイグラム卿の屋敷へと勝手にお邪魔していた。突入である。

念のために、出掛けに隊長さんが持たせてくれたグッズを使って姿を隠した。

「ふむふむ、流石《さすが》隊長さんですね。こうなることを見越して魔法の便利アイテムを持たせてくれただなんて」

「どうかなぁ。ちょっと違う気もするけどね」

進入するのには大した苦労もなく、特筆すべき出来事はなにもなかった。

こんな幼女に易々と侵入されるようではいけない。

もう少しセキュリティー体制を見直したほうが良いだろう。

目的のものはすぐに見つかってしまった。羊皮紙に書き記された興味深い書類の数々。

もちろん私にはいまいち意味の分からない文書も多かったけれど、そこは副長さんやラナグの知識とも照らし合わせて読み解いた。

例えばこれ。一部ぼかして書いてあるものの、暗殺にも使えそうな怪しい薬品の取引記録が残されている。それから裏稼業の人々、盗賊ギルドとの金銭のやり取りを記した

裏帳簿。

さらには非合法な呪いと、闇のアイテムの数々もついでに見つけてしまった。

特に探しやすかったのがこのあたりのアイテムで、保管箱の外にまで暗い魔力がこぼれ出ていたから探知術で一撃であった。おかげでこの部屋がすぐに分かったと言っても過言ではない。

「うーん、これは前言撤回《てっかい》しないといけないかな」

「前言？　なんでしたかね」

「前に言ったと思うけど、リゼちゃんが探知系の専門職としても世界一線クラスになりそうだって話。それどころじゃないみたいだよ。こんなの簡単に見つけちゃう能力者なんているのかな。相手だってかなりのコストをかけて隠蔽《いんぺい》してる場所なんだからさ。こんなに簡単に見つけたら駄目なんだよね」

副長さん曰く、そういうものらしい。しかしラナグの見解は少し違っているようだった。

『ふふん愚かな人間め、リゼの探知魔法は普通とは違うからな。時空魔法も同時に操るのだ。当然隠された部屋だろうと場所だろうと問題なく発見できる。その上そもそもの思考力、発想力、柔軟性、情愛深さ、愛らしさが高い。しかも我のための美味しいシチューを作ってくれている。これは早く帰って食べたい』

神獣ラナグが喜色満面で解説してくれる。

ただ後半の台詞《せりふ》は脱線気味で、やや意味不明であった。本題から逸脱《いつだつ》しているよ、ラナグ。

いっぽう時空魔法の同時使用についての話のほうは、確かにおっしゃるとおりだった。

通常の探知魔法では、結界なんかは通り抜けることができない。探知術は基本的に繊細なので無理が利かないのだ。

今回の場合は、空間を飛び越える形で結界を通り抜けている。

ことほどさように探知術は奥深く、また興味深いものである。

『見たか！　うちの子は天才だ』

私はいつの間にかラナグ家の子になっていたらしい。

溢れ出る親ばか感。

真に受けてはいけないぞ。もっと精進していかなければならないと心に誓う私であった。

「さて皆さん。まだまだこれだけでは証拠を掴んだとまでは言えません。ついでに取引相手の暗殺組織や、闇商人のほうも家宅捜査しておきましょう。双方の書類が一致していれば信憑性《しんぴょうせい》も高まると思いますし」

「うぅん。神獣さんやコックがリゼちゃんを溺愛したり崇拝したりしつつあるのをさ、正直言って一歩引いて見てたけどさ、もしかしたら俺が間違ってたのかもしれないって思えてきた。俺はどうするべきなんだろうって悩み始めてきたね。もしや俺ももっと……」

「あの、ロザハルト副長。そこは今までどおりで良いかと思います。というか、そのままでいてください。そうでなければならないと私は思います。冷静かつまともな人って絶対に必要です」

「ハッ……うん。確かにそうだね。危ないところだった」

それから私達はいくつかの屋敷を回った。確実に裏組織の関係者だと分かる場所だけでもどれだけあったろうか。


「邸内に怪しい者がいるぞ！」

ときにはアルラギア隊長が持たせてくれた防犯グッズも使ってみたりした。

今使ったのは『おとり君』というマジックアイテムである。

発動させるとこのアイテムは設定した場所まで自動で進み、声をあげてから消え去る。

同時に邸内を警備していた人が反応する。これを何度か繰り返してみる。

すると警戒した屋敷の偉い人が、屋敷の中の大切なものを確認しに行ってくれるのだ。

なんて助かる人だろうか。彼の動きを見ていると、どのあたりを探られたくないのかが良く分かった。調べてみると、案の定そこには裏帳簿が隠されていた。

他には、妙に厳重に結界が張られている場所や、扉のない部屋、隠し部屋になっているような空間なんかも探して目的のものを集めた。楽しくなってくるほど大量である。

ちなみに、この世界にも筆跡鑑定や指紋鑑定といった技術はあるようだ。

魔法の痕跡を鑑定する技術もあるらしい。

それらを使えば誰がいつ作成した書類なのかということや、違法アイテムの使用者についても、ある程度は特定できる。もちろんその技術も完璧ではない。

ましてや、有力者が相手となると半端な証拠では太刀打ちできない面もあるらしい。

念には念を入れて、私はできうる限りの証拠を集めた。

その最後に、キャリリエナ夫人の実家にも立ち寄った。

ただ彼女の場合、事件に関与したことは明白であるのに、直接的な証拠は見つかっていない。

おそらく証拠が残るような行動は全て、旦那あたりにやらせているように思う。なかなか恐ろしい人のようである。

どうしたものかと考えている最中だった。ふと一つだけ興味深い書類を見つけた。

文書には三つの紋章が刻まれている。

エイグラム家の紋章と、夫人方の家の紋章と、神殿の紋章のようである。

婚姻無効届というものらしい。日本でいうところの離婚届。すでに必要事項は全て処理済みで、あとは提出すればいつでも成立する状態だという。

「これって……あの女、エイグラム陣営に不測の事態が起こっても、自分だけは逃げおおせるつもりかもね」

副長さんがそう言った。

夫人が一人だけ逃げる。それはつまりはこういうお話だ。

まずこれほどの事件が明るみになれば、エイグラム家は間違いなくお取り潰しになる。

さらには全財産の没収と、全員の身分剥奪《はくだつ》は免《まぬか》れないことなのだ。そうなってしまっては、彼女自身が犯罪の証拠をどれだけ巧妙に隠そうとも意味が薄い。そもそも一家全員が平民落ちくらいにはなってしまうのだから。

そこから逃げるための手段として用意しているのが、この紙なのだろう。

なにかが起きて旗色が悪くなったと見れば、すぐにエイグラム家との関係を断つ。私財を持って脱出。おおよそそんな計略だろうか。

さてどうしたものか。この書類はあくまで犯罪の証拠品ではない。持ち出しはしないほうが良さそうだが。

ふむ、ならばちょっとした細工を施しておくにとどめよう。


こうしてこちらの仕事もそろそろ十分かと思った頃、闘技場のほうから大きな爆発音とともに煙が上がった。巨大な木までもがニョキリと生えている。

「あの木はブックだね。あそこまでデカイ術を使うなんて、なにかあったのかもしれない」

副長さんは言った。

そして私達は闘技場に飛んだ。

到着すると、そこには半壊した闘技場と、巨大なモンスター、それに立ち向かう戦士、そしてブックさんの姿があった。

ブックさんは植物で造り出した大きな壁を張り巡らせて、貴賓《きひん》席や周囲の人々を守っている。

それにしても暗殺にしてはずいぶんと派手なことに。

いや、この世界の暗殺はこのくらい派手なのが普通なのだろうか？

状況を確かめるために混乱する会場を見回していると、見覚えのある人物が大声をあげていた。

キンキンキラキラ派手に飾り付けた衣装と恰幅《かっぷく》の良い身体。エイグラム家令である。

夫人の姿はそこにはない。

「おのれアルハナ!! これはどういうことだ！」

叫ぶ家令。

指をさされているのがアルハナさんなのだろう。ブックさんのお兄さんで、侯爵家の嫡男、そして家令から暗殺のメインターゲットにされている人物だ。

家令はなおもまくし立てる。

「この剣闘会は貴様の管理による開催のはずだぞ!? なぜこのような危険な魔物がこの場に現れるのだ！ ハッッ!? もしや？ 己が侯爵の地位を確実に継ぐために、有能なる弟君のバハラナ様を殺そうと企んだのではなかろうな!?」

また新しい人物がでてきた。ややこしいが、バハラナさんというのは侯爵の次男で、その嫁はエイグラム家令の娘だったりする。要するに侯爵家の人間でありながらエイグラム卿サイドに取り込まれている人物だ。

まったくもう登場人物が多すぎてややこしいが、要するにこれはお家騒動で、ただ家令が自分の息のかかった人物を次期侯爵に押し上げたいと画策しているだけのこと。

実につまらない願望を持った人物である。

そのあたりの裏事情は私のほうでもすでに調査済みだ。これまでの屋敷めぐりの間にだいたい明らかになっていた。

今、目の当《ま》たりにしている状況は、今回の暗殺計画の第一段階。まずは謀略で会場を混乱させている状況であろう。

騒動の罪を政敵に擦《なす》り付け、次の段階でどさくさに紛れて邪魔者の暗殺をまとめてやってしまうという話だ。

今はまだエイグラム家令のお芝居ターンが続いている。

「あああ、バハラナ卿。ご覧ください、なんということでしょうか！　これは毒です！　貴方の対戦相手の剣には毒までもが塗られておったのですわぁ。これを使って殺す気だったに違いありません」

「な、なにいい。なんてやつだアルハナめっ！　エイグラム家令が助けてくれなければ、私はその凶刃《きょうじん》にかかって命を失うところであった。許せん！　ああ我らが父王よ、我が国の親愛なる御歴々よ！　我が兄アルハナを引っ捕らえるときです。さあ、皆の者、暴虐のアルハナを誅殺《ちゅうさつ》せよ」

そんなふうにお芝居は続いていたけれど、その口はいったん閉ざされることになる。

原因はうちの神獣さん。闘技場の中で暴れていた謎の大型モンスターを、瞬間、吸い込んで丸呑みにしてしまったのだ。

私の隣からほんの二歩程度しか動かないままで。

『馬鹿め、リゼに危害が及んだらどうしてくれるのか』

会場はほんのひととき静まり返り、一転、さらに勢いを増して騒然とし始めていた。

エイグラム家令は息を呑んでラナグや会場を見つめる。なにが起きているのか判断をつけかねているようだ。

眉根を寄せて顔をしかめている様子からは、せっかく用意した魔獣なのに、なんで食べちゃうの？　といった感情が読み取れた。

魔獣を食べてしまったラナグは、すぐに私の隣にピタリと寄り添う。

『美味くない上に栄養もスカスカだ。喰らうだけ損をした』

ラナグはちょっぴり不満そうだった。味についての文句が飛び出す。

なにやら人工的に作られた魔法生物だったらしく、食べごたえがなかったようだ。

初めから味には期待はしていなかったが、私にも危険が及びかねないほど暴れ回っていたから、それで丸呑みにしてくれたのだ。優しいラナグである。

「ありがとうねラナグ」

『むむ、なんてことないぞリゼ。これぐらいなら朝飯前だ。どうせならもっと美味いのが食いたいがな』

「それじゃあ、あとで美味しいもの食べようか」

『それが良いな。我としては早くリゼの小竜シチューが食べたいものだ』

ラナグは前足を広げて、私を包み込むように抱きかかえた。

流石《さすが》神獣と言うべきか、ラナグは食後だと言うのに、口からは食べた魔獣の臭いなんかはしなかった。

『神獣に口臭はない』

不思議な神獣パワーである。

いっぽう私達の目の前には騒然とした貴族の皆さんがズラリと並んでいる。

その日は今、エイグラム家令とブックさん、そしてラナグあたりに釘付けのようだ。

魔獣が消えて会場内の安全をある程度取り戻したあと、観衆を守っていたブックさんが私達のところへ近寄ってきた。

「副長達もこちらにいらしたのですね。リゼちゃんも元気そうでなによりですが、それで……」

「拾いものをしたからね、届けに来たよ。ほら」

ロザハルト副長は私達の拾いもの一式をブックさんに手渡した。

裏帳簿や、毒薬の瓶や、暗殺業者とのやり取りの記録などなど。

他にも、重要な参考人になりそうな裏稼業の人々も適当に捕縛してはあるけれど、この場には連れてこなかった。一時的に土に埋めてある。

いくつかの参考資料を横目に認めたエイグラム家令。

その目の奥に動揺の色が見えた。急激に押し黙る。

ブックさんは父である侯爵様の傍らへと走り、物品を渡して耳打ちをした。

侯爵様は護衛の騎士を従えながらエイグラム家令の前に立つ。

「エイグラム卿。初めに問おう。なにか、言いたいことはあるかね？」

「閣下、わたくしの言いたいことは先ほどから申し上げているとおりで変わりませぬ。この度の剣闘会は全てアルハナ卿が仕組んだこと。弟君を亡き者にしようと対戦相手の剣に毒薬を仕込み、それだけでは飽き足らず、かように凶悪で不浄な魔獣までをも場内に呼び込んだのです。状況的に考えて、このような真似ができるのは、主催であるアルハナ卿以外には決しておりませぬ！」

「なるほど、分かった。確かに普通であれば、今のような状況はアルハナにしか成し得ぬことのように私とて思う」

そこまでの侯爵様の話を、アルハナ卿本人は身じろぎもせずに聞いていた。

侯爵様は己の嫡男の姿を見てうなずいたあとに、こう続けた。

「ではエイグラム卿、次に問おう。ここにいくつかの興味深い品々がある。たとえばこの帳簿には良からぬ品々や取引の内容が記されているようだし、この瓶にはまだ毒薬の痕跡がある。もちろん、これらの品には持ち主の名などは記されていないが、我が国の優秀な解析術の使い手達に、この持ち主を調べさせてもかまわぬな？　きっとアルハナの関与を示す結果になるとは思うが、卿もその結果には素直に従ってくれような？」

「そ、それは……なんらかの謀略にて証拠品の捏造《ねつぞう》があるやもしれませぬ。そのような出所の知れぬ物品で国の一大事を決めるのはいかがなものかと愚考いたします。それよりもわたくしのほうで信頼できる証人を多数ご用意しておりますので、まずはそちらの方々にご発言をしていただきましょう」

エイグラム家令はなかなかしぶといおじさんだった。

物的証拠は揃っている。うちの副長さんの話ではほぼ完璧だろうとの評価だ。それを裏付けるように、会場にいる有力貴族達の動揺は凄《すさ》まじかった。

しかし、この男はこの領地の中では相当な権力を手中にしている人物だ。

もしかすると力ずくで揉み消す方法もあるのかもしれない。

なにせこの領地を統《す》べる立場であるはずの侯爵様が、これまでは下手に手を出せずにいたくらいなのだから。

エイグラム家令は列席している貴族達に目配せをしている。

それに応じるように、ジリジリと動きを見せる者達がいる。侯爵様も警戒感を高める。

「そうか分かった、証人だな。実はすでにその準備もしてあるようなのだ。今すぐこの場に連れてこさせよう。それで他に異論はないな？」

「異論、異論でございますか？　異論、異論であれば、もちろんございます」

家令は瞳に暗い力を宿して、侯爵様を睨みつけた。

応《こた》える侯爵様も、ここで決断を下したようだった。

「一同の者っ!!　今この場でこの国の趨勢《すうせい》が決まると心得よ。大儀のもとに大道を歩むか、暗闇の中の不義の道を歩むのか!!」

侯爵様が大きな声を張り上げた。それはまるで戦いの合図のようだった。

列席していた貴族と、その手勢が一斉に剣を抜く。

「いいや、今こそ愚昧《ぐまい》なる領主を誅殺《ちゅうさつ》すべし!!　今この場で勝ち抜かねばもはや貴殿らにも明日はないぞ！　我がもとに集え、すでに命運が我とともにある者らよ！　ここまでくれば貴殿らにあとはない。すでに道は決まっている。なれば、さあ！　今こそ世情を知らぬ愚か者に代わって、真の強者が上に立つときが来た！　我に付き従った者には栄光と繁栄がもたらされると知れい‼」

エイグラム家令も戦いの狼煙《のろし》を上げた。自陣営に対する脅しの言葉とともに。

なにせ彼の悪事が明るみに出れば、それに加担していた人々もまとめて制裁を受けるのは明らかだ。あそこにある証拠品の束の中には、そういうものがたっぷり含まれている。

そんなわけで、いよいよ侯爵派ＶＳ謀反の家令派の戦いが始まるかに見えた。

いや、実際に始まったのだが……

始まった瞬間には決着していた。そう思えるほどあっけなく勝負はついていた。

エイグラム家令の手の者達は全て地面に倒れ落ちていた。

やったのは、おそらく副長さんだ。彼の魔力の流れを確かに感じた。しかし、それはかなり自然な形で、ひっそりと目立つことなくエイグラムサイドの人間だけを打ち倒していた。

ただそれがあまりに的確すぎて、ほとんど誰にも気づかれることもない妙技で、会場中の決着を異常なまでに早めていた。

そもそも私などには見分けもつかないのだ。誰がエイグラムサイドで誰が侯爵サイドなのか。

副長さんにはこれも分かるらしい。

「ん？　まあ貴族内のことはね、ある程度はね」

そんなふうにひっそりと微笑むロザハルト副長だった。

この人もなかなかに恐ろしい人物なのかもしれない。

考えてみれば、副長さんがちゃんと戦っている姿を見たのもこれが初めてだ。彼もブックさんも、あんな風貌をしていながら、実に本当に強かったのである。

『リゼ、我のほうがもっとずっと強いからな？　な？』

私が二人を感心した目で見ているとラナグが対抗してきた。この神獣さん、意外と褒《ほ》められたがりなのだろうか。よし、褒《ほ》めておこう。

「そうだね、ラナグも凄かったね。あんな大きな魔獣を一瞬だったものね」

『ガルガル、うむ、そうなのだ。我は結構凄いのだ』

ワフワフと可愛らしく喜ぶラナグ。彼の柔らかな毛皮は私を包み込むように守ってくれている。

さて、そんな私達の前にもお客さんが現れていた。砦《とりで》にいた神官服の男が、手勢を引き連れて、私とラナグ目がけて突進してきたのだ。

「いけいけ、神獣様と聖女をお持ち帰りだ、生け捕りにするんですよ!!」

お持ち帰りという表現でも十分に下種《げす》な雰囲気はあるけれど、もっと端的に言ってしまえば、要するに私達を攫《さら》うつもりでいるらしい。

場内では大きな戦闘はほぼ全て終わってしまっているけれども、未だ混乱は収束していない。それで好機とでも思ったのだろう。しかしどうだろうか、まったく実力がともなっていないように思えた。

当然のようにラナグから返り討ちにあう。丸呑みにされなかっただけ幸運だったろうか。

私も念のため強めの竜巻魔法を放てるように用意していたものの、こちらの出番はなし。

闘技場の中は相変わらず騒然としている。けれど、今の時点で私達にできることはこんなところだろう。もはや私達に用事がある人もいないようだし、あとは当事者にまかせて帰ろうか。

色々あって忘れていたけれど、なにせ本当は私達、クッキー屋さんに行く予定だったのである。

土埃《つちぼこり》の煙る闘技場をあとにして、町へと繰り出そうとする。しかし、これが阻《はば》まれた。

なんと侯爵様から直々のお声掛けである。

事態が収束するまでは、しばらく目の届くところにいてくれと言われてしまったのだ。

残念なことに足止めされるはめになってしまう。

ホームに帰るのも翌日に延期され、町に行って美味しいものを食べるなんてこともできなかった。これはなんたる悲劇なのだろうか。

一夜が明けて。例の砦《とりで》で目を覚ました。相変わらずの足止め状態である。

なにせ領内がこの状態だったから、長距離転移の通行許可も一時的に止まっていたのだ。

その間、ブックさんは侯爵様の手助けをすべく東奔西走《とうほんせいそう》していた。

彼が私達のもとに戻ってきたのは、朝日が昇ってしばらくしてからである。

「おはようリゼちゃん。そして昨日はありがとう。思っていたより、ずっと大きい収穫が得られましたよ。これで私の実家も少しは静かになりそうです」

ブックさんは恭《うやうや》しくお辞儀をした。

私はワンピースの裾《すそ》をつまんでちょこんと礼を返したあと、ちょっと低めの声で言った。

「おいおいブック、こんなもん、なんてことないぜ」

隊長さんの声真似をしてみたのだけれど、これはまったく似ていなかった。幼女の声帯で渋いおじさんの声真似をするのは無理があった。

みんなが微妙な顔で私を見つめる。ひどい辱《はずかし》めを受けたものである。しかたがないので、私は無理やりに話題を変えることにした。

「あ、そういえばブックさん。侯爵家からの追放が取り消しになったと聞きましたけれど」

「ああ、もう耳に届いたのですか？　一応そうなります。なにせ私はエイグラム元家令の謀略で追い出されていた格好ですから、それが潰《つい》えた今、私の処遇がそのままというのも変な話ですからね」

「そうですか。名誉挽回できたんですね。お家にも戻れる。良かったですね、おめでとうございます」

私はお祝いの言葉を口にしながらも、その半面ではやや寂しい気持ちでいた。

ブックさんとはせっかく仲良くなったのに、これでアルラギア隊を辞めて侯爵家に帰ってしまうと思えば、寂しく感じるのも当然だろう。

おめでたいことなのに、ほんの一瞬うつむいてしまった私。

地球では出会いも別れもたくさん経験したし、苦渋だって辛酸だって多少は舐めてきた私だけれど、幼女ボディはなぜだか涙腺が緩い。目が潤ってしまいやすい。

そこに副長さんの手が現れ、私の頭をポフンと撫でる。こともあろうに軽々と抱っこまでされてしまう始末だ。

「どうしたのリゼちゃん？　そんな寂しそうな顔をして、ブックがなにかしたのかな？　よし、俺が懲《こ》らしめてあげよう」

「ちょっと副長、私はなにもしていませんよ。ねぇリゼちゃん？　なにもしてないですよね」

「ああ、はいごめんなさい。なんでもないのです。ただ、ブックさんが隊を辞めて家に帰ってしまうのだと聞いて、柄にもなく……」

　滲《にじ》む涙を拭いながら告げると、ブックさんは目を見開いた。

「え？　ああ、ごめんごめん、ごめんなさいね。大丈夫ですよ、大丈夫。確かにそんな話もありましたけど、私はアルラギア隊を辞めないし家にも帰りませんから。元々ね、父上は私を追放なんてしていないんです。籍も侯爵家に残ったままです。ただ、エイグラム卿の謀略に乗った形で形式的に外に出てただけ。それで傭兵団に参加して、その力も借りたりしながら外から父上達をお守りしてたんですよ。予定していたより早めの、かなり派手な帰還にはなってしまいましたけどね」

　ブックさんは私の頬をそっと撫でる。

「だからそんな悲しそうな顔をしないでください。今までどおり、私はアルラギア隊で働きながら父上達の手助けも続けていくだけです」

私の頬はプニリプニリと揺れている。

なんだか急に恥ずかしくなってくる。

これはまるきり勘違いの先走り、勝手に余計な心配をした結果、このキラキラ美男子二人組に抱きかかえられ、頬まで撫でられる始末。もう万死に値する。それほどの恥ずかしさ。

先ほどの隊長ものまね失敗の辱《はずかし》めを、早くも凌駕《りょうが》してくる新たな辱《はずかし》めである。

私は失礼のないように、慎重に丁寧に抱っこ状態から逃げおおせて地上に下りる。

二人に一礼してから、恥ずかしさまぎれにラナグのモフモフに飛びついた。こちらは実に癒《いや》しである。

「それではみんなで帰りましょう！」

高らかに宣言をして、部屋を出て帰り道を進み、砦《とりで》の階段を上る。

砦《とりで》の中は静かだ。昨晩も良く眠れた。

侯爵様からは城に泊まるようにも言われたけれど向こうは大騒ぎになっていた。落ち着いて安眠できるような状況ではなかった。

なにせこのラパルダ侯爵領にいる貴族の半数以上が、エイグラム元家令側に大なり小なり手を貸していたのだ。騒動の影響は大きい。

流石《さすが》に全てを断罪していると領地経営も成り立たないのだろう。

エイグラム氏を含めた主要な反逆者達だけを手早く捕縛したところで、一応の決着となったようである。

それぞれの邸宅や私財は差し押さえられ、今は細かな調査が進められている。

ブックさんは以前からこういうときが訪れる機会を待ちながら、町の中にも城の中にも、緊急捕縛用に魔法建築物を用意していたそうだ。

昨日のあれもその一つだ。花の生えた小さな小屋。私達を追いかけ回していた男達を閉じ込めたあれだ。町中にああいうものを密かに準備していたらしい。

エイグラム陣営からの反攻も多少はあったようだけれど、ほとんど問題にならなかったそうだ。

私達が彼らの悪いお友達の拠点を、すでに昨日襲撃して半壊させていたことも、決着がつくのを早めた一因になったと聞かされた。

証拠品も証人も大量に確保していたから、エイグラム氏になびいていた貴族達も、今では自身は彼とは無関係で、侯爵様に完全な忠誠を誓っているとアピール合戦を始めている。

エイグラム一派は反撃も逃げることも叶わず、捕縛されることになった。

ただ一人を除いては。

エイグラム夫人であるキャリリエナ氏。彼女だけは、やはりまだ関与の証拠が出ていない。

むしろ今となれば、エイグラム家令が良いように利用されていた側なのだろうとすら思わされる。それほどの立ち回りだった。

なにせ恐ろしいことに、キャリリエナ氏は昨日のあの騒動の中で、婚姻無効の手続きをきっちりと済ませていたのだ。みんなが闘技場でお祭り騒ぎをしている間にである。

用意周到。驚くべき手際の良さである。

神殿を通した難解なその手続きは、見事に完了されていた。あきれて良いのか感心するべきか。

ちなみにこれ、離婚届ではなく婚姻の無効なのだ。

つまりは結婚したときの手続きに不備があって、そもそも婚姻関係が成立していなかったとする届け出なのだ。

地球の西洋貴族の間でもこういった手続きはあったと聞く。そちらの場合確か、宗教の問題で離婚が認められていなかったから、こういった方法が取られたのだとか。

それはともかくとして、結果としてキャリリエナ夫人は、まったくエイグラム家の人間ではなかったことになるのだ。

エイグラム家はお取り潰しになるけれど、しかし、キャリリエナ氏だけは今のところかろうじて逃げ切った。

そういう形になっている。はずだった。

彼女自身も見事逃げおおせたと思っているのだろう。昨日の事件以降は姿をくらませていたというのに、今は、わざわざ私達を見送りに姿を現していた。

彼女の高笑いが砦《とりで》の石壁に響く。

「ホーッホッホッホ。ああ愉快。お馬鹿さんばかりで本当に愉快ね」

甲高い笑い声とは裏腹に、煮えたぎるような怒りの視線がブックさんに注がれていた。

さて、それでは準備が整ったようだ。

私の手元には一枚の紙があって、これをブックさんに手渡す。

これは婚姻無効の手続き書類の、本物そっくりの写しである。

他の物品とは違って、これそのものはなんら犯罪の証拠になるようなものでもないし、私が持っているのはただの写しだ。

ただ、一見すれば本物と見分けはつかない。

おそらく原本を用意した本人でも簡単には気づけないし、分からない。

ブックさんはこれを持って近くに来ていた侯爵領の捜査官に提案した。

キャリリエナ夫人が昨日神殿で執り行った婚姻無効の手続き、その用紙が正式な書類であるかどうかを神殿に確認してみてはどうかと。

ちなみに私の探知術が示すところによれば、正式な書類のほうは、未だに彼女の家の引き出しの中にあるようだ。三重の底の中に収められたまま、昨日のあのときのまま動いていない。

「お、おい。急いで神殿に確認に向かわせてくれ」

それと同時にブックさんの指示で近衛騎士が数名動き出した。

「っ⁉　なにをするか無礼者めが‼　汚い手を離せ、腐れた下郎どもの分際で‼」

「失礼ながら、ご同行願います」

キャリリエナ氏の両腕が、騎士達によって掴まれていた。

さて、彼女が昨日大急ぎで手続きを済ませた婚姻無効の証書は、私達が用意し、すり替えた偽物ということになる。

実に用意周到な人物だったけれど、今回はご丁寧にあらかじめ作ってあったのがあだとなったらしい。

つまり彼女は未だにエイグラム夫人のままだ。持ち出した財産は没収され、身分も剥《はく》奪《だつ》されるだろう。

ついでに実家も混乱中。この状況であれば、流石《さすが》に彼女自身の悪事の証拠もどこかで露見してくるだろうというのが、ロザハルト副長とブックさんの見立てである。

「もちろん全ての問題を処理するのにはまだまだ時間がかかるでしょうし、夫人の実家との戦いはしばらく続くでしょうけれどね」

ブックさんは目を細めて語っていた。

さて、他にも関わった貴族達はそれぞれ爵位の降格や領地替え、罰金、無償奉仕活動などなど、色々な運命をたどる。エイグラム家令の首も落ちるらしい。

今回はなにかと恐ろしき貴族社会の一端を垣間見た私である。

まったく、幼女に見せて良いものではないように思う。

まあそのあたりは、直接的にはもう私達には関係のないことである。好きに権謀術数《けんぼうじゅっすう》を戦わせていただいてかまわない。

私にとって少しばかり重要度が高い人物といえば、あの神官くらいだろうか。

どさくさにまぎれてラナグを捕まえようとした愚か者で、なす術《すべ》もなく返り討ちにあっていた人物。

以前からアルラギア隊長が警戒していたけれど、私もラナグも意外と悪い人から狙われているらしい。あの神官もただの変質者というわけではないようだ。

神聖帝国という国の人らしく、その国では神獣やなにかの研究をしているとか。研究のためには手段を選ばないという気風で有名らしい。

彼に関してはしばらく泳がせることになっている。副長さんとラナグによる入念なマーキングが施された状態で外に放逐されたのだ。

またいつか近寄ってこようとした日には、すぐに感知できるようになっている。

神聖帝国もラパルダ侯爵領もややこしい国である。ブックさんの苦労も偲《しの》ばれる。私などには、あののんびりとしたホームでの生活のほうがずっと向いている。

私達は、ようやく準備ができたらしい長距離転移の魔法陣を目指して屋上へ上がった。

それから転移陣に足を踏み入れ、さあ飛ぼうという頃合になって、城砦《じょうさい》の下から続く階段を誰かが勢い良く駆け上がってきた。

ラパルダ侯爵がわざわざ自《みずか》らお見送りに来てくれたようだ。

嫡男のアルハナ卿と、関係者各位の皆さんも揃い踏みである。

「この度、皆には感謝の言葉では言い表せぬほどの大恩を受けた。いずれ必ずや返さねばなるまい。それからスパラナグよ」

侯爵様は一つ呼吸を整えてから、息子であるブックさんの前に歩み出る。

「お前には苦労ばかり掛け続けだったな。非才な父を許してくれ。本来ならばお前ほどの人材は……」

ブックさんはいつもどおりの様子でそれに応《こた》えていた。

「父上、私は今の立場が性に合っております。これからも外で好きにやらせていただきますから、また御用事があればいつでもお声掛けください」

「そうか……そうだな。お前にはこのような一地方領地よりももっと相応しい場所があるか」

侯爵様はそう言ったあとにブックさんと抱擁《ほうよう》をかわした。

仮にも昨日までは追放者だった身のブックさん。今はもう、そうではない。昨日この砦《とりで》で挨拶をかわしたときとは、二人の様子は明らかに違っていた。

それから私の前へ。なにやらお土産《みやげ》をくれるらしい。可愛らしい缶だ。開けてみると中にはいく種類ものクッキーが入っている。これは侯爵様お勧めのセットらしい。

「特にこれがね、スパラナグが子供のときから大好きでな、セット缶で置いておくと、先にこればかりがなくなってしまったんだよ。いや懐かしいことだ。なぜだか、ふいに思い出してしまってね」

ブックさんがすぐに食べてしまうというそのクッキーは、いつも私がブックさんからいただく、木苺の香る一枚だった。

「それではリゼちゃん、スパラナグをよろしく頼むね。あんなふうでも抜けたところもあるんだよ」

私は侯爵様によろしく頼まれてしまう。

「ええと父上、私をなんだと思っておいでですか。なにもリゼちゃんによろしく頼まなくとも良いではありませんか？　いくらなんでも彼女は幼い子供ですから」

「ははははは、そうか？　いやきっとリゼちゃんはとてつもなくしっかりしていると思ってな」

私は「おまかせください侯爵様」とだけ答えておいた。

二人は良く似た声で笑っていた。

仲睦まじい二人の姿。ブックさんの表情は、これまでに見たことのない色をたたえていた。

いよいよ転移の魔法陣が発動して、私達の姿は光の中に隠れてゆく。

「リゼちゃん。貴女の身を心配していたはずなのに、ありがとう、すっかり私のほうが助けられてしまいましたね」

そんな声を聞きながら、私達の身体は、ほんの一息の間にホームへと帰った。

「おっ、リゼ遅かったな。向こうはどうだった？　大丈夫だったか？」

帰ってくるやいなや、出迎えてくれたのはアルラギア隊長である。

私のまん前に隊長さんの顔があるのだ。

妙に近いけれど、なにくわぬ様子で澄《す》ました顔をしている隊長さんである。

ただしその姿は、手と足を屈強な筋肉紳士達に掴まれた状態であった。

ハテナ、いったいなにがあったのやら。隊長さんが他のみんなに取り押さえられているだなんて。

ハッ⁉　もしやこれは反乱だろうか⁉

まさかラパルダ侯爵領のような反乱事件が、この愛すべきホームでも発生してしまったのだろうか？　私に戦慄《せんりつ》が走った。

「おかえり。リゼちゃん聞いてよ。隊長ってば、キミの帰りが遅すぎるから迎えに行くって聞かなかったんだよ。もう今は転移術が繋がってるから、すぐに戻ってくるって言ってるのに暴れるもんだから」

「そうなんだよ」

「まったく困った隊長さんだぜ」

建築術士チームの人達が、そう教えてくれた。

私に安堵の念が走る。なんとのほほんとしたエピソードだろうか。

ほんのり恥ずかしそうな隊長さんが可愛らしいではないか。

「いやいやいや馬鹿を言うなよ、お前ら。俺はただ、任務完了の予定時刻を大幅に遅れているから様子を見に行こうとしただけだ。この隊を預かる者として当然の責務だろうが」

曰く、責任感の表れであるらしい。

そんな隊長さんの大きな身体の後ろからは、コックさんもヒョッコリと顔を覗かせていた。

「隊長、素直に心配だったって言ってもいいんですよ?」

ちょっとした騒ぎの中、こうして私はみんなに無事の帰還を伝えるのだった。

「ただいま帰りました。アルラギア隊長。コックさんも皆さんも。元気に帰ってまいりましたよ」

「お帰りお嬢。こっちはちょうど準備ができてるぜ、例のブツがな」

コックさんはそう言うと、私の手を優しく勢い良く引いた。

そうそう、そうなのだ。煮込んでる最中だったのである。岩石小竜のシチュー。どうなっただろうか。

「コックさん、あれから変化はありましたか？」

『ガルルルル、そうだ、リゼ。我はなによりもこのときを待ち望んでいたのだ。行くぞリゼ、コック！』

「え？　ああーちょっと待て神獣さん。待てって、落ち着けって、煮込みは逃げないからなぁ〜〜」

ラナグは私を背中に乗せ、コックさんを口に咥《くわ》えて走り出す。

突風がホームの中を吹き抜ける。

「隊長も皆さんもご一緒にどうですか〜、たぶん柔らかく煮えてると思いますから」

私の声はちゃんと届いたようで。みんながあとをついてキッチンのほうに来ているのが見えた。

出かける前に準備をしておいた『圧力鍋の杖』での煮込みが、ちょうど仕上がりの夕イミングだ。岩石小竜の肉をブラウンシチューと一緒に二日半かけて煮込んだものである。

「それじゃあ開けてくれ、お嬢」

コックさんは圧力鍋の火加減と魔力加減を調整してくれてはいたけれど、鍋（杖）そのものを扱うのはまだ上手くできないので、私が開けさせていただく。

私は蒸気をプシューと逃がしてから、蓋《ふた》の部分を開けて中身を取り出す。

瞬間、なんとも言えない芳醇《ほうじゅん》な香りが部屋中に弾けて飛んだ。

これは思っていたよりも出来が良さそうだ。

香りをかいだだけでも、すでに美味しさが分かるほどかもしれない。

いやいや待て待て、まだそう判断するのは早い。食べてみたらとんでもなくマズイ可能性だってあるし、あるいは肝心のお肉が硬いままだったらなんの意味もない。

どんなに良い香りがしても、岩を食べることはできないのだから。

『リゼ、喰っていいのか？　喰ってもいいのか⁉』

神獣ラナグは、取り出した鍋にそのまま喰らいつきそうな勢いだった。

しばし待っていただく。大きな肉の塊だったから二十人前以上の量はあるのだ。

私はコックさんが用意してくれた上等そうな白いスープ皿に、隊長さん達の分も含めて取り分けていった。

「はいどうぞ。美味しくできてると良いけど」

そしてラナグは喰らいつく。彼は一人前の小竜シチューをほんのひと舐めで平らげてしまった。

私も自分のスプーンを口に運んでみる。

取り分けているときの感触からして、それなりに柔らかくはなっていると思うけれど、さて……。

そうして歯を当てた瞬間、岩石小竜の筋繊維は、口腔内で旨《うま》みとともにポワリと弾けた。

まるでプリンプリンな春雨《はるさめ》の塊？　いや、異常にジューシーな糸コンニャクを束ねてまとめたような。いや、フカヒレなんかに例えるのがベストかもしれない。

ただし私はそんな高級食材をちゃんと食べた経験がないのだから、フカヒレのようだなんて語る資格はないのだけれど。

イメージ。食べたことはないけどフカヒレっぽい。フカヒレってきっとこんな感じなんじゃないかなって思う。フカヒレの一本一本がもっと太い感じではないだろうか。

コラーゲンの塊のようなプリプリとした食感の中には濃厚な旨《うま》み。

歯で噛み切ると、その旨《うま》みの大波が口いっぱいにじんわりと広がっていった。

『ハグゥ、ハグゥ、グルルルル。ぺろぺろバクバク、ぺろぺろバクバク』

「ああちょっと、ラナグ！　そっちはまだダメでしょう。お鍋に直接口を突っ込まないの！」

私が制止したときにはもうすでに遅かった。

ほんの数回の神獣ぺろぺろによって、すっかり鍋の中身は空っぽになっていた。

とはいえ、流石《さすが》にラナグも他の人の皿に取り分けた分までは手を出さなかった。

今この場にいる人達の分は無事なのだ。

ラナグの急激な獰猛化《どうもうか》に驚いた人もいたけれど、流石《さすが》は筋肉紳士達。気圧《けお》されること
なく、それを見てむしろ食欲がそそられたようだ。

皆さんでいただきますの挨拶をして、シチューの中に銀のスプーンを突っ込んだ。幸
いなことに、皆さんからも好評だった。目を丸くして絶賛してくれた人もいる。

おかわりの希望もたくさんあったけれど、それはちょっと難しかった。

残っていた分はラナグが全部食べてしまったし、もう一度作るのは二日半かかってし
まうから。

「あの岩石小竜の筋張った肉が、こんな食感になるなんて。それにこんな旨《うま》みも……知
らなかったぜ。俺はまた一つ、食の階段を上った。ありがとうお嬢、愛しているぜお嬢。

大きくなったら結婚してくれ」

コックさんは、今回もまた絶賛だった。興奮してわけの分からないことを口走るほど

だった。

しかし大きくなったら結婚ウンヌンなんて、普通そういう台詞《せりふ》は子供側から言うものではないだろうか。大人側から言ってしまうと変態のそれだ。絶対にやめたほうがよかろう。

そもそも元になるブラウンシチューはコックさんの手助けも借りた異世界風だし、基本の味はほとんどそこで決まっているではないか。食のこととなると大げさなのだ、彼は。

確かに岩石小竜のお肉を入れる前の状態では、ここまでの濃厚さはなかったとは私も思うけど。

岩石小竜から染み出した旨《うま》みと、逆にブラウンシチューからお肉のほうに染み込んだ味わいが、お互いに上手く作用し合っているようだ。

隊長さんも副長さんもブックさんも、転移術士のグンさんも、それから他の皆さんもあっという間に平らげてくれた。

「リゼ、コック、悪いが今晩の飯用にも作ってくれないか？　こいつは王宮でも食えないような一品だ。是非今晩も食べたい」

「隊長、すみませんがね。最低でも二日半は待ってください。煮込むのにそれだけかかるんですよ」

「なぁっ!?　なんだと、二日半!?　二日半もか!?　おいおい、それじゃあその間俺はなにを食ってりゃいいって言うんだよ。こんな上等な一皿をさらっと食わされて、そのあとに普通の食事じゃおさまらんだろ。だめだ、考えただけで腹が減ってきた」

絶望的な悲しみの表情を浮かべる筋肉紳士。

夕飯一食のことで大げさだとは思うけれど、逆にそれが可愛くて微笑ましかった。

いっぽうでラナグ。どうしたのだろうか？

勢い良く食べていたのになにも言わないのだ。今は目を閉じてしんみりとした表情を浮かべているばかり。実は口に合わなかったのだろうか？

彼は目を細く開いて急にこちらを見つめてきたかと思えば、私の頭に鼻先をくっつけてきた。

なにをしているのだろうか。ポツリとつぶやく彼。

『温かい味だったな、リゼ。腹の中がじわりと温まったようだ……』

妙に畏《かしこ》まった風情のラナグである。なんだか心配になるような。元気がないような。

「どうかしたの、ラナグ」

『どうもしないさ。ただ、特別なゴハンだった』

「それほどのことでもないと思うよ。ラナグは大げさだね」

『いいや、特別なことさ』

私はそっと手を伸ばしていた。ラナグの首筋を抱きかかえるようにして。

ふいに、なにかを感じた。

彼の心の中なのか、古い古い情景が見えた気がした。

そこにいる子犬はたぶん、ラナグである。近くにいるのは家族なのか仲間なのか。

時間の感覚がよく分からない、いつの間にか彼は別な場所にいて、そこでは一人になっていた。

大きな神殿があって、周囲にはたくさんの人々が集まっている。

ラナグは神獣として手厚く祀《まつ》られているらしい。

けれど彼のお腹は、ひどく空腹なようだった。

『――リゼ、どうかしたのかリゼ』

ハッと、意識が戻る。

「ラナグ……ええと、ゴハン美味しかった？」

『ん、ああ、格別だな。リゼが我のためにと作ってくれた食事だから。格別で、特別だ』

ラナグはお日様のようにニコリと笑う。頬をそっと私に寄せて、ペロッと顔をひと舐め。

それからいつものようにワフワフして、少し走り回り始めた。良かった、いつものラナグだ。

『ハーッハッハッハッ。やはりリゼは天才だな』

そんなことを口走りながら、私の周囲をグルグルと回っていた。

なんだかいつもどおりのラナグである。いや、いつもよりは少し高揚《こうよう》しているかもしれない。

コックさんのほうへ行って、どうだ、ウチのリゼは凄かろう、見たいな感じを醸《かも》し出す。

コックさんはコックさんで、

「リゼ先生の一番弟子は俺だ。神獣さんには悪いがこれは譲《ゆず》れない」

などと意味の分からない主張をして対抗していた。

リゼゴハンを最も愛しているのはどちらなのか、決着をつけよう。二人ともそんなことを言いながらわいわいしていた。盛り上がっている。

食いしん坊VS食いしん坊の構図である。なにをどうしたら決着なのかは私には分からない。

言葉は通じていないはずだけれど、二人の熱い視線はしっかりと交錯《こうさく》していた。

仲が悪いわけではなさそうなので、これはこれでよしとする。

「あーー食った。ダメだ、今日はもう寝るわ」

唐突なこの声は隊長さんのものである。彼は眠くなっちゃったようだ。

「なに言ってんすか隊長、むしろ飯どうこうの前に早く寝てください。一晩中リゼちゃん達を待ってて寝てないから眠いんすよ」

「ぬはぁっ。お前は本当に余計なことばっかり言うやつだな」

「それが仕事ですから」

そんな感じで隊長さんと一緒に去っていったのは、昨日私達が出かける前にも隊長さんを引きずって仕事に連れていった筋肉紳士の一人だ。

私はまだ直接お話をしたことはない人だけれど、あの人もなんだか苦労者のような気はしている。

どうも隊長さん&副長さんについている秘書の方らしい。

顔に傷があって海賊《かいぞく》みたいだけれど秘書らしい。

彼がスケジュール管理とか、その他諸々の事務仕事をやっているそうだ。

さて、みんなもそれぞれの仕事に戻っていくようだし、私は食器洗いでもしてしまおう。

コックさんも一緒に食器や圧力鍋の片付けをしてくれる。

ラナグは満足したのか、ゴロンとお腹を出して眠り始めてしまった。

「ところでコックさん。あのブラウンシチューの材料なのですが。もう一度確認させてもらってもよろしいでしょうか」

「お、あれか？　そこそこオーソドックスな材料ばかりだけどな、なにか面白いことでも？」

「ええ、少し気になりまして」

あらためて使った材料を一つずつ教えていただく。

私からすれば見慣れない材料ばかりだけれど、ある程度は地球世界との共通点も感じられる。

例えばミノタウロスの骨、スイートマンドラゴラの根っ子。

おそらく前者は出汁《だし》を取る牛骨の代わりになるもので、後者はニンジンの代わりだ。

そうしてひと通り材料を聞いてみるが、一つだけ重要な材料が最後まで出てこなかった。トマトだ。

どうりであのブランシチューには、酸味やトマト系の旨《うま》みがないなとは思っていたのだ。それでも十分美味しくなってはいたけれど。

「コックさん、トマトという食材はこのあたりにもありますか？　赤くて丸い実の野菜なのですが」

私は軽い調子で質問をした。

「ト、トマトォッ⁉　トマトだと⁉」

コックさんは驚愕《きょうがく》に目を光らせる。熱い感情が火の山のように激しく噴出しているのが見て取れた。

がっしりと両肩を掴まれてしまう私。ラナグが彼を尻尾ではたいて弾き飛ばした。弾き飛ばされたコックさんが壁にぶつかってめり込む。

「ト……トマト……。食べてみたい」

彼の手は、虚空《こくう》を掴むように前に伸びていた。

風神さん

どうもコックさんの話によると、この世界でのトマトはかなり希少な珍味らしい。

ただし希少価値もさることながら、まず食べようと思う人すらも少ないのだとか。

「恥ずかしながら、俺もまだ口にしたことはないんだ。ふっ、これじゃあコックと呼ばれる資格はないぜっ」

そんな彼も以前からトマトを手に入れようと試みているらしい。

可能であれば彼自身で採取しに行きたいところだけれど、いかんせん本業は通信術士なのだ。調理師ではない。

この場所に待機していて、各地を飛び回る隊員達との連絡を繋ぐのが彼のお仕事だ。料理はあくまで趣味というか、待機時間が長くて暇だから始めたこと。

今やどう見てもキッチンにしか見えないこの場所とて、実は通信術担当者の本拠地。仕事部屋なのである。

昨日私達がブックさんの故郷に行っている間も、副長さんはちょことちょここに連絡を入れていた。だからこそ帰りが半日遅れることも伝わっていたのだ。

さらにコックさん、仕事がないとしても、そもそもあまり外出はしない人らしい。

「お嬢、頼むぜ。今すぐにとは言わねぇ。でもな、もしどこか旅先でトマトを見つけたら、手に入れてきてくれ。たぶん食い物としては売られてないはずだが、もしかすると乾燥させたのが薬の材料として売られてるかもしれねぇ。あるいは……実はこの地方のどこか山の奥にも、トマトが生えてるって噂は聞いたことがあるんだがな。俺が今知ってるのはそれだけだ……」

なんだか遠い目をして黄昏《たそが》れているコックさん。

筋肉紳士の悲しい目というのは、実に美しい。

「コックさん。私トマトを採ってきます。探し物は得意ですし、今から行ってきますよ」

「な、なんだとお嬢？　今から！　い、いいいいいいのか？」

「はい、どうせ暇ですし」

そう、私は暇だった。

昨日は配達を頼まれたけれど、今やブラブラする以外に用事もなにもないのだ。

こうして私の旅は始まりを迎えるのだった。

旅のためにまず必要なのは……そう、ついてきてくれる保護者だろう。

悲しいことに私は一人での外出を許可されていない。勝手に出ていったら隊長さん達に怒られてしまうし、それになにより無用な心配もさせてしまうだろう。

だから誰か大人の人間でついてきてくれる人が必要なのだ。

今回は長旅になるかもしれないから、できれば暇な人が良いのだけれど。

コックさんはここを長時間離れられないとして……

隊長さん、副長さん、ブックさん、転移術士のグンさん、倉庫番のデルダン爺《じい》……

『我がついていれば、なんの問題もないだろうに』

ラナグはそんなことを言うけれど、やはり人間の常識には疎《うと》いところもあるし。

あれこれと考えている間に食器洗いも終えてしまったから、一度自分の部屋に戻ってみることに。

隣の部屋では隊長さんが寝ているはずだから、邪魔をしないように静かに自室へと入った。けれども、扉一枚向こう側、隊長さんの部屋では物音がしている。

「アルラギア隊長？　起きてるんですか？」

小さな声で尋ねながらそっと扉を開けてみると、そこには半裸でバトルナイフの素振りをしている隊長さんがいた。

「なんだリゼ、どうかしたか？」

「ええと、眠ってるかと思ったんですけど、違ったのですね」

「ん？　ああ、もう十分に寝たからな。今は寝起きの体操だ」

もう寝た？　あれからまだ三十分ほどしか経っていないけれど？

私が不思議そうな顔をしていると、隊長さんは教えてくれた。

「どうも普通の人間はもう少し長く寝るらしいな。昔はうちの婆《ばあ》さんに良くしかられたもんだよ、寝るときくらいはもう少し大人しくしてろってな」

飛んだり跳ねたり回ったり、非常にアクロバティックな体操を続ける隊長さん。

どうやら長くても三十分ほどしか寝ないらしい。副長さんもよく言っているけれど、やっぱり隊長さんも変な人である。

「さて、今日はどうするか。特に仕事もないし、面白そうな魔物も敵もいなさそうだし……」

ひと通りの体操を終えた隊長さんは、座禅を組んで微動だにしなくなった。

今度は魔法を操るためのコンセントレーションのトレーニングらしい。

「アルラギア隊長、暇なのですか？」

「…………いや、いやいやそんなことはない。いつも業務に追われて片時も――」

そんな言葉を遮るように、横から別な声が飛んできた。

「暇っすね。隊長なんていつもだいたい暇っすね」

声の主は、秘書の人であった。

「睡眠も三十分、討伐任務に出かけてもすぐに殲滅《せんめつ》して帰ってくるし、移動速度も尋常じゃない、食事も速い。なにをするのも異常な速度で片付けちゃうから、暇なんすよ隊長は。速すぎダメ人間です」

「ヒーショよ、百歩譲《ゆず》って暇なのは認めるとしてだな。仕事が速いのはな、それって良いことなんじゃないのか？　なんでそんなに不満そうな口ぶりなんだよ」

秘書さんの名前はヒーショさんというらしい。いや、これもあだ名だろうか。なんとも安易なあだ名である。

「秘書の立場からしてみればっすよ？　隊長にちゃんと仕事させてないのかと思われるじゃないっすか。こっちは、ちゃんと、死ぬほど、仕事入れてるのに」

「そんな文句があるかよ」

「あるんす。現にあるんす」

ヒーショさんは不満そうだけれど、私にとっては願ってもないことだ。

隊長さんが暇なら私に付き合ってもらおうではないか。

申し出ると、ヒーショさんが真っ先に二つ返事でＯＫを出した。

「ヒーショ、勝手に決めるんじゃない」

「行かないんすか？」

「いや、行くが」

「じゃ、とりあえず大きい仕事もないので三日程度は行ってきてくださいね。すぐには帰ってこないでください。ただし当然、緊急のときには速攻で帰還願いますよ」

「ずいぶんと難しい注文だな。トマトを見つけ次第帰ってくるだろうから、そこは勘弁してもらいたいが」

「それなら、もしすぐ手に入ったら、トマトは百キロくらい集めればいいじゃないっすか。他にも良さそうな食材集めでもしてたらいいっすよ」

「百キロねえ、野菜ばっかりそんなに食うやつがいるかよ」

『おい、おい待て人間、もしも美味いなら我はいくらでも食べられるぞ、そう伝えてくれリゼ』

「隊長さん、ラナグはいくらでも食べられるそうですよ」

「…………そうか、いたか。意外と近くにいたな」

アルラギア隊長は左右の手を軽く上げて、困ったように首を傾げていた。

「それでリゼ、トマトってのはどこにあるのか分かるのか？」

「コックさんの話によると、この地域の山岳地帯にも自生している可能性があるようです。正確な位置は分からないですけれど」

「そうか。ちょっとばかり範囲が広いな。こいつはもしかすると本当に三日間かかるかもしれん」

話が決まるやいなや、私達はホームを出て歩き出していた。

ただ、やみくもに山登りをしてもいたずらに時を使ってしまうだけだから、まずは町へ寄って、冒険者ギルドで情報を集めた。

それから準備体操などをして身体を温めて、空を飛んだ。

やはり異世界。空の一つや二つは飛べて当然だろう。むしろ空を飛べないのなら、もはやなんのための異世界だろうか。

私はそれくらいの心持ちで風の魔法を操りながら空を飛んでいた。

『先ほど食した一皿のおかげで、我も少しばかり神力に余裕ができたからな。リゼへ風の加護を渡した。もともと風属性は上手だったが、今ならなおのこと飛びやすかろう。山の上への移動にはこれが速いぞ』

ラナグ曰く、そういうことらしい。

私の小さく軽い身体は今や、木の葉かなにかのように風に吹かれて遥か上空の高い場所を飛んでいる。いっぽうでラナグは身体のサイズを小さく変え、私のポケットの中に収まっている。

ミニラナグである。これがまたえらく可愛らしい。

指の先でツンと押してやると、転げそうになり、慌てて私の手にしがみつく。

『ふふん、リゼはいたずらっ子だな』

小さくなっても声質はいつもと同じで、太めで渋い狼ボイスのままである。

そもそもラナグは声帯を使って話しているわけではなさそうだから、身体のサイズなんかは関係ないのだろう。

『ところでリゼ、トマトというのは本当に美味いのだろうな？　話を聞いている限りでは、野菜のようではないか。それほど美味そうには思えぬような。どうせ探しに行くのなら、我はドラゴンとかベヒモスとか、マンティコアとか、あるいは海のサーペントとかクラーケンとか、そういうものを食したいものだが』

半信半疑なラナグであった。これはしかたのないことかもしれない。

トマトを使ったいくつかの料理を食べてみるまでは、きっと信じられないことだろう。旨《うま》みの塊とでも言うべき重要なお野菜。これがあるだけで料理の幅や深みがぐっと倍増するのである。

ピッツァだろうとパスタだろうとスープだろうと、はたまた肉料理だろうと鍋料理だろうと、トマトやトマトソースがあるだけで、一系統の新しい味のジャンルが生まれてしまうほどだ。

私はラナグにこの事実を丁寧に伝えた。

『ふうむ、にわかには信じがたいが、リゼが言うのなら信じよう。分かった。トマト狩りを始めよう』

私の思いはすっかり伝わったようである。

ここにきてラナグの目がギラリと真剣なものになった。

いっぽうその頃隊長さんはというと、なにもない空中を蹴りながら元気いっぱいに駆け飛んでいる。空歩という術である。

私のように風に乗るよりも、戦うのに適した術なのだとか。空中を蹴ることで瞬間的な方向転換ができて、機敏な動きが取りやすいそうだ。

もう一つ、短距離転移術という移動手段もある。

ただこれは一回の移動距離が短いし、連続するのは微妙に面倒。普通に移動するだけなら風に吹かれているほうがずっと楽なようだ。

空を飛ぶという行為には、不思議と恐怖感はなかった。

まるで大空に抱きしめられているようでもあり、ただ心地良かった。

もしかすると風の加護というもののせいかもしれない。風に守られているような不思議な感じがするのだ。心地良い空の旅。

けれどそれもすぐに終わってしまう。もう目的地は目の前である。

「この山だな。早速探そう」

私達は三千メートル級の山の頂上付近に降り立っていた。

日本でいえば富士山《ふじさん》や穂高岳《ほたかだけ》といった最高峰クラスの山がこの高さになるけれど、このあたりにはもっと標高の高い場所がたくさん見える。

まだこの高さだと普通に集落まであるそうだ。

地球でもチベットの奥地とか、南米の高山地帯にはそれくらいの標高でも町があると聞いたことがあるけれど、異世界にも似たような環境があるらしい。

「隊長さん。あそこ」

私がふと目線を向けた先に、鳥のような羽を生やした小さな人影が見えた。

「ん？　獣人、バードマンか？」

このあたりに集落を造って住んでいる山岳民族だという。

小さな人影は切り立った岩場の上から私達を眺めていたけれど、すぐに飛び立ってどこかへ行ってしまう。

「隊長さんって、このあたりにも来たことはあるんですか？」

「いいや、まだないな。確かこのエリアも探索する予定にはなっていたはずだがな」

隊長さんの隊がこのあたりに拠点を置いているのにはいくつか理由があるそうだけれど、そのうちの一つが、この地域を探索するためだ。人間が易々と立ち入れぬ未開領域が広がっている。

この山には獣人が住んでいるらしいことは分かっているけれど、それ以上のことはあまり情報がない。

バードマンさん達と人間とは、過去にほんの僅《わず》かな交流くらいはあったそうだ。

そして彼らとの交易の品にトマトが入っていたことがあるらしい。

ギルドの中に、そういう記録が残っていたのだ。

とは言っても、もう何年も前に一度あっただけの話。ある時期を境に交流自体もパタリと止まってしまったという。

「まずは集落を探す……よし、向こうだな」

私は張り切って探知魔法を展開しようとしていた。が、私がなにかするよりも早く隊長さんは歩き出した。どうやらもう見つけてしまったようだ。

隊長さんだって探知魔法を使えるのは知っていた。特に生き物や魔物を探知する能力はかなり高い。戦いの中で必要になるからだそうだ。

本人曰く、細かいものや、魔力を持っていない存在を探すのは得意ではないとか。けれど、ともかくその発動は速いようだ。すぐに集落を見つけてしまった。

私の張り切りを返してほしい。ああ、そんなすぐに見つけてしまうのなら、私は決して張り切りなどしなかっただろうに。

人生、そう簡単に張り切るものではないな、などと考えている私の背中に、ラナグがツンと鼻を当ててきた。

『リゼ、背中に乗るか？』

私はいとも簡単に彼の背中に担《かつ》ぎ上げられる。

私の短めな二本足だと、山道は歩きにくいかららしい。

ふむ、これくらいなら今の短い手足でも歩けるけれど、などとも思うのだが、ラナグの背中が温かくて快適すぎて……まあいいかと思わされる。この乗り心地の良さ、もはや私に反論の余地は残されてなどいなかった。

ラナグの背中に揺られながら、私も念のために探知魔法を使っておく。

なるほど確かにこの方向に集落らしきものがある。

他にも数箇所、山のあちこちに似たような場所はありそうだ。

「よし、ここだな」

隊長さんの渋い声が切り立った岩の谷に吸い込まれていった。

簡単にここまで来てしまったけれど、実際この場所に到達するまでの道のりは、相当高難度な登山コースになっていた。

山の峰は剣の刃先のように切り立っていて、そこを歩いている間にいともたやすく崖《がけ》崩《くず》れを起こす。

その状況で、さらに五本足の巨大カラスや、羽の枚数が多すぎるトンボが襲ってきたこともあった。トンボの顔面などは鬼のような凶悪さを持っていた。これぞ本当の鬼ヤンマだなと感心させられる。

とにかくこうして、アルラギア探検隊は山の奥地に、秘境の集落を発見したのだ。

私はなんとなく気分が高揚《こうよう》してくる。

「たいちょーーう。見てください！　あそこに人影が！」

そしてついうっかり隊員感を出した喋り方になってしまったのだが。

「ああ、そうだな」

隊長さんはいつもどおりの落ち着いた声で返事をした。まあしかたあるまい。この感じの探検感は日本人にしか分からないだろう。伝わらないことをやってしまった己の不明を恥じるばかりだ。

目の前では、岩壁にへばりつくようにして見事な宮殿が聳《そび》え立っていた。

とてもではないが集落なんて呼んでいい代物ではない。

白い岩石から削りだしたのであろう建造物は、ほとんどタージ・マハル宮殿だった。

白亜の玉ねぎ屋根である。

ただ、そのわりに人影は妙に少ない。

私達がこの断崖の宮殿に近寄っていっても、誰も寄ってこないし、宮殿の中にも気配は多くない。

「なにか御用かな、御客人」

宮殿の巨大門の前にまで行ったとき、ようやく初めて一人のバードマンさんが近寄ってきた。

しかしその人物。ひどくボロボロの身体と羽で、鎧《よろい》も壊れて取れかかっている状態だった。

「あの、大丈夫ですか?」

「……なんの用かと聞いているのだが? すまぬが暇がない」

「探し物をしに来たのですけれど、もしよかったら、まずはその傷を回復させましょうか?」

私はトマトの件はひとまず横に置いて、魔法による傷の回復を申し出てみた。これは、ご機嫌取りであると断言しよう。

どのみち相手はボロボロの身体で切羽詰った様子なのだ。

この状態では、トマトを探しに来たのですとはとても言えない。私の心臓はそれほど強くないし、面の皮も薄くて繊細なのだ。

「……」

傷だらけのバードマンさんは疑るような視線で私を見下ろしていた。

その身体は人間に比べるとかなり小さいけれど、鳥と思えばかなりの大きさ。私よりは背が高いし、体格も装備もくちばしも勇ましい。

こんな幼女体形の人間に回復してやると言われてもピンとこないのだろう。

実演してみせるからと断って、私はとりあえず彼の手の甲にある深々とした裂傷《れっしょう》に回復魔法をかけてみた。

実戦で怪我人に使うのはまだこれで二度目だけれど、効果はしっかり現れる。

傷は柔らかな光に包まれて、見る間にふさがった。

「これは……今のはこの子供が？ 風の民である我が身を癒《いや》したのか？ いや、待てよ？ 良く見ればそなた、風の加護を身に纏《まと》っているではないか？ 我が手にもかすかに加護の残滓《ざんし》が移っておる。これはもしや……もしやそなたっ、風神様の御使いか？ あいや、これはなんたるご無礼を。ひらに、ひらにご容赦を」

唐突に、バードマンさんの態度が急変した。

この世界の人々は大げさな方が多いけれども、バードマン族もやはり同じなのだろうか。

なにやらとても慌てている。

しかし今回は、なにか妙な誤解をされてしまったようだ。

確かに私は風の加護を受けてはいるけれど、風神様なんて知らないのだ。

これはただ、今私の横で呑気《のんき》に欠伸《あくび》をしているラナグが気まぐれでやっただけのもの。

風神様とはなんの関係もない。明らかに。

「御使い様。そうとなれば早速、中へ、ささっ中へ中へ」

バードマンさんは私の手をそっと引いて、宮殿の内部へと連れていこうとする。

どうしたものか、隊長さんのほうを見て確認してみると、

「行ってみるか」

そう言って軽くうなずいて、躊躇《ちゅうちょ》もなく歩き始めた。

ラナグも眠たそうについてくるだけだ。なにも気にしていない。

ふむ。私の保護者達は、おそらくべらぼうに強いのだけど、どうも一般常識という面では頼りない気がしている。

見ず知らずの人にいきなり御使い扱いされたときには、ほいほいとついていってはいけない。

おばあちゃんにそうは教わらなかったのだろうか。

もちろんウチの祖母はそんなことを一言も言ってはいなかった。が、もし将来私に孫

ができたなら、必ず教えてやろうとは思っている。

なんだか急激におばちゃんのお味噌汁が食べたくなってきた。

ああ、見ていますか天国のおばあちゃん。あなたの孫は異世界で元気に、わけの分からない生活を送っていますよ。

私はグイグイと宮殿に招き入れられていく。

宮殿の中に入ると怪我人の多さが目立った。

怪我をしたバードマンさん達がたくさん寝転がっている。痛そうなので治癒魔法をばら撒《ま》いておく。

隙を見て、私を招いたバードマンさんに声をかける。やはり誤解は解かねばならない。

「あのすみません。少しだけ誤解があるようなので説明をさせてください」

「どうかされましたか、御使い様」

「はい、私は確かに風の加護というのは受けていますが、風神様の関係者ではないのです。御使いというのも私にはなんのことやらチンプンカンプンで」

「なんと、それは誠でございましょうか？　いやしかし、そんなはずは？　現にこのようにして今も……これだけの大業を成されておられるではありませぬか。宮殿の中に倒れている怪我人達に回復魔法をかけて回ってくださっている。まさに言い伝えの御使い様そのものです」

それはそれ、これはこれ、ではないだろうか。

しかし誤解はますます加速していた。つくづく人生とはままならないものである。

「これほどの術を、これほどの数こなせる幼女様などというのは、人のはずがありませぬ。やはりどう考えても風の御使い様なのでは？　そもそも普通の回復魔法では我らの生命の源でもあるこの羽は癒《いや》せませせぬ。暖かな春風の慈悲の如き霊力がなくては、決して不可能なことです」

羽？　確かに彼の言うとおり、羽には普通の回復魔法は効きにくかった。

風の加護の力を練り混ぜてやってはみたけれど、そんなものはきっと風の加護さえあれば誰にでもできることだろう。

『風神とは関係ないぞ』

神獣ラナグもそう言っている。しかしバードマンさんにいくら説明しても、ほんとかなぁ？　いやいやいや、そんなわけないでしょう、みたいな反応が返ってくるばかりだ。

まあいい。特に害があるわけでもなさそうだし、こちらから伝えるべきことは伝えたのだから。あとは相手がどう思おうが相手の自由なのかもしれない。

『まあリゼなら普通にこれくらいの治癒術はできる。たとえ我の与えた風の加護がなくいる。

とも自力でできたかもしれん。天才だからな。朝飯前のことだ。ふふふ～ん』

なんだか分からないけれど、今日も今日とて神獣ラナグは私を見ては鼻を高くしている。

ちなみに、この状態で鼻先をくすぐってやると……

『くしゅんっ』

ラナグは可愛くくしゃみをするのである。

『なにをするんだ、リゼ』

「ちょっとした悪戯《いたずら》のようなものですよ」

『ふむそうか、ならばしかたないな』

それからラナグは愉快げに私の顔を舐める。

「またお前達は、今日も変わらんな」

隊長さんは私達を見て、微笑ましそうな、意味不明そうな顔をしていた。

ええとそれで、そうトマトの話を進めようではないか。

怪我人達の回復はあらかた済んだのだ。

あとは本来の目的であるトマトの情報を聞き出して、そちらを探しに行かねばなるまい。なにせ、すっかりトマトが食べたくてしかたがないのだから。

「ト、トマトでございますか？」

「はい、実は私達、トマトを探しに来たのです」

「オイ皆の者！　皆の者ぉ！　風の御使い様がトマトをご所望《しょもう》だぞ。此度《こたび》の礼に、一同全力をもってトマトを集めいっ」

「「「ハハアッ」」」

先ほどまで怪我人だった人達全てを含めても、この広い宮殿の広間には四十～五十名ほどがいるだけだ。一同とは言ってもそれほどたくさんの人数ではないのかもしれない。

それでもバードマンさん達の機動力は素晴らしく、まさに風に愛されている存在らしい飛びっぷり。宙を飛び回って外に出ていっては、息つく暇もなくトマトを集めてきてくれた。

次々にカゴいっぱいのミニトマトが運び込まれてくる。

一粒一粒を良く見ると、それはミニトマトというよりもっと小さい。マイクロトマトのような大きさで、しかし瑞々《みずみず》しく艶やかな赤色に染まっている。

隊長さんは、次々に集まってくる極小トマトを見て、困った笑顔を見せていた。

「本当にあっという間に目的のものが集まっちまうな。流石《さすが》にこんなに早く帰ったら、ヒーショのやつになにを言われるか分かったもんじゃないぞ？　今回は完全に俺のせいじゃないってのにな。全部リゼが片付けたことだ。しかし、ヒーショにはそんな説明通用せんのだろうな」

いっぽうラナグは早速トマトを一つまみして、顔をしかめてグルグルと唸《うな》っていた。

『リゼ、やはり全然美味くないぞ？　すっぱいし青臭いし美味くない』

「そう？」

私も一ついただいてみるが、確かに味は日本のトマトに比べても野生的だった。

それでもトマトソースにして使うなら十分だろう。

「うん大丈夫、これなら調理すればちゃんと美味しくなるよ。これで作ったソースはソーセージとかサラミとかにも凄く合うから」

『ぬうう、分かった。分かったが……早く美味くしてくれ』

「はいはい、帰ったらやるからね」

『よし、では帰るぞリゼ！』

そうしてラナグが私を背中に乗せて走り出そうとすると、周囲のバードマンさん達が不安そうな顔になってゆく。ザワつく宮殿の中、そこかしこから囁《ささや》きが聞こえてくるのだ。

「おお、もう旅立ってしまわれるのか……」

「なんということだ、これではやはり、我らはもはや……」

「ふうぬう、この地は風神様に捨てられたのじゃ、もはや廃都となる運命なのじゃ」

いたたまれない空気感。帰りにくくなっている。

なんだかとても悲しげな呻き声だった。絶望的な雰囲気だった。

「ラナグ、ラナグちょっと待って」

『ぬ、ぬううう、リゼは優しいからな。この状況では帰るとは言わぬか……。しかたあるまい』

苦虫を噛み潰すような苦渋に満ちた苦悶の表情だったけれどラナグは足を止めてくれた。

隊長さんも賛同してくれた。

「なにかわけありみたいだが、まあ、ちょっと手助けしてから帰るのは俺も賛成だ」

ただし隊長さんの場合は、まだ帰るのには早すぎると考えているだけかもしれない。

私はとりあえず聞いてみる。バードマンさん達がなぜこんなにもボロボロになっているのかについて。

「おお、流石《さすが》は御使い様。我らの悩みを聞いてくださいますか」

いや、だから、そういうことではありませんが、お話は聞いてみようというだけです。

険しい山の谷間にあるバードマン宮殿の大ホール。私達は奥の部屋へと招かれる。木製のちゃぶ台の前に座るように案内されて、彼らの話を聞く。

煎餅《せんべい》のようなお茶菓子が出てきて、濃い緑茶のような味の飲み物もいただく。

このお茶については神獣ラナグもアルラギア隊長も苦々しい顔をして飲んでいた。苦いらしい。彼らにはあまり口に合わないのかもしれない。

私には嬉しい味だった。緑茶に近い。まるでおばあちゃんの家に来たかのような懐かしさ。日本を思い起こさせる味なのだった。

ただし建物に目をやれば、そこはインドかアラブかそちら系の雰囲気で、この二種類の要素が私の中に強烈なミスマッチ感を呼び起こす。

ああやはりここは異世界なのだなと、しみじみ感じさせられる。

なにより住んでいるのはバードマン族と呼ばれる鳥の獣人達なのだし。こうなってくると、もうこれのどこが日本だよと、つい先ほどまでの自分の感覚を全否定したくもなってくる。気にし始めると違和感がとてつもない。

とまあそんなどうでもいい話は横に置いておいて。私は真面目にバードマンさん達の話を聞いてみる。

「では、宮殿から風神様の護《まも》りが消えたということですか?」

「そうなのです。例年は今の時期になるとこのあたりにも風神様がお越しになって、我らと宮殿に加護を与えてくださるのですが」

「それが来ていないと？」

「そうなります。我らは風の精霊を先祖に持つ風の民。この山に満ちた風の加護や大気に溢れるマナの流れがあってこそ生きてゆけるのですが。今や下級飛竜ワイバーンの襲撃を追い返す力も失いつつあるのです」

　と、ここまで話を聞いたとき、ウチの神獣ラナグがおもむろに立ち上がった。

『ワイバーンか。前足もないような飛竜は竜にあらず。しかし前菜くらいにはなるな……』

　ラナグは嬉しそうに舌舐めずり。食欲を刺激されたらしい。

　今日も神獣さんは神獣さんである。そしてその隣では。

「ワイバーンか。悪い相手じゃないな」

　隊長さんも並んで舌舐めずり。にっこり微笑んでバトルナイフの柄にそっと手を置いた。

　こちらはバトル欲を刺激されたような様子だ。おそらくワイバーンと戦いたいのだろう。

「倒してもかまわんよな？」

「え？　なにがですか？」

ウチの筋肉紳士さんはそのまま外に向かって歩き出すけれど、バードマンさんは言葉の意味をよく理解できていないようだった。しかたないので私が補足しておく。

「ワイバーンと戦いたいみたいなのですが、倒してしまっても大丈夫ですよね？」

「それはもちろん、倒してもらってかまいませぬ。先ほどもこの宮殿内にまで入ってきて暴れていたくらいなのですから……しかし翼もない人間が、この地のワイバーンとまともにやり合えるとは思えませせぬが。多少腕に覚えがあったとしても、地形的には圧倒的な不利」

「問題ない」

少しだけハスキーな渋い声で一言残して、隊長さんの姿は消えた。

私もバードマンさん達も外へと行って、様子を確認しようと見上げると……

ドズゥウンと大地を揺らして一体のワイバーンが岩山の上に落ちたところだった。

仲間が一体やられたからなのか、どこからともなく、みるみるうちに複数のワイバーンが上空に集まってきていた。

『倒すのはあやつ一人で十分そうだな。我らは食材の回収をやっておくとしよう』

ラナグはそう語る。

空では隊長さんが雷撃をほとばしらせたり、土魔法で生み出した巨岩の投げ槍《やり》を四方八方に飛び散らせたり、小さなバトルナイフ一本でワイバーンの巨体を真っ二つに切り裂《さ》いたり、あるいはなんだか良く分からない一撃で葬《ほうむ》り去っていた。

それはほんの十秒かそこらの出来事。

まるで花火が数発だけ撃ち上がったあとのように、今はもう静かになっている。

私のほうは、ただ落ちてきたワイバーンを竜巻魔法でキャッチして、それを手元に運んでくるだけである。

風の加護が付与されているせいなのだろう。以前使ったときよりは竜巻の規模も数もコントロールも上達していた。

手元に運んできたワイバーンは収納魔法で亜空間に仕舞ってゆく。

『むう、我の出番はあまりなかったな』

ラナグは少し寂しそうにしていたけれど、私と一緒にたくさんのワイバーンを集めてくれた。

手元にワイバーン素材が大量に集まってしまえば、それからはもう嬉しそうにワフワフする彼だった。

さてそれからのことだ。実は今、バードマンさん達が激しく大騒ぎである。

「「「ヴぼわあああああっ!!!!」」」

大変な盛り上がりだった。隊長さんが大人気になっているのだ。彼が空から舞い降りてくる頃には、バードマンさん達の大歓声が神殿の中にも外にも響き渡っていた。

先ほどまで宮殿内で倒れていた者までも、怪我のことなど忘れて天に向かって拳を突き上げている。

「風神様、風神様ぁぁ!!」

「まさしく風神様」

「ふう、じん! FU・U・JIN!」

「「「FU・U・JIN、FU・U・JIN、FU・U・JIN、イエエーー!」」」

歓声はいつの間にか『FU・U・JIN』コールに代わっている。

老若男女が異口同音の大合唱で、もはや完全に隊長さんは風神様にされているのだ。

私は思う。もしかして彼らは、なにか凄いものを見るとなんでも風神様に関連させて称えるのではないかと。それで私が御使い様、隊長さんが風神様。

日本人がすぐに神だの鬼だのを使って物事を形容するのと同じ感覚なのかもしれない。

『まじ神っすね』的なやつだ。あれと同じ現象ではないだろうか。

それはともかく、隊長さんの周りでは風神旋風が巻き起こっていた。

せる。

「おい、これはなんの騒ぎだ？」

隊長さんは困ったような微妙な表情。そんな彼のもとにバードマンさん達が押し寄

「くそっ。逃げるぞリゼ、ラナグ。こいつは手に負えない」

ワイバーンを駆逐《くちく》したアルラギア隊長も、襲いくる風神コールの前には抗《あらが》う術《すべ》を持っていなかったらしい。

にしてもバードマンさん達、見ず知らずの人をこれほど簡単に風神認定しても良いのだろうか？　本物の風神さんは怒らないだろうか？　日本のそれとは違って、この世界での風神というのは現に実在するのだろうし。問題ないのだろうか。

気になる。どうも私はつまらないことに気が向いてしまう質《たち》なのだ。

ラナグに尋ねてみると、ちゃんと私の疑問に答えてくれた。

『風神の姿は元来、風そのものだ。一定の姿をもたない。ゆえに、あやつらもなにをもって風神として祀《まつ》るのかなどは定まっていない』

「なるほど。流石《さすが》にラナグは物知りだね」

『まかせるがいい』

帰り道。ポケットに入ったミニラナグが、こころなしか小さく胸を張っていた。

それにしても風の神様を祀《まつ》るというのも難儀なもののようだ。

バードマンさん達の宮殿をあとにした私達は、ホームへ帰るため空を飛んでゆく。

帰ったらトマトをどうやって使おうかなんて考えながら、風に吹かれて空をゆく。

ふと、突然に唐突に、私の髪の先になにかが飛び込んできた感触があった。

ハテナと思って手を伸ばす。

そこには綿毛のようななにかがハッシとしがみついていた。どうも生き物のようだ。

謎の生物が両手を伸ばして私の髪にしがみついている。

『ふうむ、これは風の子か？』

ラナグはそう言った。この子は風神さんの眷属《けんぞく》の一種らしい。

手の平サイズの綿毛からは極小の手足が棒のようにニョキリと飛び出している。

ウサギの尻尾みたいにふっさふさで、キュゥキュゥと小さな声で甘えるように鳴いている。

なにか用事でもあるのかなと思って話しかけてみるけれど、どうも会話まではできないようだった。

『風の子は新たな風神の芽のようなものだ。風神のやつが山に来ぬので困惑しておるのやもしれん』

いわば迷子のようなものだろうか。

ラナグは気づかうように、鼻先でそっと風の子さんに触れていた。

『こやつらは、この世界の構造そのものだ。たとえ放っておいても、そう簡単にどうこうなるものでもないが……ちと気になるな』

風神さんは例年、この山に来る前は内海を挟んだ対岸にいるようだ。

今の時期になると風そのものになって山へと渡ってくるらしいけれど、今年はいっこうに現れない。

『我もめったなことでよその精霊には干渉ができぬ。風の子は風の神々の領分。よほどのことがない限りは、そちらにまかせたほうがよかろうが』

神獣さんというのは、基本的にこの世界の自然の営みを司《つかさど》る者らしい。とても大きな力を持っているけれど、それぞれが管轄《かんかつ》する領分をむやみに超えるのは推奨《すいしょう》されないそうだ。

それにしても、風の子さんは私の側頭部あたりにぴったりとくっついて離れようとしない。

この子も私達を風神さんと勘違いしたのだろうか？　バードマンさん達のように。

まだ生まれたばかりの幼体で、その姿は小動物の子供のようだ。

神獣ではなく、まだその前段階、精霊と呼ばれる状態らしい。

今後成長して大きくなると、それぞれの土地や季節の風を司《つかさど》る神獣になる。あるいは別のなにかに変化していく場合もあるそうだ。

「ねえラナグ。ラナグも生まれたときは小さかったのかな？」

『む？　我か？　さあてどうだったか。あまりにも昔のことすぎて覚えておらぬな』

なんとなく聞いてみたけれど、はっきりとした答えはなかった。

私は風の子さんをそっと掴んでポケットの中へと移ってもらった。

こちらのほうが安全だろうと思ったのだけれど、やたらと私の髪に戻ってうずまりたがる。されるがままにまかせておいた。

耳元でキュウキュウと心細そうに鳴く。フサフサとしていてこそばゆい。

『リゼ、できればその子をしばらく置いてやってくれ』

「大丈夫なの？　あまり干渉できないって言ってたけど」

『ああ。我が直接は、な。だが、リゼならばなんの制約もない』

私とラナグの間で、できることなら風神さんのもとへ連れていってやったほうが良かろうという話になる。

本人はどうしたいだろうか。つついて聞いてみるが、私の髪にしがみつき、潜《もぐ》り込むばかりであった。

SIDE　風の子

『ここ、どこだろう。ボクは、どうすればいいの。わからない。

ちかくで、おっきなちから。なんだろう。なんだろう。

そっちにとんでいく、ふかれてとんでいく……ぽふん。だきついた。なんだろう、なんだろう。あたたかい、優しい。優しいぎゅっ。だいすきな、優しいかぜみたいだ。でも、まだわからない。どうしよう、どうしよう。

きゃうっ。くすぐったい、つんつんくすぐったい。

でも、なんだかうれしい。いごこち、いいなぁ。もっとおくにいってみる。ちょっとここにいようかな。ふぃいじんさま、ふいじゅんさま、どこですか』

帰還

それからは何事もなくホームへ到着した。

この日帰りプチ旅行では目的以上の食材をたくさん手に入れられた。上出来である。

トマトをくれたバードマンさん達にも、多少のお礼はできているだろう。

ついでに風神さんを見つけてあげられれば、なおのこと良かっただろうけれど、今は手がかりも乏《とぼ》しい。なにか関係のありそうな情報だけでも、今後見つけられたらなと思っているところだ。

「ハァ、結局日帰りか。頭が痛いな」

地面に足をつけるやいなや、隊長さんは眉間を押えてつぶやいた。

ホームの中へ、そして隊長さんの部屋へと向かう。

そこには当然のようにヒーショさんが待ち構えていて、隊長さんが危惧《きぐ》していたとおりの反応を示すのだった。

「えええ、なんですか隊長？　もう帰ってきちゃったんすか？」

「しょうがないだろうヒーショ。目的のものがすぐに手に入っちまったんだ」

流石《さすが》は隊長さんというべきだろうか、一切の言い訳はしなかった。しょうがないの一言である。

しかしヒーショさんは容赦がない。攻め手が止まることはない。

「だから隊長。もしもすぐに手に入ったら、もっとたくさん集めるとか、他の珍しい食材も探してみるとか、そうしてくださいねって言ったでしょう?」

「もちろんだ。それもちゃんと集めた」

ここで私は隊長さんからの助けを求めるような視線を受けて、亜空間からワイバーンと大量の極小トマトを取り出した。おそらく、トマトだけでも十分に百キロは超えているだろう。

恐るべきことに、ヒーショさんに言われていた量はクリアーしてしまっている。

このような極小のトマトでこれだけの量。あの短時間で集めてくるとはバードマンさん達もなかなかの腕前だと思う。

栽培されたものではないのだ。山を巡って集めてくれた貴重品である。

ついでで獲ってきたワイバーンは十八体。

下級飛竜とはいってても牛よりも大きいし、こちらもかなりの量になる。

ヒーショさんは報告を聞きながら絶句していた。そんなこんなで部屋でわちゃわちゃとしていると、今度は副長さんが現れる。

「隊長おかえりなさい。今日は帰りが遅くなるだろうって聞いてましたけど？」

「なんだロザハルト副長、帰ってたのか。そっちも帰りは明日以降になるって話じゃなかったか？」

「んー、特にトラブルもなかったですし、長居すると面倒そうだったので……」

「あ、あーー、ちょっと副長。副長もっすか？　なんでもう帰ってきてるんすか。そうやってまた二人で暇そうにブラブラするんすね。そういうのを隊の他のみんなが見たら、トップ二人が遊んでばかりいるって思われるんすよ」

ヒーショさんの台詞《せりふ》を受けて、副長さんがちょっと悪戯《いたずら》っぽく訴える。

「それは言いがかりじゃないのヒーショ。俺も隊長も仕事を頑張ってるわけだし」

「ああそうだな。精一杯頑張ってる」

「それならっすね、頑張り方をもう少し工夫してください。例えば、頑張って仕事をしたあとは、外でたっぷり時間を潰してから帰ってくるだとか」

「いやいやいや、それはおかしいだろ」

「おかしいですね。それはサボり。俺達はサボったりしません」

「ぐぬぬっ」

三人の熱い戦いはそのあとも続いていたけれど、私とラナグは一足先に抜け出した。

なにせキッチンへと向かわないとならないのだ。そこで待っている人物がいる。

ほとんど市場に出回らないという珍味、異世界トマトを探しに行って半日。

コックさんは私の帰還を喜んでくれた。早すぎるとは言われなかった、一安心である。

「なっ、一日もかからずあのトマトを採ってきたと？　そもそも山岳地帯のほうに行くだけでも片道二日はかかると思ったんだけどな？」

彼の話によれば、トマトというのは半ば伝説化された幻の食材らしかった。

やや大げさな話だとは思うけれど、とにかくコックさんはトマト採集の成果を喜んでくれていた。

しかし、トマトも異世界では大層な扱いだ。驚くべきことにワイバーン肉よりも遥かにレアな扱いになっている。

私とコックさんは獲ってきた食材を捌《さば》いたり洗ったりしながらお料理トークを展開する。

「ワイバーンまであるんだな。ドラゴンの中では下級だし、こいつはドラゴンに含めないって考え方のほうが一般的だが、それにしたってそこそこ貴重な食材だぜ。市場に出したら高級馬車が買えるくらいの値段にはなる」

「なるほど、そういうものですか。それでは味のほうは？　美味しいのですかね？」

「ああ、こいつは細かい軟骨が多いんだけどな。煮込んでから身だけほぐし取ったり、鶏ガラのように出汁《だし》だけ取ったりしても美味い。ただ煮込み系は前回もやったからな、芸がないか……」

「ソーセージとかにはできませんか？　ソーセージだとトマトで作ったソースにも良く合うはずなのですけど」

「ソーーーセージか。それなら細かい軟骨ごと挽肉《ひきにく》にして使えば、程良い食感になって美味く仕上がるぜ。このトマトがどう絡んでくるのかってのがまだ想像できねぇが、リゼちゃん師匠が言うんだ。間違いあるまい、やってみよう」

間違いはあるだろうけれど、やってみることに。

ワイバーンの捌《さば》き方を教わりながら下ごしらえをしていく。

ちなみに、出汁《だし》を取ったあとの骨は武具や魔法薬の材料にも使われるそうだ。

皮や牙も同様、綺麗にして取っておかねばならない。ほとんどの部位がなにかしらに使えるらしい。

当然ながら、私はワイバーンを捌《さば》いたことがないわけで、コックさんの見事な手捌《てさば》きを手本にしつつ、真似をする。

翼の付け根に包丁をグッと刺し入れる。そこから翼をまるごとバキッと外す。

この飛膜の部分は食用にはならず、高級なテント素材として使われるそうだ。

綺麗に水洗いをしてたたんでおく。

「お、お嬢。すげぇな。そんな小さい手足で、自分の身体の何倍もあるワイバーンを良く捌《さば》けるもんだな。いったいどうなってやがんだ」

「え？　そう、ですか？」

ふむ。自分ではそろそろ驚かなくなってきたのだけれど、この幼女ボディは意外と高性能だ。

そういえば初めの頃は慣れなくて転んだりもしていたなと、今となっては懐かしささえ覚える。ラナグに加護をかけてもらったときから動きは良くなっていたけれど、そこからさらにこなれてきた感覚がある。

ついでにもう一つ気がついたことが。こうしてキッチンで食材として扱う分には、魔物を解体するのにも抵抗がないのである。

おそらくこの行為は私の中で、狩りではなく料理に分類されているのではなかろうか。

これは意外な大発見であった。

コックさんは時々やってくる通信術士としての仕事を片手間にこなしながら、私の隣でワイバーンを綺麗に下ごしらえしていった。

「なあ、お嬢。実は今な、その小さい手のサイズに合わせた包丁セットを用意してもらってるんだけどな。もしかしていらなかったか？　もう大人サイズでも難なく使えてるよな」

私の知らない間に、コックさんはそんなこともしてくれていたらしい。なんともありがたい御申し出なので喜んで頼むことにした。

「よし、まかせておきな。最高で最上の刃物を用意しておこう」

コックさんはそう言いながら、わざわざ一度手を洗ってから、私の頭部をわしゃわしゃとした。

ワイバーンを捌《さば》いている最中だったから手を洗うのは当然としても、そもそも無理に頭を撫でることもないのになとは思う。

「へっへっへ。期待して待っててくれよ、リゼちゃん師匠」

まあ、コックさんも楽しそうなので良いのだろう。私用の包丁というのも普通に楽しみである。

さて話は今日のお料理に戻る。

どうやら挽肉《ひきにく》を作るのは手動でやるらしい。両手に包丁を持ってズバババババッ。

幸いにも腸詰の道具は普通にあるようだし、羊（に似た生き物）の腸もある。

これに挽肉《ひきにく》を詰めていくだけだ。

今日は燻製《くんせい》にはせず、そのまま茹《ゆ》でてソーセージのほうは出来上がりだ。

あとは、別途用意いたしましたトマトピューレを塗ったパンを並べて。玉ねぎっぽいものとチーズっぽいなにかとともに、茹《ゆ》で上がったソーセージを厚めの輪切りにして載せて……オーブンで軽く表面を焼いたら！　はい出来上がりっ。

私はテーブルに皿をタンッと置いた。

そこにはすでに、椅子に腰掛けた神獣ラナグが準備万端で待機をしている。

ラナグは超大型犬か狼みたいな姿だけれど、ちゃんと神獣なので椅子にも座ることができるようだ。偉いねラナグ。そして、はいっ。

「食ってみな、こいつがピザパンだ」

『おお、どうしたリゼ。変な喋り方をして』

特に意味はないのだけれど、なんだか私の中で勢いが出てきて喋り方が変な感じになっていた。

たかがピザパン、されどピザパン。この異世界でこいつを作り上げるのは相当な手間《てま》隙《ひま》がかかる。

そういう品なのだぜと、声を大にして言いたい。

私はここで一呼吸おいて冷静さを取り戻す。

ちなみにラナグはお肉が好きらしいから、特にワイバーンソーセージをモリモリにトッピングしてある。さてお口に合いますかどうか。

一度熱湯に通して温めてある皿の上。パンの土台にトマトソースの海。焼き色のついたチーズがふつふつと揺らめいて、湯気が淡く立ちのぼる。

『ハッ。ハグウウ、ゥゥワフゥ、ガフゥ。ガツガツ、ハグハグ』

オーブンから出してすぐの熱々状態のまま、ラナグは喰らいついた。

溶けたチーズで舌を火傷《やけど》しないのかしらと心配したけれど、そこは流石《さすが》にラナグ。

この程度の熱で損傷するような身体ではなかった。マグマくらいまでは呑み込んでしまいそうな勢いである。

ともかく今回もラナグは勢い良く、美味しそうに食べてくれていた。

『ガツガツハグハグ、ガフゥ。げほごほ、ブフォッ』

ラナグは激しく食べすぎてむせる。ゲホゲホである。

もっとゆっくり食べれば良いのにと思うものの、基本的に身体が犬系。おそらく人間のような食べ方はできないのだろう。

椅子には座れても、人間とはほっぺたの作りがまったく違うのである。

いっぽうのコックさん。こちらは冷静にゆっくりと味わいながら食べ進める。

「なるほど、これがトマトか。確かにお嬢の言うとおりだぜ。これは応用範囲の広い食材になりそうだ。なぜみんながこれをもっと求めて食わないのか……」

彼もトマトソースを気に入ってくれたようだ。まあ普通に美味しいから当然かもしれないけれど。

それでも、この世界でトマトが普及してないのには理由があると私は思う。

まず地球で普及しているトマトよりもずっと小さい。小粒だ。ミニトマトの半分くらいの大きさしかないから食べ応《ごた》えがないし、甘みも薄いから生で食べてもあまり美味しくはない。エグミもある。

しかも生えているのがかなりの高山地帯だ。

一株についている実の数も決して多くはないようだったし、もう少し品種改良でもしないと、なかなか一般には出回らないのではないだろうか。

土魔法や植物魔法の中には野菜の生育を促進する術もあるそうだから、今度試しに栽培してみるのも面白いかもしれない。

品種改良に役立ちそうな術もあるので試してみたい。

優良な株を選抜して、気長に交配させていけば、いずれはもっと美味しくて使いやすいトマトも作れるかもしれない。

まずは種だけでも取っておいて、少しだけ蒔《ま》いてみようか。どこかに植える場所がないものか？　これは隊長さんに聞いてみよう。

そうだ、栽培場所の話もあるけれど、今回のトマト探しは隊長さんも一緒に行ってくれたのだから、もちろんこれは是非とも食べてもらわなくてはならない。

アルラギア隊長はまだ部屋にいるだろうか？

私とラナグは、隊長さんの部屋へと舞い戻った。

コンコンコンと扉をノックすると、勝手に入っていいと返ってくる。

ピザパンを載せた皿を持ってドアを開けると、そこには机に向かって静かになにかをしている隊長さんの姿があった。

「アルラギア隊長。採ってきたトマトを使ってオヤツを作りましたけど。いかがですか？」

「ん、ずいぶんと美味そうだな。いい匂いだ」

隊長さんは走らせていたペンを止めた。ピザパンを手に取り、すぐさまガブリとかじりつく。

普段はあまり表情を変えない隊長さんだけれど、食事のときはそうでもない。

やや不器用に顔をほころばせて、美味いなぁとか、俺は幸せ者かもしれんな、などと言って柔らかい笑顔を見せる。

ペロリと完食してしまう隊長さんの横で、私はトマト栽培の話をしてみた。

隊長さんからは、是非やってみてくれというお返事がきた。ホームの中の土地ならどこでも空いている場所を勝手に使って良いとも言ってくれた。

私は少し考えて、自室を出てすぐのところに日当たりの良い空間があるのを思い出した。そこを拝借すること大決定である。

早速外へ出て種まきを決行する。

まずは完熟しすぎて食べるのには不向きなトマトから種を採取して、それを適当に蒔《ま》いてみる。

ふうむ、これで上手く発芽するのかどうなのか。誰かに聞いて確認しようにも、そもそもトマト自体が幻の野菜という扱いなのだ。やってみるしかあるまい。

ラナグもお手伝いをしてくれた。私の隣で地面を掘り、そこにトマトをまるごと埋めるワイルドスタイルだ。

アルラギア隊長はただただ微笑ましそうに目を細めてこちらを見ていた。

今日も今日とて暇そうな隊長さんである。

「ところで隊長さん。先ほどはなにをしてたのですか？　デスクに向かっているなんて珍しいですよね」

「ん？　ああ、あれな。今日行ってきた山に関する調査書類だ。実はな、ヒーショの予定だと三日ほど後からあのあたりの調査を始める予定だったらしくてな。あいつの計画してた日程とは変わっちまったが、せっかくだから記憶の新しいうちにまとめてたんだ」

「あらあら、それってまたヒーショさんに怒られたんじゃないですか？　なんで三日後の仕事を勝手に始めちゃってるんですかーって」

「はっはっは。もちろん怒ってたな。まあ別にかまいやしない。本当に日程がずらせないものは、俺だってそのとおりやるからな」

「でもまた暇にはなっちゃうんですよね？」

「んー、それは、そうだな。まぁ暇だから……ついでに風神でも捜しに行くか」

「おお本当ですか？　実は私も気になっていたのですけど」

隊長さんからこの話が出たので、私は髪の中でスヤスヤと寝息を立てている風の子さんを手の平に乗せてみる。

「ん？　そりゃあ……ああ、さっきのか」

「はい。山から帰ってくる途中の空で、くっついてきた子です」

あのときにも隊長さんはこちらの異変には気がついていたけれど、ここであらためて見せておく。

私の手の中に収まったまま眠っている風の子さん。

スヤスヤである。ちっとも起きようとしない。

もしかすると、あの山から連れ出してしまったせいで弱ったりしてないだろうか？

ちょっと心配になるけれど、ラナグ曰くそんなこともないらしく。

『確か本来は、風神のやつがいる場所の近くで風の子は発生するはずだ。今年は風神の到着が遅れているせいで待ちぼうけをくらってるのかもしれん。リゼの傍らが心地良かったからついてきたのだろうが』

私達の話を理解したのかなんなのか、風の子さんは目を覚まして、なにやら嬉しそうに飛び回り始めた。喜んでいるらしいけれど、耳の穴に入ろうとするのはどうかと思う。

ゴッソゴソと暴風が吹き荒れるような音がする。私はそっと、耳から取り出した。

とにもかくにも私は風神さん捜しに行ってみることにした。なにせ幼女は暇な生き物である。

隊長さんも同行してくれるらしい。そう、彼は大人だけれど暇なのだ。

「アルラギア隊長はなにか心当たりはありますか？」

「そうだな。バードマン達が、風神はあの山に来る前には、内海を挟んだ向こう側にいると言っていたぞ」

その話は私もラナグから聞いていた。ただ、その先は初耳であった。

「対岸はちょうど神聖帝国の領土になるな。帝国の連中は神獣の研究もしているし、なにかしら手がかりはありそうだ。とりあえずそこから見てみるといいかもしれんな」

「神聖帝国？　神聖帝国……どこかで聞いたような。ああ確か、ブックさんの国にいた胡散臭い《うさんくさ》神官。ラナグを捕まえようとしたあの無鉄砲な神官おじさんが、神聖帝国の人間でしたね。だよねラナグ」

『ああ確かにいたな。気持ちの悪いやつだった。我は好きじゃない。神聖帝国そのものもな』

あの神官おじさんには、今でもラナグのマーキングがついていて居場所が分かる。やはり神聖帝国の中をうろうろしているようだった。

帝国の中には風の神殿という施設もあるようだ。風神さんを祀《まつ》る施設らしいけれど、さて。

「ところでラナグ。風神さんは風を司《つかさど》る神様でしょう？　それならラナグもなにかを司《つかさど》っているのかな？」

『ないぞ、我はもう隠居の身だからな。ブラブラほっつき歩いているだけの神獣だ』

ないそうだ。そう彼もまた暇神獣なのだった。

とはいえ、ラナグは私が行くならどこへでもついてきて護衛をしてくれるのだ。優しい犬さんだと私は思う。

「ありがとうね、ラナグ。いつもついてきてくれて」

『ん？　そもそも我が自《みずか》ら好きでやっていることだ。リゼは我が守ろう。リゼの邪魔にならぬ限りはいつでもな』

そしてラナグは、私の額に口先をそっとくっつけた。

もしかすると、おでこにチューなのかもしれない。

なんという破廉恥《はれんち》行為であろうか、もしこれが人間だったらなら極刑は免《まぬか》れないだろう。

「それじゃあ、早速行くとするか。あそこの国ならリゼが使うのにいい杖なんかもありそうだ。ついでに買い物もしよう」

こうして話が決まった。

「あ、どこか行くんですか？　じゃあ俺も」

すかさず他のメンバーがどこからともなく勝手に集まってきていた。

今回は隊長さんとラナグと三名で行く予定だったけれど、ロザハルト副長と転移術士のグンさんも暇だからという理由で同行することになった。

グンさんは基本的に隊長さんか副長さんの長距離転移を担当しているから、二人が暇ならグンさんも暇になるらしい。

「隊長はいつも急すぎる」

まったくのフラットな声色で紳士的に文句を言いながらも、その手先と魔力は精密機械のように動き続けている。

すでに床の上では大きな魔法陣が一つ組み上げられていて、周囲の空間には微細な立体魔法陣がいくつも浮かんでいる。

「緊急時以外の国境越えの申請は、本来どれだけ前に提出義務があるか知ってますかね？　国際ルールとして」

「最短で十二時間だろ？　それくらいは知っている」

「なら出発は十二時間後に。特にあの国は厳しいですので」

「それは一般論で、グンなら今すぐ出られるはずだ。違ったか？」

「もちろん、行けはしますけどね」

そう言ってグンさんが手の動きを止めた瞬間、転移魔法が起動を始めた。

「流石《さすが》だな」

「おつかれさま」

「どういたしまして」

次の瞬間、私達はよその国にいた。

大きな町の外に広がる畑であった。見上げるような長大な壁があって、その向こう側に目的の町があるらしい。

ビュービューと風が吹きつけている。

空は鈍い灰色で、今にも雨が降りだして嵐にでもなりそうであった。

「都市壁の外だからといって文句はありませんね、隊長」

「ああ、問題ない」

グンさんの問いかけに、隊長さんは大きくうなずいた。

どうやらあの長大な壁、中に転移するにはさらに面倒な手続きが必要になるらしい。隊長さんが急がせるから今回はそこを省略したようだ。

壁のこちら側は畑だ。牧歌的な雰囲気もある。そこに牛を二倍ほど大きくしたような生き物がいて、鋤《すき》を引いて歩き、広大な畑を耕している。

牛さん達は異常にパワフルで鼻息も荒い。

鼻息どころか素行も荒い。耕運機くらいは蹴散らしそうな迫力の牛さんが、身体を青白く発光させながら、そこら中を蹂躙《じゅうりん》していた。恐るべき魔法文明の景色であった。

私が畑を興味深そうに見ていたせいか、副長さんがこのあたりの畑について教えてくれた。

「広いでしょ？　農業が盛んなんだよ。神殿が主導して耕作地の開発も進めてるから。その代わり、自然の野山でしか育たない薬草なんかは採れにくいんだけどね」

言われてみると確かに、ホームのあたりで採ったような薬草はほとんど見当たらない。

景色を横目に見ながら、私達は神聖帝国の町の外側をグルリと回り、入り口のある門の前までやってきた。

この町は神聖帝国の首都だそうだ。

細かな装飾が彫り込まれた荘厳な門。門前にはちょっとした行列ができていた。

門のお役人は、ひっきりなしに行き交う人々を止めて、次から次に検査をしているようだった。

「では入国審査お願いしますね、隊長」

グンさんにそう言われて、アルラギア隊長は町に入るための手続きをしに行列の向こうへと消えていった。

ロザハルト副長もそれに同行し、私とラナグとグンさんは、ちょっぴり暇になる。

私はグンさんとあまりたくさんのお話をしたことはないけれど、こう見えて彼は、幼児の相手も得意な様子。朗らかに語りかけてくる。

「そういや確か、嬢ちゃんも転移術を使えるんだったよな」

「はい、短距離だけですけどね。それにまだまだ発動速度が遅いので、実践的とはいえないレベルのようです」

グンさんは私と同じく時空属性の適性持ち。なかなかにレアな存在らしく、必然、その方面で話が盛り上がった。

「いや、それだって大した才能だ。神童と言われるだけはある。そうだな、ついでにこんなのも覚えてみたらどうだ？　いや、もしかしたらすでに教わったか？」

グンさんは寝転がりながら、小さな魔法陣を左右の手の平に展開してニコリと笑った。

両手の間では、小石がバヒュンバヒュンと行ったり来たりしている。

「これも時空魔法の一つで、力の方向を反転させる術なんだがな、こいつが空間操作の良い練習にもなるんだよ」

魔法陣の間を行き交う小石は、ドンドンとその速度を上げてゆく。

「これに慣れれば、自然と他の時空魔法の発動速度も高まってくる。もちろんこの術自体も実戦で色々と使える。攻撃を反射して身を守るのに最適だ」

なるほど、ラナグには教わらなかった練習法だ。

『人間らしい地味な訓練方法だが、悪くはないかもしれぬな』

うちの神獣ラナグは、どちらかと言うと感覚的で天才タイプなので、こういった地味なことはあまり知らないのかもしれない。

しばらく小石をバヒュンバヒュンさせていると、隊長さん達が思ったよりも早く帰ってきた。どうも身分や目的なんかによって手続きにかかる時間に差があるらしい。

アルラギア隊は傭兵部隊としてはそれなりの規模と格があるようだ。隊長個人の冒険者ランクもS級で、ついでに騎士爵まで持っているらしい。

ロザハルト副長がどこかの王族出身とは聞いていたけれど、アルラギア隊長も爵位持ちとは恐れ入る。

隊長さんの場合は生まれつきのものではなく、傭兵として武勲《ぶくん》を立てすぎるせいで、ついうっかり報酬として騎士に叙任されてしまうのだという話だ。

アルラギア隊長はそういう人なのだとロザハルト副長が語る。

「どこかの貴族の配下に入れだとか、地方領地を治めろとかって話もあるんだけど、それは完全拒否のウチの隊長なんだよね。ま、変な人なんだ」

「いや、そんなものだろ傭兵も冒険者も。気ままなもんなんだよ」

アルラギア隊長はぶっきらぼうに答えた。隊長さんはぶっきらぼうな人である。流石《さすが》にこれだけぶっきらぼう加減に磨きがかかった人物であれば、国に仕えても出世の道は遠そうに思える。ならば大人しく幼女と神獣さんの相手をしているのがよかろう。

「そんな話よりもだリゼ、どうやらこっちでもちょっとした騒動になってるみたいだぞ」

「騒動？　なにがです？」

「風神だ。儀式の途中にいなくなったとかで、神聖帝国の神官連中も大慌てで捜している最中らしい」

「ほう、それは困ったものですね」

私は隊長さんの話を聞きながら、少し離れた山やら丘やら小川やらの様子を眺めていた。

風が強いのもあるけれど、どうもそれ以上に木々がざわついているように思えた。まるで今にも手足が生えてきて、動き出しそうにすら感じられた。

そんな様子を眺めながらも、いよいよ門をくぐり抜ける。

通る途中にはラナグが少しばかり止められたけれど、隊長さんは事前に、必要な許可証を用意していたらしい。

やや人目を引いている感じはあったけれど、なんとか門を通過できた。

この国においても神獣というのはそれなりに珍しい存在らしい。特にラナグのように白昼堂々と姿を現しているなんて奇妙な状態なのだとか。

風の子さんについてはなにも言われなかった。どうもこちらは、お役人さんには見えていない様子であった。

神聖帝国と精霊さんと

門をくぐり神聖帝国の都へと入った私達。だけれども、私の前には今、大いなる難題が横たわっていた。

アルラギア隊長の歩行速度が速いのだ。

それに比べると幼女の歩幅はあまりに狭い。

同じ速度で歩こうとするならば、必然、私は競歩みたいな歩き方になってしまうというわけだ。特にこういう人ごみではなおさら難儀する。そのことに気づかされたのだ。

「ああすまんリゼ、大丈夫か？　抱っこしておくべきだったな」

すぐさま私の様子を感じ取った隊長さんが手をそっと伸ばしてくれる。しかしである。

「いいえ、ここは一人でやらせていただきましょう。何事も修練ですからね」

ペコリと非礼を詫《わ》びてから丁重に辞退させていただいた。

これもせっかくの機会だ。早歩きの練習でもしておこうと思ったのだ。

そもそも身体能力としては、この幼女ボディは優秀だから、大人と同じペースで進むだけなら問題はない。

ところが歩幅が致命的に幼女であるからして、いやおうなく早歩きになる。もはや三段跳びの如き跳ねっぷりとなる。

これではやや不恰好だと言えるだろう。もっと淑女然とした軽やかな歩行がしたいものだ。

軽めに空中浮遊を織り交ぜたトテトテ歩きを試してみる。なかなかの軽やかさだが、どうだろう、かえって目立つかもしれない。

結局私は、この難題を完全には解決できぬまま進み、そうこうしている間に町外れの一角にある大きなお屋敷の前へと到着した。

このあたりはかなり古い時代の建物が多いのか、老朽化《ろうきゅうか》した家が多いようだった。

「ここだな」

隊長さんの知り合いが住んでいるらしい大邸宅が聳《そび》え立っていた。

かつては豪華絢爛《けんらん》なお屋敷だったのだろうけど、今は壁の一面を蔓《つる》植物が覆っていて、庭も草がボーボーだ。

「入らせてもらうぞ、大魔導士殿」

隊長さんの一言に反応して、門扉がギィィと嫌な音を立てて、ひとりでに開いた。

流石《さすが》は剣と魔法の異世界だ。趣《おもむき》がある。スッと開く地球の自動ドアではこうはいかないだろう。

隊長さんは風雅の心に疎《うと》いのか、ギィギィ音には耳も貸さず、先頭に立ってズカズカと入り込んでいった。

生い茂る雑草もなんのその。雑草の種がくっついてもおかまいなしの傍若無人《ぼうじゃくぶじん》ぶりである。

私も隊長さんに遅れまいとついていく。

背丈より高い雑草の中を、短い手足を大きく使ってノシノシと踏みしめる。大変難儀だ。

「ああ、リゼの身長だと草に埋もれちまうか」

瞬間、隊長さんが私をひょいと持ち上げ、肩車をしてくれた。むう、と思うものの、ここでは甘んじて肩車を受け入れる。

流石《さすが》に草の中を突っ切るのは趣味でもない。汚れるし、草ってなんだかあとで痒《かゆ》くなったりもするのだから。

「ここはありがたく、運んでいただきましょうか」

「おう、いつでもどうぞ」

いっぽう、このやり取りを見たラナグが呻いた。

『ぬぬ、我の背に……しまった』

ラナグも私を背に乗せてくれようとしていたようだ。ぐうぅと鼻先にシワが刻まれてしまう。

ポフリと撫でて、また乗せてねと言ってみると、ワフリと鳴いてうなずいてくれた。

あとで必ずや乗ることにしよう。

さて、隊長さんはそのまま建物の前まで進み扉を開ける。

玄関先には一人の老婆《ろうば》が立っていた。いかにも大魔導士らしい風貌のお婆《ばあ》さんだった。

絵に描いたような魔法使いだ。

森の奥深くで緑色の液体を大釜で煮込んでそうである。

あるいはそれをもう少し小綺麗にして、権威と風格を持たせたような人物である。

「なんだいアルラギアじゃないか。ずいぶんと久方ぶりの……ん？　待ちな、どこで攫《さら》ってきたんだい、その可愛い子は」

「誰が攫《さら》うか。なぜ俺がリゼを連れてるとみんなその反応になるんだよ。この子はリゼ。ウチで預かっているだけだよ」

「ほう、そうかい。にしてもその娘……見たところ、魔導の道にかなりの適性がありそうだね。いつでも預かるよ。いい魔導士に育て上げてやるさ、ひっひっひ」

二人は親しそうに軽い挨拶をかわしていた。

このお婆《ばあ》さんの身のこなしは意外にも軽やかで、二人の間では拳やヒジを軽く突き合わせるような感じの挨拶が展開されていた。

ちょっと昔のアメリカ人かラッパーがやっていたような雰囲気だ。魔女にしてはポップである。

「それでなピンキーリリー。いきなりですまないが、俺達は風神ってのを捜してる。こっち方面に来てないか？」

「風神、風神……なるほど、その情報はなくもない……ただねぇ、あんたその前にだね、私をその名で呼ぶのをいい加減おやめよ？　何度も何度も言ってるだろ？　爆滅してほしいのかい？　地獄の業火で焼き尽くしてあげようかい？」

「なんだよピンキー。本名なんだからしょうがないだろう。ピンキーリリー・スイートハニー」

「よくも呼んでくれたね、フルネームで、この私を」

「なんだよ、可愛くていいと思うが？」

「いつまで経っても生意気小僧のまんまだあんたはっ！　それならいっそ燃え尽きな！喰らえぇ！　ヘルファイヤーサンダーーーバーストッッ、圧縮激烈のバリエーションン!!」

お婆《ばあ》さんは本名を呼ばれるのが好きではない様子だ。なんの躊躇《ちゅうちょ》もなく魔法が放たれた。

ピンキーリリー・スイートハニー。確かに甘ったるいほど可愛すぎる名前だとは思う。なにも隊長さんを業火と雷撃の海に沈めるほどではないとは思うけれど。

もっとも隊長さんは、激烈な魔法攻撃の中でも平然と笑っているのだから問題はないのかもしれなかった。これも二人にとっては昔馴《な》染《じ》みのちょっとした戯《たわむ》れなのだろう。

拳やヒジを突き合わせるあの挨拶と同じ感覚なのかもしれない。

「ああそうだアルラギア。ちょうどあんたのとこの団長もこっちに来てるけどねぇ、なにか約束でもあるのかい？　あんたらが顔を合わせるなんて珍しいことだろう？」

「団長？　団長が？　そいつは奇遇だな。今回はあの爺《じい》さんに会いに来たわけじゃあないが、いるなら顔を見せに行くか」

「なんだい、たまたまかい。たまには会っておやりよ？　いつも寂しがってるよ、あのジジィは」

「そんなたまかね、あの爺《じい》さん。泣く子も黙る荒くれ傭兵団の団長じゃないか」

「身内のことになりゃ、また別の話さ」

傭兵団の団長。それはつまり、隊長さんの上司にあたる人物である。

今までの生活ではほとんど意識していなかったけれど、一応隊長さん達の部隊はエルダミルトの傭兵団という団体に所属しているのだ。

傭兵団に十二ある部隊の一つがアルラギア隊長の率《ひき》いる十二番隊、ということになっている。

ただし、ほとんど独立した存在だそうで、大抵隊長さん達は好き勝手にやっているらしい。上司である団長さんとはもう何年も会っていないようだ。

ちょうどそんな話をしていたところであった。玄関の外からおもむろに人影が侵入してきて、私のすぐ近くにまで寄ってきた。

身体の大きな男性である。転移術士のグンさんよりも大男である。そして仙人のようなお爺《じい》さんでもある。長く白い髭《ひげ》を垂らし、雲のようなものの上に座り、ふよふよと浮いている。

「よしよし、良い子じゃなお嬢さん。アメちゃんをあげようかのう」

巨大なお爺《じい》さんは私に、唐突にアメ玉を差し出してきた。なんて胡散臭《うさんくさ》い人なのだろうか。

私も舐められたものである。確かにアメは好きだが、とっても好きだが、知らない人に食べ物をもらうなんてことはしない。これでも私は大人の女なのだから。

すると、こちらの様子に気づいた隊長さんが口を開いた。

「ああリゼ、警戒しなくても、この爺《じい》さんなら大丈夫だぞ。見た目は限りなく胡散臭《うさんくさ》いが悪人じゃあない。そのアメに毒は入ってないはずだ。たぶんな」

「おうアルラギア。久しいのう。おぬしっぽい気配だと思ったら、本当におぬしじゃったわい」

「ああ久しぶりだ。カシウ団長も元気そうだな」

「ふふん、こっちはくたばりぞこないじゃわい。もうすぐ逝《い》く。お迎えが来てるのが見えてる」

「俺がガキだった頃から言ってるじゃないか。その迎えのやつはずっとそばにいるのかい？　いつになったら仕事をするんだかな」

不審な老人はカシウ団長と呼ばれていた。つまりこの人がエルダミルトの傭兵団を率《ひき》いている団長さんだということになる。見た目は、巨躯《きょく》の仙人である。

私はアメ玉を受け取ってしまう。知らない人ではないようだから、今回はもらっても大丈夫。大人の女失格にはならないはずである。

「こちらの可愛いお嬢ちゃんがあれかのう？　最近話題の」

「まあそんなところだ」

「ほほう、そうか。名前は確かリゼちゃんだったたのう」

「こんにちは、初めまして。リゼと申します」

「ほぉ～～う、偉いのう。偉いもんじゃのう。ご挨拶が上手じゃ」

もう慣れてきた感もあるが、相変わらず挨拶をするだけで大絶賛を浴びてしまう。まあこれも今のうちだけだからと、甘んじて受け入れておく私だった。

「それで、カシウ団長はこっちでなにをしてるんだ？」

「なあに別にいつもどおりじゃよ、おぬしらとは違ってな。ふつーじゃふつう。傭兵団なんじゃから魔物の掃討に参加するとか、人間同士の争いに参加するとか。そんなもんばかりじゃわい。今はこの国の国境あたりで仕事しとるっちゅうだけでのう。そっちは？」

「ちょいと暇になったから、ふらっと来てみただけだよ。ついでに風神てのを捜してる」

「ああ風神様か。そうか、捜しに来たか」

カシウ団長は長い白髭《しろひげ》をシュルリと一度撫で、大魔導士のお婆《ばあ》さんに目配せをした。

お婆《ばあ》さんは少し重苦しい声色で応《こた》える。

「風神様はね、消えたよ。行方不明になってしまってるんだ」

「ああ、そこまでの話は門のところで役人にも聞いた。それで確か儀式の最中にいなくなったとか？」

「そうさ。風神様は例年この時期に渡りの儀式をして次の土地に旅立つ。今年も確かに儀式の直前までは風の祭壇におられた。それがいざ始めようという段階になって忽然《こつぜん》と姿を消したんだ。どこをどう捜しても見つからん。ジジイの傭兵団からも人が出て捜したがね、影も形もない。おかげでずっと妙な天候が続いているし。あそこの担当神官は大慌てみたいだね。蒼い顔をしてブツブツ言ってたよ」

まるで神隠し。いや神隠れだろうか。そんな事件が発生したらしい。

風神さんの場合、そもそも初めから一定の形をもっていないという話だから、捜すのも楽ではないのだろう。

なにせ風神信仰をしているバードマンさん達ですら、いまいちなにをもって風神様と判断するのかはっきりしていなかったくらいであった。

「ちなみにラナグ。もしも風神さんが近くにいたら分かる？　なにか他のものに姿を変えていたり、姿を消したりしていても」

『どうだろうかな。それくらいなら分かるような気もするが。ちなみに今この近くには気配を感じぬが』

犯人はすでにこの中にいます！　というような展開にはならないらしい。

では、捜してみようではないか。私は張り切る。軽い探偵気分になり始めていた。

……ただ残念なことに、このあとすぐにあっさりと、肝心の風神さんは見つかってしまう。

風神さんは冒険者ギルドにいたのだ。

私達としては、まず初めにギルドで情報を集めようとしたのに、もうそこにいたのだ。ギルドに併設された酒場で人間の姿に化けて普通に食事をし、お酒を飲んでいた。

しかも向こうからラナグに気づいて挨拶をしてくる始末。これは実にあっけない捜索任務であった。

『あれ、ラナグ様？　ラナグ様ではありませんか？』

『むむ、風神か？』

ラナグも声をかけられてすぐに相手のことが分かったようで、そのままモフモフと歩いていって気軽に挨拶を返した。これが風神だよ、と教えられる。

中性的な冒険者といった雰囲気の見た目。綺麗な顔立ちだけれど、どことなくイタチやオコジョ系が混ざったような人相である。どこか人間離れしているようにも見えた。

『前に会ってから……もう数百年にはなるか。こんなところでなにをしておるのだ？』

『本当にお久ぶりですね。ラナグ様こそなにをしているんです？　こんなところで。というよりも、まず現世に降臨してらしたんですね』

『ずっとずっと現世にいるのだよ、我は。ほとんど眠ったようにしていただけでな』

この二人は多少の面識があるらしい。

ただし、ある程度の格に達した神同士は、あまりむやみに干渉したりできないとか。だからこうして顔を合わせるのは数百年ぶりらしい。

とはいえ、ラナグが私以外の誰かと話をしている姿を見たのは、これが初めてではなかろうか。

ラナグの声は人間には届かないけれど、相手が神であれば聞こえるようだ。

ちなみに風神さんの声もやはり、基本的には人には届かないらしい。

隊長さん達から見た場合、今の姿の風神さんは、妙に存在感の薄い人間というふうに感じられるのだとか。そして、これが風神だよと言われても、なぜか近寄ってはいけないような感覚が起こるのだそうだ。

ラナグは言う。

『人と神は、容易に交われぬようにできている。畏怖《いふ》や忌避《きひ》に近いものを感じるはずだ。特にこやつは現役の風の神だからなおさら。普通、人からは近寄りがたい存在として知覚される』

そういうことらしい。

そんな中、ラナグはひとしきりの挨拶を終えてから、今度は私のことを風神さんに紹介してくれた。

『風神よ、リゼを紹介しよう。我は今この子とともにある』

『あらあら、そちらの？　可愛らしい女の子。人間にしておくには惜しいほど素敵な子ですね』

風神さんの手がゆっくり、そっと私のほうに伸びてくる。

私としては……特別な感覚は湧かなかった。その手を受け入れる。

肌は雪のように白く、春風のように優しかった。風が私の頬を撫でたようだった。

ラナグは言う。

『リゼは外の世界から来たそうだからな。その影響もあるやもしれぬ。この世界の理《ことわり》に必ずしも制約されないのか、なんなのか』

風神さんは不思議そうな瞳で私を見ていた。

私は髪の中で眠っている風の子さんを取り出して、風神さんの前に差し出した。

『あら、あらあら……』

風神さんは大きな瞳をさらに丸くして覗き込んでいた。

風の子さんもパチパチパチリと目を覚まし、きゅいきゅきゅいと鳴く。風に乗って嬉しそうに跳ね上がり、風神さんの周囲を飛び回った。

『そう、風の子が生まれていたの。ごめんなさいね。私が遅れたばっかりに。そしてリゼちゃん、ありがとう。この子も心細かったはず。あなたに見つけてもらえて本当に良かったわ』

風の子さんは嬉しそうに風神さんの胸に飛び込んだ。

ラナグも目を細めて見つめている。

私としても一安心である。あとのことは風神さんにおまかせしよう。

そう思っている間に、なにかまた儀式めいたことが始まっていた。風の子さんが淡く発光している。

邪魔をしてはいけない雰囲気がある。私達は一歩離れてしばし見つめていた。

『新たなる風の眷属《けんぞく》に祝福を。願わくば清浄なる大気の守り手とならんことを』

『キュウィ‼』

その言葉を最後に、ひと通りの儀式が終わったようだった。

風の子さんはこころなしか輪郭がハッキリしたような姿に。ひとまわり大きくなっただろうか。

彼が元気に飛び回ると、そこら中に小さなつむじ風が巻き起こった。

『はい、これでもう大丈夫。あとは好きなところに吹かれていくと良いわ。元気でね、小さな新しい風さん』

そう言われた風の子さんは、窓から外へと飛び出して、高く高く空の上へと舞い上がり、そして——

ぽふん。再び私の髪の中へと戻ってきた。

『あら、あらあら、そこが良いのね。気に入っちゃったのかしら』

どうも、まだしばらくは私の毛の中にいるつもりらしかった。寝心地でも良かったのか、あるいは一度寝床と決めると、同じところで寝たがる性格の子なのかもしれない。

ともかくこれで捜していた風神さんは見つかって、風の子問題も解決。

あとは中断していたこの国での渡りの儀式とやらも再開していただき、それから例年のとおりにバードマン宮殿に行ってもらえれば問題は万事解決となるはずだ。めでたしめでたしである。

けれど風神さんはここで、小声でヒソヒソと私達に耳打ちをするのだ。

曰く、ちょっと脱いで近くに置いておいた風の羽衣という特殊アイテムが、儀式の前に誰かに盗み去られてしまったのだと。それがないと次の土地に行けないというのだ。『恥ずかしい話よね。いやになっちゃう。まったくもう私の不注意』

渡りの儀式の直前のことだったそうだ。慌てて探してみたけれどどこにも見つからない。

しばらく探している間に、お腹はすくし羽衣はないしで嫌気が差し、この酒場で腹の足しになるものを詰め込んでいたらしい。すなわちやけ食いである。

ところがやけ食いしようにも、やはり神獣という存在は普通の方法では人間とコミュニケーションが取れない。むろん料理の注文だってできない。

風神さんは半ば奪うようにして食べ物を手に入れたらしい。

人と神獣は会話ができないだけではなくて、筆談であろうとジェスチャーであろうと、意志を通じさせることが難しいようだ。だから店で食事を注文するなんてまるきりできない。

ラナグは語る。

『神獣には世界に働きかける強い力がある。その分だけ枷《かせ》もある。人と神獣の意思疎通に制限があるのもそのためだし、同じように神獣や精霊同士での関わり合いにも定められた理《ことわり》があるのだ』

そういうものらしい。すると、風神さんがぼやいた。

『ああ〜それにしても最近は年のせいか、すぐにお腹がすいちゃってもう、年ね』

『ああそれか、それは分かるぞ。分かるぞ風神。ある年齢を超えると急激に腹が減るようになるのだよな』

ラナグは気持ちが分かるらしい。どうも神を長いことやっていると、お腹が減りやすくなるらしい。そんなものだろうか。人間にはあまり共感できない話であった。

『ラナグ様は良いわね。そんなに相性の良い人間がいるなんて。私もリゼちゃんみたいな子がそばにいてくれたらいいのに』

『むむ、リゼはやらぬぞ？　駄目だぞ？　絶対に駄目だぞ？』

なんだかそわそわし始めるラナグ。私の周りをグルグルと回っている。

『絶対駄目だからな？』

『分かりました、分かりました。とりませんよラナグ様。でもなんだか、ラナグ様ってそんな方でしたっけ？　もっとこう、崇高でドライな印象でしたけど』

『むん？　そうか？　ううむ。変わらぬと思うがな』

ラナグはそう言って、私を見て目をパチパチとさせていた。

窓の外では相変わらず風が強く吹いていた。

私はその様子についても風神さんに尋ねてみた。

『あああれ、あれねぇ。私がこの土地に長くとどまりすぎているからね。そういえば、他の精霊達の様子も最近おかしいのよね』

私が感じていた木々のざわめき。あれもなにか良くないことの表れではないかと風神さんは見ているらしい。

『それにしても貴女ってそんなことも感じるのねぇ。もういっそ人の世なんて捨てて、私達のところに……なーーんて、うっそー、うそですよラナグ様。リゼちゃんをとったりしませんから、そんな怖い目で見ないでくださいね』

なんとジットリした目つきで風神さんを見るのだろうかラナグは。大丈夫、大丈夫だからとなだめすかす私だった。

風神さんは話題を変えるように、こんな提案を繰り出す。

『そうだ！　ねえリゼちゃん。ここは一つ町の外にも様子を見に行ってみましょう。実は私も、最近気になっていたの。私の羽衣の件もそうなんだけど、人間達がなにか変なことしてるみたいなのよね。いつもおかしなことをするけど、このところ特に動きがおかしいって精霊達の評判よ』

風神さんにそう誘われて、私達はギルドの建物を出た。さらに町の外へ。小高い丘を目指して歩いていった。

彼女は風の神様とは思えないほどにのんびりだらりと歩いていた。

どうもお腹がすきすぎて動く気もあまり起きないのだとか。

つい今しがた食堂でいくつかの料理を食べていたけれど、あれではまったく不十分だという。というよりも食べ物ならなんでも良いわけでもないらしい。

やはりラナグと同じように食材や調理方法にもあれこれと注文があるようだった。年を経た神様というのも彼らなりの苦労があるみたいだ。

風神さんもラナグと同じように、人間との意思疎通が基本的にできない。

面倒なことに、神殿を通して神託を下すという形でないと話ができないそうだ。それも相手は誰でも良いというわけでなく、特定の神官や聖女、巫女と呼ばれる人に限定されている。

『私はね、桃が食べたいって神託を下してるのよ。なのに全然持ってきてくれないのよね。神託のことをなんだと思ってるわけ？　バードマン達のほうが真面目に話を聞いてくれるし、あそこのトマトも悪くないから、本当は早くあっちに行きたいのよ。でも今は渡れないのよね。やになっちゃうわ』

神託が舐められてると言って憤る風神さんである。ここらの神殿は建物ばかり立派で好きじゃないともつぶやいていた。

ラナグは、ほぅそうか、なんて言いながら聞いていた。

『桃食べたい。もももももも、桃食べたい』

桃桃うるさい風神さんだった。

特に桃を煮たものが食べたいのだそうだ。

桃の一つや二つくらいならば食べれば良いし、煮れば良い。なんなら私がいくらでも煮ようではないかと思う。

ただ仮にも神様が食べたがる桃だ。必要なのはそこらの桃ではなく、千年桃《せんねんもも》という品種。ここらの名産品らしい。

邪気払いの力も持ち、その名のとおり千年に一度だけ実をつける神聖な代物だという。

『美味しいのよ？』

『良いな。我も食べたいぞリゼ』

「ふうむ……そんなものが」

つぶやく私。ラナグ達はなおも繰り返す。

『我の口腔はもはや桃味を待ち構えている。なんならすでに桃味だ』

『私ももう桃。千年桃』

盛り上がる二神獣をよそに、私も心中密かに桃への思いを馳《は》せていた。

果物が、好きなのだ。

実のところ地球で食べそこねた果物があって、それを思い出して食欲が刺激される。

特別な洋梨をもらったことがあった。あれは四年を経た枝にしか実をつけないという洋梨だった。とても美味しそうだったのに、食べそこねたのである。

むろん、食べてみたら意外に普通なんて場合もある。けれど、失った四年梨と挽回の千年桃。興味が湧くのは必定。今こそ立ち上がるときだった。

かくして空前の桃フィーバーが訪れてしまう。

風神の羽衣を探す予定の私達だったけれど、桃の入手も考えざるを得なくなったのだ。

こうして桃話に花を咲かせながら歩いているうちに、小高い丘が見えてきていた。

風神さんに誘われてきた場所だが、そこになにがあるのかというと、なにもなかった。

ただ、ほじくり返されたようにくぼんだ地面の跡があるだけ。

『残念ながら、この有様なのよね。桃の木はここにあったはずなのに』

神聖な木にしては意外とそこらへんに生えていたものである。けれどここに生えていたのもすでに過去の話。

千年桃は、つい最近になって姿を消した。

引っこ抜かれて持ち去られ、跡だけが残っている。

ふうむ。羽衣が盗まれ、桃の木までもが引っこ抜かれたという状況である。

近頃は似たような事件が立て続けに起きているようで、風神さんも憂慮《ゆうりょ》していたところらしい。

私は木の生えていた跡を見ながら周囲に気を配った。

ふと、風の子さんに声をかけられた気がした。

『リゼ、リゼリゼ。あの子たいへん。おねがいリゼ』

なんだろうかと思って地面を見てみる。

ふむふむ。地面に落ちている折れた小枝の先に、奇妙な人影が見える。

人というか、小人というか、小さな身体にトンボの羽。そう、まさに絵に描いたような妖精だった。

けれどやたらに儚《はかな》げで、今にも姿を消してしまいそうな様子。弱っているのだ。消えかけの蛍《ほたる》のように、ただじっと静かに明滅していた。

「どうかしたのかリゼ？」

一緒に来ていた隊長さん達には見えていないようだ。しかし、拾い上げてクルクルと光をあててみると、僅《わず》かながら皆さんにも知覚できる。

『あらあら、貴女よくそんな折れた枝先の小さな妖精を見つけられたものね。こんな地面の端っこに。それにしてもその子、大丈夫かしら？』

風神さん曰く、この小枝は千年桃の木に似ているらしい。

私は小枝の妖精さんに声をかけてみるけれど、反応は鈍い。

葉もしなびていて勢いがない。

緊急処置として折れた断面を水につけておくことにした。水の魔法で小さな水球を作り、そこに挿した。断面は綺麗に洗ってある。

ラナグや副長さんにも相談して、葉っぱは比較的元気な二枚を残して思い切って取り去った。

根がない状態では十分に水を吸えないから、その分だけ葉っぱを減らしておくやり方だ。

地球では挿し木という方法で植物を発根させる技術があったけれど、それに倣《なら》った方法でもある。ただこの木でも上手くいくかは未知数であった。

『あとは生命の水を薄めて少し溶かしておこう。リゼ、できるか？』

最後にラナグに教わって、水と聖の二重属性回復魔法をかけておく。

喜ばしいことに、ここまで終えた段階で妖精さんはピクリピクリと小さな羽を動かし始めていた。

『良さそうだな』

ラナグによると、しばらくすれば回復してくるだろうとの見立てである。

それからほんの数分後には、折れた断面のあたりから白いものが生じ始める。

さらにニョキニョキと伸びて根っこが形成されていく。早い。流石《さすが》異世界だなと感心させられる回復力だった。

『うーん、この子やっぱり千年桃の木に宿る妖精みたいね。他の千年桃達は根こそぎ姿を消したけれど、一人だけ残っていたのかしら』

姿をはっきりさせ始めた妖精さんを、風神さんはまじまじと眺めていた。

妖精さんはうっすらと目を開ける。そしてか細い声が私の耳に聞こえた。

『こだいしんがく、けんきゅじょ……』

自分をそこに連れていってくれと言っているようだった。

古代神学研究所。風神さんはその場所を知っているみたいだ。それは神聖帝国の公的機関だそうだ。ただし悪名高い組織らしい。

人工神獣、そんな違法研究を強引な手法で押し進めているとか、いないとか、近頃まことしやかに囁《ささや》かれている。

「もしかすると、風神さんの羽衣が奪われたのも、関係するかもしれませんね」

『うーん、そうね……やめてほしいわ、変なことに使わないでよね、私の羽衣』

さてここまでのひと通りのあらましを、私は隊長さん達にもあらためて伝えておく。

神獣さん達の声は基本的に人間には聞こえないのだから、このひと手間が必要になる。

そうしないと、人間達にはチンプンカンプンな出来事だった。

詳しい話を聞いたアルラギア隊長はすっくと立ち上がる。

「それじゃ、そこに行ってみるか。ただな、悪名高いんだろう？　リゼを連れていくには……」

隊長さんが眠たいことを言い始めた瞬間、私はほとんど無意識にラナグの背中に手を伸ばしていた。そして――

「ラナグ、いざ発進！」

『おお、まかせておくがいい』

「ああ、こらリゼ、ちょっと待て、分かったから一人で先行するのだけは勘弁だ。なんて恐ろしいことをするんだ!!」

ラナグに跨《また》がって全速前進した私だけれど、隊長さんは分かってくれたようなので一度足を止めた。みんなで仲良く突撃することとなる。

しかも道中で再び意識を取り戻した桃の妖精さんが、『仲間を見つけて助けてくれたら、実はいくらでもあげますよ』と宣言をしたのだ。比較的食いしん坊ぞろいの我々に対してだ。

かくして私達のお腹は音を立ててヤル気を上昇させ、古代神学研究所という施設に向かうことになった。

途中、いったん大魔導士ピンキーリリーお婆《ばあ》さんのお屋敷に立ち寄る。助力を頼むことにしたのだ。

かの大魔導士はこの神聖帝国で、魔法学全般の外部顧問という立場にあるらしい。要するに偉い人である。

古代神学研究所の中に入る際にも手助けをしてくれるだろうと副長さんは言う。彼女も快く参加してくれた。

ピンキーリリー邸から町の中心に向かって歩いていくと、神殿地区と呼ばれる場所に出る。

そこには大小様々ないくつもの神殿が立ち並んでいた。

古代ギリシャの神殿を彷彿《ほうふつ》とさせるデザインだ。いや、あれよりもさらに柱が目立つ。まるで大空を支えているんですと言わんばかりの大げさな柱の建物群である。

この一角に目的の研究所はあるそうだ。

途中で風の神殿の近くを通りかかる。

風神さんを祀《まつ》っているというその建物は、神殿エリアの中でも殊更《ことさら》に威風堂々とした大建造物だった。

身分の高そうな装いをした人間達の姿。神官らしき人々がてんやわんやしている様子が見えた。

風神様はどこに行ってしまわれたのかとか、このままでは風の水晶石が暴走してしまうとか、偉い人に怒られるとか。

私は「ここにいる綺麗な冒険者が風神さんですよ」と教えてあげようとも思ったけれど、どうも風神さん本人はばれるのが嫌そうだった。あまり神殿の人達のことは好きではないらしい。

ラナグも同様で、そもそもこの神聖帝国というのは、神獣仲間の間では評判はあまり良くないのだとか。

神に関する研究は盛んらしいけれど、肝心の研究対象からは好まれていないようだった。

『古くからある場所だから私も未だに来てるんだけど、そろそろ離れようかと思ってたのよね。他の神獣達に比べたら、私はここの関係も深くはないし。それがいきなり足止めをくらってしまって』

そういえば今さらだけれど、風神さんも基本的には神獣らしい。というか、この世界の神様は基本的になんらかの獣に近い姿をしているものだという。

風神さんの場合はどんな姿にも変わることができるけれど、元々は獣で、生まれたときはイタチの一種だったとか。

試しにイタチ姿に変身してみてもらうと、これが実に小さくて、イタチと言うよりはオコジョやイイズナに似ていた。幼女の手の平でも収まりそうなサイズ感である。

真っ白な毛で覆われた柔らかな棒に、短い手足と長い尻尾が生えているような姿。

ピンと伸ばしたなら、もはやただのモフモフな棒である。

イイズナ状態になっても相変わらず顔はしゅっとしていて美人さんだけれど、こうなると神獣という感じはあまりしなかった。

神聖さよりも可愛さが勝ってしまっているのだ。

『あら本当？　そんなに可愛いかしら？　ならこっちの姿でいようかしらね。久しぶりの姿だけれど』

私は指の先で風神さんをクシクシとつつき回して楽しむ。風神さんも満更ではない様子。

そのままイイズナ姿で私の頭の上に駆け上った。居心地が良いらしく、グルグル回って遊んでいた。

私はそのまま遊ぶにまかせておいた。

風の神殿職員も物珍しそうにこちらを眺めていたけれど、どうやらこれが風神さんだとは気づいていない様子である。

そんなこんなで風の神殿も通り過ぎて、今度はやや奥まった寂《さび》れた路地へと突入する。

この先に目的の研究所があるそうなのだが、次第に人通りが減り、壁には落書きが目立ってくる。すっかり治安の良くなさそうなエリアに変わっていった。

ピンキーリリーお婆《ばあ》さんが口を開いた。

「あんた達言っておくがね、古代神学研究所の連中は普通じゃない。下手に手を出すんじゃないよ？　特にアルラギア。お前さんがべらぼうに強いのは知ってるけど、連中は質《たち》が悪い。たとえ竜殺しの英雄で、真祖ヴァンパイアキラーの聖人とうたわれるあんたでも、分の悪い相手ってのもいるもんだろう？　武力だけじゃどうにもならない相手ってのがいるもんさ」

ピンキーリリーお婆《ばあ》さんの話によると、彼らは神聖帝国に数多《あまた》の成功と莫大な恩恵をもたらしている機関だそうだが、その裏側では黒い噂も絶えないのだとか。

「そうかい楽しみだな。ドラゴンよりもヴァンパイアよりも手強いってのは。是非会ってみなけりゃな」

「あんた私の話を聞いてたかい？　もっとはっきり言えば、あんたんとこの傭兵団まるごと社会的に抹殺《まっさつ》されかねないんだ。爺《じい》さん団長を悲しませるようなことは、あんたも望まないだろう？　それでも、もしもどうしてもやり合うってのならね、どこか帝国並みの強国をバックにつけて出直すんだね」

どうも急激に話が大きくなってきた。社会的に抹殺《まっさつ》？

目的の研究所がそんな危ない人達の集まりだとは知らなかったが、そもそも神聖帝国は宗教分野では世界的な権威があるらしく、同時に裏の世界にも深く通じている厄介《やっかい》ものだとか。

その暗黒面の象徴の一つが古代神学研究所という組織らしい。

「おいおい俄然楽しくなってきたな。こいつは桃食ってる場合じゃぁない」

「待ちな、楽しくなるんじゃあないよ、アルラギア。私はね、絶対に無茶をするんじゃあないって言ってるんだ。危ないからやめとくれよ」

ピンキーリリーお婆《ばあ》さんの言葉に、隊長さんは不敵で余裕な笑みを浮かべた。

副長さんは隣で微妙な顔をしている。

「あの、ピンキーさん。すみませんけれど、うちの隊長のハートに火がつきますからお話はそのあたりで。危険とか無茶だとか言うとかえって燃えちゃうんでね。隊長って人は尋常じゃなく元気いっぱいですから」

「はぁ……そうだったね。久しぶりに会うもんで忘れてたよ。今のは私のミスだ。それじゃあアルラギア、前言は撤回《てっかい》して言い直そう。相手は安全安心な普通の人達だから、下手に攻撃するんじゃないよ？」

「ああ、まかせておけ」

隊長の瞳はキラキラしていた。まかせておけば大丈夫だろう。

SIDE　千年桃の妖精

ふぅぅ、なんとか根っこが出てきたみたいだ。からだがうるおってきた。

あの人間の女の子達がやってくれたのかな？

女の子のちかくには、白い毛玉みたいな精霊の子がいた。

ボクの小枝の近くをぐるぐる飛びまわっていて、話しかけてきた。

生まれたばかりの風の精霊なんだって。ボクといっしょでまだ小さいけど、とっても魔力が高そうだった。

この子もちょっと前まで、まいごだったみたいだ。

「うん、そうなんだよ。空の上でまいごになって困ってたら、この人間の女の子があらわれて、それからぴゅーって飛んで、ボクを風の頭領様に会わせてくれたんだ」

ボクも、まいごかな。みんなみんないなくなっちゃったもの。

「ねえモモくん。この女の子、リゼっていうんだよ。凄いんだ。だからキミの姿だって見つけてくれたでしょ？」

「うーん、そっか、そうなんだね。あんまりそのときのことっておぼえてないんだ。気がついたら、この子の手の中にいて、お水をくれてたんだ。たしか女の子のとなりにいたすっごく強そうな白いしんじゅうさまも、一緒になってぼくを診《み》てくれたとおもう」

「そっちはラナグさまっていうんだ。わかんないけど、風の頭領様より、もっともっと凄いんだって。ちょっとおっかないけど、優しいよ。きっとキミのことも気にかけてくれてる。優しいんだ」

「ねえ……それならさ、他の桃達もさ？」

「もちろんきっとそうだよ。キミの仲間の、とくべつな桃の木の精霊達でしょう？　それなら今ちゃんと、そっちに向かっているんじゃない？」

「そうだと良いけどなぁ」

「だいじょうぶだよ。リゼちゃん達、桃の実を食べたがってたじゃない。みんな優しいし、それに食いしん坊なんだ」

「食いしん坊？　…………あ、でも本当だ。たぶんこっちだよ、みんながいるの。ちゃんと近づいてる感じがする。うれしいなぁ。でもだいじょうぶかな、あの木をひっこぬいてった変な人達って、すっごくすっごくつよそうだったし」

「だいじょうぶ、だいじょうぶ、リゼちゃんも神獣様も、きっとすっごいんだから」

「でもボクめいわくかけちゃったら、やだなぁ。せめてボクがもっと大きな木だったら良いのになぁ。そうしたら、頑張っておいしい実をいっぱいつけて、リゼちゃん達に食べてもらうんだ」

「良いね、良いね。すてきだね。ボクはなんにも実なんてつけないからなぁ」

風の子くんは、実をつけないんだって言ってざんねんそう。ちょっぴりさびしそうだった。それじゃあ……

「じゃあそれならさ、ボクが大きくなって、キミの分までいっぱいいっぱい実をつけるようにする」

ボクがそう言うと、風の子くんは空のほうにとびあがった。

「ほんとう？　それならボクは、ボクは、きっと強くなって、キミもリゼちゃん達もまもれるようになりたいな」

風の子くんは、ボクよりずっとつよそうだった。

いっしょにいたら、なんだか元気がでてきた。みんなまってて、ボク、今行くから。

突入

我々は、黒い噂の出所らしい薄汚れた建物の前に到着した。

これが古代神学研究所らしい。できれば、あまり入りたくない種類の建物だなと思う。

ドアノブすらもおどろおどろしい。

もちろんアルラギア隊長はそんなのは気にせずにバタンとドアを開け放ち、ロザハルト副長は困り顔をしながらも、結局は鼻歌交じりで中に入っていく。

明らかに幼女が入るべき建物ではない。が、もちろんここまで来てお留守番なんてやってられないので足を踏み入れる。

さて、こうして自分で率先して入ってきておいて文句を言うのもどうかと思うが、中はひどい臭いである。

困ったものだ。もしかするとこのままでは、私の鼻が細胞ごと消え去ってしまうかもしれない。そう思う程度には不快な場所だった。

『清浄なる風よ、在れ』

風神さんも臭いには敏感らしく、空気清浄機のような術をかけてくれた。

これが非常に強力で、地球の最新脱臭剤も裸足で逃げ出すほどの威力。必殺の消臭術であった。

「なんだおめぇらは？　ここがどこだか分かってんのか？　ええっ？　泣く子も黙る古代神学研究所だよ？　外の看板が見えなかったってんなら大人しく回れ右してお家に帰りな。幼女を連れてくるような所じゃあないぜ」

入ってすぐの場所にいた大柄な人物がわめき散らす。

とてもではないが古代の神様を研究している雰囲気はない。

どちらかというと、場末の路地裏の寂《さび》れた吹き溜《だ》まりの暗黒酒場のようであった。

それでもピンキーリリーお婆《ばあ》さんが一歩前に出て男と挨拶をかわすと、相手はやや愛想が良くなる。どうやら中へ入れてくれるらしい。大魔導士様の権威はこんな場所でも通用するらしかった。

奥のテーブル席には危なそうな薬を嗜《たしな》んでいる人物が数名。中の一人が声をかけてくる。

「こーんにちはー。皆さんもどうです？　ハイな気分になれる魔法薬なんですよ？」

怪しい薬物に誘われてしまった。

「さ、さ、是非どうぞ。これもなにかの縁です。きっと神獣様の思し召しですよ」

妙なことを思し召す神獣様もいたものだ。ウチにも一名、イヌ型神獣さんがいるわけだけれど、あまり思し召していないようだ。むしろ嫌そうな顔をしていた。

軽く歯をむきだしにしてグルグル唸《うな》る。ご覧なさい、この嫌そうな顔を。

しかし男はラナグと私をジロジロ、ジットリと眺め回してご満悦の様子。

さらにしつこく私達に妙な薬を勧めてくるが、アルラギア隊長が男の前に立って遮る。

「悪いな、俺はいつでもハイなんだ。そいつは不要だよ」

隊長さんは慣れた調子であしらって、それからいつもの余裕たっぷりな雰囲気のまま用件を伝える。

少し待っていてくれと返事がきて、角にある応接セットへと案内される。埃《ほこり》っぽい。

あまり気のりがしない。

外になにかの屋台があったので、そちらで待つことに。

考えてみるとそろそろ晩ごはんには良い時間なのだった。近くには他に店もなさそうだし、ここで多少なりとも腹ごしらえをしておいても良いのかもしれない。

それにしてもこんな路地裏で客が来るものだろうか。暖簾《のれん》をくぐる。

中には他にも先客がいるけれど、なんとかみんな座れそうだ。

どうやら揚げ物の屋台らしい。この場所に似つかわしくない清潔なしつらえ。磨き込まれたカウンター。真面目そうな職人が迎えてくれた。

「へい、らっしゃい。なんにするっ」

看板メニューはイカフライらしい。屋台でイカフライ。とりあえずそれを一つと、他のメニューも人数分頼んで待つ。

「へい、お待ち」

揚げたての状態でテーブルの上に登場したそれは、狐も真っ青になるほどの見事な狐色で、一瞬私の目を捉《とら》えた時点でしっかりと食欲を刺激してきた。

口に入れるとまるで天使の羽のように軽やかだ。衣も見事なら中のイカの身も柔らかく、すっと歯ざわり良く、フォークだけでもいとも簡単に両断できてしまうほどである。

こんな場末の謎の屋台で、これほどのイカフライが提供されているとは思わなかった。なんなのだこの店は。ホームに戻ったら是非ともコックさんに教えてあげようと誓った。

「ふっふっふ、お嬢ちゃん、この味が分かるかい……」

とにかくこの意外な美味しさに気を良くする私達だったけれど、このあとすぐに、意外でもなんでもないお約束的な展開が待ち構えていた。

「てめぇこらデカブツ。どんだけ席とってんだデカブツ。身体半分にちょん切るぞコラ」

暴漢の登場である。見事なまでの暴漢で、近寄ってくるなり刃物を抜いて叫んでいた。

絡まれたのはグンさん。

巨人の血を引き、限りなく毛髪が短い転移術士のグンさんだ。

男達は古代神学研究所から出てきて、こちらに食事をしに来た客のようだ。

グンさんは大きな身体を端に寄せたけれど、流石《さすが》に荒くれ者というのは、荒くれている。グンさんの足を痛烈に蹴り飛ばした。二つの視線がぶつかり合う。

「おら、どうした、やんのか」

「オレはこう見えても荒事は好きじゃあないんだよ。勘弁してくれないか？　そっちにいる二人はお勧めだ。荒事が好きで好きでしょうがないやつらだからな」

絡まれていたグンさんは暴漢に言った。指先で隊長さんと副長さんを指しながら。

「おいおいおいやっぱりかよ、こいつはデカイ図体して情けねぇことを言うやつだぜ。俺様がその身体に教えてやる。雑魚《ざこ》だったら、俺様に対してどんな態度を取るべきかってことをな」

言いながら襲いかかる暴漢。

身動き一つせずその場にいるグンさん。弾き飛ばされるのは暴漢だった。

「なぁリゼ、さっき力を反転させる時空魔法の練習方法を教えたろう？　左右の手の平の間で小石を跳ね返し続けるあれ。実戦では今みたいな反射結界にして使うんだ。今度機会があったらやってみるといい。練習になるから」

見事に暴漢の攻撃を反射してから、とつとつと語るグンさんだった。

凄く真面目そうな顔で語るけれど、幼女にいったいなにを教えているのだろうか。この人はこの人で、なかなかに驚天動地なおじさんなのだなと思う。

さてここでアルラギア隊長。

「おい、あんた、大丈夫かい？　いや、なかなか良い斬撃だったよ。やるじゃないか……」

和やかな雰囲気で男に語りかけるけれど、相手はそのまま仲間を連れて走り去ってしまう。

ふとグンさんのほうを見てみれば、身体がふたまわりも大きくなっていた。なんというか、ゴリゴリなるボスゴリラが威嚇《いかく》しているような風情である。

「いいかリゼ、これは一時的に身体をデカくする身体強化魔法だ。実戦向きじゃあないが、使いどころもあるから試してみるといい」

いや幼女がゴリラ化したところで、ただ面白おかしい姿にしかなるまい。私にこの術の適性がないのは明らかである。今度はただ素直に、あまり使いたくないなと私は思った。

ちなみにこの暴漢。副長さんの見立てでは、あの研究所の人間だそうだ。私達の力量を測りに来たのだろうと推察していた。

「ああ～、騒がせて悪かったな、料理人さん」

「いやかまわんさ。いつものことだ」

アルラギア隊長。今度は屋台の大将に声をかけている。

「そうか？　ならば、今いる他の客の勘定をこっちに回してくれ。皆さん、今日はなんでも好きなものをやってくれ。大将こっちはメシの続きを頼む」

そんなことを言いつつ、またお金を無駄遣いする態勢に入っていた。

他の客は盛り上がるが、副長さんは隊長さんの後頭部を激烈にひっぱたいていた。

さて、今やすっかり寛《くつろ》いで、いくつかの料理に舌鼓《したつづみ》を打つ私達だったけれど、考えてみれば食事をしに来たわけではなかった。

私達の目的はそう、向かいの施設、古代神学研究所の調査である。桃探しなのである。

千年桃をどこかに持ち去った件を調査し、風神さんの羽衣の情報も集めに来たはずだ。

いくら美味しかったからとはいえ、のんびりと熱々イカフライを食べている場合ではない。

「そろそろ呼ばれそうだね。お勘定お願いします」

副長さんが支払いを済ませたところで、ちょうど古代神学研究所の中から男が出てきた。

男は言う。千年桃のことは所内の人間は誰も知らないようだが、上から許可が下りたから施設の中を見てもらうのはかまわないと。

「ええ、ええ。大魔導士ピンキー様のご紹介ですしな。それにそちらの神獣様。面白いですよねぇ、良いですよねぇ、もちろんご一緒に神獣巫女のお嬢ちゃまもどうぞぉ。ささ、どうぞぉ。殿方達はまあ帰ってもいいですけどねぇ」

ハイな男だった。彼の案内で研究所の奥へ案内される。

隊長さん達はあまり歓迎されていなかったけれど、もちろん一緒についてくる。

奥への通路は細く暗く、先は急な階段になっていた。地下へと続いているようだった。

いざ桃狩りへゆかん。

「リゼ、なにかあったらいつでもこれを使え。本来は俺とロザハルト用だが、リゼは放っておくと気が気じゃないからな」

隊長さんが護身用グッズを私に手渡す。特殊な魔法の込められた巻物で、かなり高級なレアアイテムのようだった。効果については、またあとで教えてくれるそうで、今はとりあえず持っておくようにという話であった。

「ふへへへへ、そんなに心配せずともー、危険なんてなんもありませんよ。完全に絶対安全な施設です。なにもいたしません。ですから暴れたり、施設を壊したりはしないようお願いいたしますよ、アールラギア隊長」

どうもこのハイな男は、アールラギア隊長を知っているような口ぶりで、ニヤニヤと笑っていた。

「いやいや、有名人ですからね。もちろん存じておりますよ。流石《さすが》に名高い傭兵団。皆さんお強いそうで。実は私の姪《めい》っ子《こ》なんて貴方のファンでしてねぇ。アールラギア隊長のカードも持っているんですよ。そういえば説明書きにも大変な暴れん坊だと書かれていましたっけ」

カードとはなんだろうか。唐突に良く分からない話を始める胡散臭《うさんくさ》いおじさんである。よくよく聞いてみると、どうやらこの世界では『冒険者&傭兵団カードつきミニポーション』という商品が売られているらしい。初耳の情報である。

子供でも使いやすい安価で軽めの回復薬に、人気冒険者などのイラストが描かれたカードが同封されている商品だそうだ。

隊長さんもそのカードのキャラクターとして使われているのだとか。ロザハルト副長やカシウ団長のもあるらしい。

隊長さんも副長さんも、多少なりともファンがいるのは知っていた。けれど、まさかカードまで存在するとは恐るべし。この人達は思ったよりも有名人なのかもしれない。

「リゼ、言っておくが俺達のは大したカードじゃないからな。もっと強力なカードになってる連中も多い。俺達なんて地味なもんだ」

隊長さんはそう言うけれど、実際のところ、どんな塩梅《あんばい》なのだろうか。

あまりそういうものを集める趣味はなかったけれど、見てみたい衝動にかられる。

「お嬢ちゃまぁ？　もし興味がおありだったらね、私お譲《ゆず》りしましょうか？」

とても胡散臭《うさんくさ》いおじさんが怪しく私を誘ってきた。もちろんそんなものはいただかない。いずれ自分で買ってみようではないか。それで済む話である。

ところでだ……私は探し物をするのが得意である。

趣味は探知魔法。

探し物のおおよその特徴さえ分かっていれば、それが厳重に隠されていても見つけてしまうタイプの幼女である。今日も元気に発動中だ。

この先には確かに小さな木が無数に存在している。ただこれが千年桃なのかと言われると、私には判断がつきかねるけれど。

狭い下り階段を進みながらも風神さんにそのことを伝えると、すぐに一人で奥へと吹き込んでいって、またすぐに帰ってきた。

『あった、あった、あったわよ。はぁやっぱり美味しい。満たされ方が違うわ……ああ、ありがたいありがたい。これはリゼちゃん様様だわ。本当に、幼女にしておくのがもったいないほど』

驚くべきことに、風神さんはすでに少し桃をかじってきてしまったようだった。

『のあっ、それはずるくないか風神よ』

ラナグは激烈に訴えた。当然である。

これは明らかにずるかった。私だって場所を伝えはしたけれど、まさか一人で食べてきてしまうとは思わないではないか。持って帰ってきてくれればいいのにと思った。

ずるい、ずるくない、いいやずるい、全然ずるくない、そんな不毛なやり取りを繰り広げる中、風神さんはさらなる暴論を振りかざした。

『ねえリゼちゃん、私、本当は煮たのを食べたいの』

マイペース。

『アレよ？　白ワインとお砂糖で甘く煮たやつね。あれ食べたいわぁ。くずれない程度に程良く煮て、それから冷やしていただくの。やっぱりこれが一番。魔力も霊力も回復する』

それくらいなら私もできるから、収穫して持ち帰ってから調理しようと提案した。だからとにかくちゃんと収穫をするべきだと訴える。

『本当に？　本当にやってくれる？』

『ああ間違いないぞ、風神。リゼはきっとやってくれる。おぬしの口に合うものを作ってくれるだろう。期待せよ。そして一人で食わずに持ち帰れ』

『ラナグ様がそこまで言うだなんて、よっぽどね。まあでも本当に桃の場所をすぐ見つけてしまうわけだし……』

こんな具合だけれど、もちろん風神さんとてただ食いしん坊なだけではない。実物を確認してきてくれているのだ。千年桃も、その木も確かにそこにあると確定している。

私の手元、小枝の妖精さんはフルフルと震えていた。

この先に仲間が確かにいるのだと知って喜び、また同時に、彼らの身を案じて震えている。

『リゼ、どうも千年桃の木々の状態はあまり良くなさそうだな』

風神さんからの報告を受けたラナグはそう言った。

カツッカツッカツッ。薄暗い石階段の最後の一段を踏んだとき、そこにはいくつかの扉があった。

「ええと、確かお探しのものは千年桃でしたかぁ？　残念ながらそういったものはこちらにはございませんのでしてねぇ。是非どの研究室でも中をご覧くださいまーせね。見学をして行ってくだされば分かるかと思いますからねぇ……」

ここまで案内をしてきたハイな男はそんなことを宣《のたま》う。

すでに風神さんが桃を試食済みだとは気づいていないらしい。愚か者め。あの桃果汁でベタベタな小動物の姿を見るが良い。

男は階段の先へ。さらに通路を抜けた奥の一室へと入っていった。

確かに一見するとそこは地味な研究室でしかなかった。

資料らしきものが無造作にボンボンと置かれ、いくつものマジックアイテムが散らばっているだけだった。人は誰もいない。

ただし私はネットリとした視線を感じていた。以前にも経験したことがある。こちらを監視している魔力の流れである。ラナグも同様らしい。

『ついでにほれ、奥にはあやつもいるな、あの不埒者《ふらちもの》。少し前にリゼを攫《さら》おうとした不届き者だ』

ラナグが言っているのは、ブックさんの実家（ラパルダ侯爵領）で遭遇した怪しい神官のことだった。

私と、神獣であるラナグを攫《さら》おうとした前科のある人物だ。

今でもラナグと副長さんにマーキングされているため、ここにいるのは確かだ。どうやら彼も古代神学研究所の一員らしい。

ここまで確かめれば十分であろう。

この施設の人達が神獣やら精霊、あるいは霊木なんかを攫《さら》っているのは明らかであった。

遠慮はいらないようだ。本腰を入れて攻略していこうではないか。

「さーあささあ、どうでしょうかね～。こちらには特になにもないでしょう？　というわけでしてね。千年桃について我々は良く知りませんので。さてここまで来ていただいたついでと言ってはなんですが、あちらの装置にちょっと神獣様を乗せていただい……」

「あの、すみませんけれど。隣の部屋も見せていただいても？」

「え？　ええ、それはもちろんかまいませんが……」

というわけで隣の部屋へ行ってみる。男はなに食わぬ顔で案内してくれる。

「いかがです？　こちらも同じような研究室になっているだけで、面白いものは特になにも……」

――コンコンッ。ふむふむ。

私はこの部屋の角のあたり、壁掛け燭台《しょくだい》の下あたりを叩いていた。

「なるほどこの奥に隠し通路がありますね、開けるためのスイッチは……」

「え？　はいっ？　あっ、ちょっ」

今度は部屋の反対、対角線上の位置にある机の中にガサガサッと手を突っ込ませていただき、奥にある石の出っ張りに魔力を流しながら軽く押し込んだ。

スゴゴゴゴゥッと音が鳴り、隠し扉が開く。良かった正解だったらしい。

「はれっ？」

男の喉から間の抜けた声が発せられた。

ここの仕掛け、純粋に魔法的な仕組みだけで動くものであった。

ふうむ。探知魔法を使えばおおよその魔力の流れは感じ取れるのだから、これではすぐに分かってしまうのではなかろうか……もしや、これはなにかの罠か？

ここを進むと危険だろうか？　しかし、それらしい気配はないが。

「開いたか。よし、じゃあ行ってみよう」

誰が引き留める間もなく、隊長さんが奥へ進んでいた。丈夫な人なのでおまかせしよう。

「いやいや、そちらは、あのう……」

隠し通路の先は、またすぐに行き止まり。石造りの小部屋が一つあるだけだ。

壁に穴が一つ。そこからこんこんと水が湧き出している。

「隊長さん、ちょっとよろしいですか。左の壁にある上から五番目、奥から三番目の石のブロックを四回ほど叩いてみてもらえますか。はい、そのあとはさらに一つ手前のブロックを一回。元のブロックに戻ってもう一回」

幼子の手では届きにくい場所にあったので、隊長さんにお願いする。

隊長さんが言われたまま正確に叩き終えると、水の湧き出していた穴から松明《たいまつ》が飛び出してくる。火をつけると部屋全体がエレベーターのように動き出して、さらに階下に降りていく仕組みになっていた。

ここのポイントとしては、普通に火をつけるだけだと、穴からまた水が出てきてすぐに消えてしまう仕組みになっている点だろうか。

先に水の出てくる場所を氷系の魔法で凍結させておくことが必要だ。

松明《たいまつ》自体もしけっているので、ある程度の火力がある火属性魔法が使えないといけない。

氷と火、どちらも使えないと作動しないというのは、ちょっとした嫌がらせかもしれない。

――グゴゴゴゴ。無事に起動。思ったとおりで一安心といったところだろうか。

ちなみに石のブロックを叩く手順を間違えると、警報装置とともに骸骨剣士が降ってくる仕様となっている。今回は特に骸骨剣士さんには用事もないので、そちらは放っておいた。

「あ、あのう？　もしかしてお嬢ちゃま？　ここに～、来たことあります？」

「いいえ、初めてですけれど」

男が頬をひくつかせて尋ねてきたので、私は首を横に振った。

常識的に考えて、探知術で調べればだいたい分かるのでは？　なんて思ったけれど、いや常識なんてものは人それぞれなのかもしれないな。私は心中で密かに反省をした。

ただやはり隠し部屋の仕組みがどれも魔法に頼りきりなのも感心できなかった。単純に迷路にでもなっているほうが、もう少し時間はかかったろうか。

ごく普通の物理的な鍵もあったほうが良さそうに思う。

魔法だけだと、それを上回る術《すべ》を使われるとなす術がないようだから、この点については他山の石として、私も肝《きも》に銘《めい》じておこう。

「アルラギア隊長、今の仕組み気づきましたか？　これだと隠し通路の存在価値がまるでない。かわいそうに」

「いいや分からなかったな。俺が分かったのは、おおまかに空洞《くうどう》のある場所だけだ。それなりの隠蔽術《いんぺいじゅつ》がかかっていたからな。ただまあ細かいことは放っておいて、破壊して通り抜けても良いとは思ったがな」

危ないところであった。隊長さんが処理するよりも遥かに穏便に事が済んだのは間違いない。

せっかく設計されている隠し通路のシステムを、きちんと正面から攻略した私は確実に偉いと思う。いわば、設計者への礼儀であった。

「はあぁぁ、まずいなぁ、ちょっと想定してた状況と違いますねぇ」

男はぼりぼりと頭やらお尻やらを掻きながら、ぶつぶつとつぶやく。

それでも私達を止めるでもなく、ただそのまま立ち尽くしていた。

こうして地下深くへと到達した私達。

エレベーターのようなこの小部屋が停止し、壁の一部が滑って開く。

こうして目の前に現れるのが、千年桃の木だった。

整然と、碁盤《ごばん》の目のように線を引いた土に植えられている低木が立ち並んでいる。かなりの数だ。

そして木々の傍らには、目に見えぬ鎖《くさり》のようなもので繋がれた小さな妖精達の姿。

繋がれた妖精達は、虚《うつ》ろな瞳でこちらを見ていた。

SIDE　とある千年桃の妖精

ここはどこなのだろう、頭がはっきりしない。

あの日、根を裂《さ》かれて抜かれて、それから…………

あの丘で、誰か生き残れた者はいたのだろうか。


千年桃の木には、妖精が宿る。

私も妖精の一人として風の吹く緑の丘で生まれた。

気がつけばいつの間にか、最も古い木の一本になってしまっていた。


千年桃は、人にとって大した価値を生まない存在だ。

ほんの僅《わず》かに魔法力や生命力を回復する程度のこと。

大昔の人間はそれを殊更《ことさら》ありがたがったけれど、今では人には無用の長物《ちょうぶつ》に成り果てている。

もっと効力の高い魔法薬を人間達自身で生み出せるようになったし、千年桃は実りを迎えるのがあまりにもゆっくりすぎる。

それがなぜ、今さらになって我らは人の関心を引いたのか。

どうやらここの人間達の声を聞く限りでは、人工神獣なるものの研究をしているらしいが、どんな研究なのかは私には分からなかった。

ただ一つ確かなのは、ここに連れてこられた私達の力が次第に弱まっているということだけだ。

風も光もなく、淀《よど》んだ空気の中。私達を繋ぐこの鎖《くさり》に締め付けられ続け、日々僅《わず》かずつ力を奪われていく。


ふと風が吹いたのは、そんなときのことだった。柔らかな風だった。

まるで悠久の昔からあの丘に吹き続けていた、太古の風のように。

気がつくと、何本か隣の木に生っていた熟《う》れた実が、風に乗ってどこかへ飛ばされていた。

それほど強い風だったとも思えないのに、なんとも不思議な気分がした。

さらにしばらくして、妙に騒がしい気配が近づいてくるのを感じた。

ゴウンゴウンと箱が上下する音も聞こえ、それが止まると壁の一部が左右に開いた。

そこにいたのは、折れた枝先に宿った小さな同族であった。

あの丘の私達の中で一番小さかった、生まれかけの妖精だ。そうか、折れた枝に移っていたか。

その隣にいるのは、見たこともないような神々しさを帯びた白い毛皮の神獣様。そばに太古の風神様を引き連れて現れていた。

そして二柱の古い神々に身体を寄せられているあの幼い娘。とてもこの世界の者とは思えない。まるで神話の中に描かれるような光景に見えた。

あの小枝は、そんな彼女の手に握られていた。

『見ろリゼ、桃だぞ。美味そうだな。早く調理してくれ』

「ええとちょっとその前に、なんで風神さんはまたもぎって食べているんでしょうかね。それも生で一人で。煮たほうが美味しい桃だって言ったのは風神さんですよ」

『でも、お腹すいちゃって』

どうやら皆さんは、我らの桃の実が食べたいらしかった。

桃のゆくえと、人工神獣

私達は、いよいよ桃の目前にまで来ていた。

エレベーターのような小部屋の扉が開くと、その先は広い空間になっている。

ここでいよいよ千年桃の木とのご対面である。

木は意外と小さく人間の背丈より少し高い程度だ。その代わり幹は年代物の盆栽《ぼんさい》のように太く、グネグネと曲がって貫禄《かんろく》がある。

広い室内の土の上に、所狭しと植えられている。全体で数千株ほどになるだろうか。

その中のいくつかの木に寄り添うようにして、蝶やトンボのような羽の生えた妖精が飛び回っていた。

あるいは枝の上でグッタリとうな垂れている。

その見た目は、日本人が妖精という言葉で連想する妖精の姿そのままである。

妖精さん達のお腹の周りには目には見えない魔法の鎖《くさり》ががっちりと取り付けてあって、彼らは一本の木の周り程度しか自由に動き回れないようだった。

桃の実は千年に一度しか収穫できないとはいえ、本数が多いので何個かは今でも食べられそうな実がついている。

風神さんはまたしても、いつの間にやら実を一つ持ってきて、小さなイイズナの姿になってひと口かぶりついていた。

かぶりつきながら、これを甘く煮てくれと私に言うのだ。

イイズナ状態になって小さな両手で大きな桃を抱えている姿は可愛いが、言いながらすでに桃にかぶりつくのはどうかと思う。

まあしかたがないか。どうやら本当にお腹がすいているようだし。

ふと、近くの妖精の目がこちらを見つめていることに気がつく。

とてもとても見ている。こちらを見ている……

しまったぞ。もしや桃泥棒だと思われているだろうか？

いやいや私は関係ないのですよ？

この風神さんが、勝手に食べているのであって、私は無実。そりゃあ止めませんでしたが、それでも私は無実です。

『ああ、無実だな。手を出したのは風神だけだ』

良かった。私の様子を見たラナグは、私に有利な証言をしてくれるらしい。

『え、ちょっと。でも、ほら、リゼちゃんが持ってきた桃の小枝の妖精も、食べていいって言ってたじゃない？』

「それはそうですけど、あくまで助けたら、の話じゃありませんでしたかね？」

慌てる風神さんにそう応《いら》えを返す。

そんなことをしている間にも、やはり千年桃の妖精さん達のほとんどが、こちらに視線を向けている。見ながら、なにかを囁《ささや》いているようだった。

『あれは風神様だ。風神様が助けに来てくださった』

かすかにそんな声が聞こえた。妖精達の声はあまり大きくなく、風にそよぐ木々の葉の小さなさざめきのようだった。

ここまで私達を連れてきた男は、狼狽《ろうばい》するばかりで呆けている。

私は鎖《くさり》に繋がれて動けない妖精さんの声を、もう少し聞いてみようと近づく。

近づいてよく見ると、木の幹には奇妙な文様《もんよう》が浮かび上がっていた。

黒々とした墨色のなにかが、鈍い光を放って幹の表面に纏《まと》わりついている。ラナグにはこれがなんなのか分かるようだ。

『おそらく、内在する力を無理やりに引き出す闇の呪術だろう。せっかくの千年桃が、このままでは百年もせずに枯れ果てるな』

百年。意外と長いなと思ってしまったのは秘密である。

なにせ人間だったら百才でも十分な長生きだ。

ただ彼らの場合はもともとの寿命が長いし、千年でようやく実をつけるかどうからしいから、百年では夭折《ようせつ》の部類に入るのだろう。

ラナグの見立てによると、悪意のある術によって木の生命エネルギーのようなものが無理に増幅されて、漏れ出てしまっているらしい。

私は引き続き、近くにあった千年桃の木に近寄って様子を窺《うかが》う。すると、蝶の羽を持った桃の妖精さんがハッキリした声で語りかけてきた。

『あ、あの皆様はいったい？　どこの、どういったお方なのでしょうか？』

声をかけてきてくれたけれど、体の半分ほどは幹の向こうに隠れたままだった。

やはり、私達を桃泥棒だと思って警戒しているのだろうか。

「ええと、私は怪しい者ではありませんよ。通りすがりのただの幼女です」

『ただの幼女？　……人間の？』

「はい、人間のです」

『いやぁ……それは……ないような……』

妖精さんはとても訝《いぶか》しがっている。なにかを疑られているような感じである。

やはり桃の件だろうか？　桃泥棒の件ではないだろうか……

恐れおののき、戦々恐々とする私だったけれど、

『ええと、ではそちらは、太古の風の神獣様かとお見受けしますが？』

『あらこんにちは。太古の風かは分からないけれど、確かに私は風の神獣ね。美味しい桃をありがとう。今では貴方達が実らせる実が、私の口に合う数少ない食べ物の一つになってしまったわ』

千年桃さんと風神さんは多少なりとも面識があるようだった。

いえいえ、こちらこそお世話になっております風神様、という具合だ。

風神さんに敬意を示しているような様子だった。

良かった、木達からは本当に桃泥棒とは思われていないらしい。

なんだ、それならば私もかじりついてしまうべきだった。

そんなことを思いながら、『ピキピキ、バキンッ』と、千年桃の木に施されている闇の呪術の解除を試みていた。

木に纏《まと》わりついていた黒い文様《もんよう》と、妖精さんに絡まっていた鎖《くさり》である。

まずこれを解除しないことには地上に戻せそうもない。

妖精さん達からも助けてくれと訴えかけられる。このままでは死んでしまう（百年後）

からと言って。

　試しにやってみるとできたので、そのままの流れで全ての木を一本ずつ解呪していくことになった。しかしこれはなかなかに面倒な作業だった。

　いったい何本の木がここにあると思っているのだろうか。

　私はあえて正確な総数を数えるのをやめている。

　これを上手くできるのが私とグンさんだけのようなのだ。

　隊長さんと副長さんは術を破壊するのはできるけれど、木に悪影響がないように解除するのは難しいらしい。グンさんにしても、あまり得意な系統ではないらしい。

　ラナグは基本的にハラペコで、普段は魔法を使わない。

「あ、あんのう？　ちょっとやめてもらっていいですか？　これは我々の研究対象でして、実験に使っているのですから、やめていただきたいのです。それよりも、よく解除できますね、その呪術。絶対に解けないような術のかけ方をしているのですけれどね？」

　例の男は困ったような顔で私達に語りかけてきた。

「それはおかしな話ですよ。確か私の聞き間違いでなければ、千年桃は古代神学研究所では扱っていないというお話だったのでは？　ならば、ここにある木々は、そちらとは無関係ということになるでしょう」

私は意地悪なことを言ってみた。

これはなかなかの意地悪っぷりではないだろうか。我ながら感心する。

「あぐぅ……ええと、扱うことになったみたいですね、いつからかなぁ～。知らなかったけどそうなってたみたいですねぇ～」

いい加減なことを言う人である。

『バキンッ、バキンッ、バキンッ』と、私は作業速度を緩めずに頑張っていた。

ちょうどこの大部屋の中心あたりにまで来ただろうか。

妙な装置が目に入った。どうやら千年桃さん達から吸い上げられた力が、ここに集まる仕組みになっているようだった。

ご丁寧に看板が立ててあって『人工神獣培養ポット準備中、触るな』と書かれていた。

ラナグがなんだか悲しそうな目をしている。

『できるはずもないことを、こやつらは未だにやっていたか』

その瞬間、さらに奥にある部屋の中から、神官服の人間達がわらわらと出てきた。

一団を率《ひき》いているのは以前に見た顔だ。

ブックさんの実家で遭遇した、あの胡散臭《うさんくさ》い神官のお出ましだ。

「幼女様、ようこそおいでくださいました。ワタクシ感激の涙におぼれそうです。でもですね、それ以上お手を触れていただかないようにお願いしますよ。神獣様も、さあ、そこからお下がりください」

しかし、ラナグはひと噛みして培養装置を破壊した。

「――ッ!?　ヒャ、フヌン!?　やった、やりおったなイヌっころが!!　"あ"ぁぁぁ、その幼女と神獣を捕まえるのですっ。いや、殺せ。死骸の回収に変更ですよ。全員突撃、命を捨てて抹殺《まっさつ》するのです！」

抹殺《まっさつ》とは、ひどいことを言うものだ。

ほとばしる閃光。無数の魔法による攻撃の光がこちらに飛んでくる。

その光を隊長さんと副長さんが殴り飛ばしていた。魔法を殴り飛ばすだなんて、やや非常識な感じもしたが、次の瞬間には、そのまま神官達をも殴り飛ばしていた。

それって大丈夫なのかと心配になるほど殴り飛ばしていた。

隊長さんは言う、この程度はなにも問題はないと。

がしかし、ここで大魔導士のピンキーリリーお婆《ばあ》さんは完全に頭をかかえていた。

「暴れんなって言ったろ！　こんのボケラギアッ!!」

「ああー、大丈夫だ。なんとかなるから気にするな。なあ副長」

「んん～、そうですね。確認、承認済みましたよ。この設備自体が明らかな国際魔導連盟規約違反。魔導研究に関するエルツライン規約の……ああ、これこれ、三条五項に抵触してますね。コックにも詳細の確認取れてます。やっちゃって大丈夫です」

そう言って、二人は、いや三人は研究所の職員らしき人間達を薙《な》ぎ払い、無力化していった。ちなみに三人の中にはグンさんも含まれている。

「今日のところは霊木だけ回収。ありがたく思えよ、命までは取らない」

「なにが命までは取らないだいアルラギア？　相手を考えろって言ってるだろうが。法令がどうした、そんなものが通用する相手じゃないって言ってるんだよ、私は」

青筋を立てて怒るピンキーリリーお婆《ばあ》さんをなだめるように、隊長さんが言う。

「ああー、なんだ、そうだ言ってなかったなピンキー。実はな、あれだ、今日は国際的な地下組織の摘発の仕事を依頼されてきたんだよ。だから大丈夫。なあ、そうだよな、副長、グン」

「ですね」

「間違いない」

いや、本当だろうか。隊長のこの言い分に私は甚《はなは》だ疑問を感じる。

そもそもここに来たのは、たまたま暇だったからだ。

それが事実である。お仕事ではなかったのは確かだ。

今日一日の中でも、一度たりともそんな話は出ていない。実に怪しい隊長さんである。

であるのだが……

「う～～ん、まああんたらの仕事は色々やるからねぇ。確かに今まで問題になったことは……ないか……」

ピンキーリリーお婆《ばあ》さんは意外とあっさりと納得していた。なんとも素直なお婆《ばあ》さんである。

いっぽう、私はへそ曲がりな幼女なのだ。疑いの目をじっとりと向け続ける。

結局隊長さんは、あとでもろもろ教えてやるからとだけ言って、そのあとは見事に所員達を残らず全て昏倒させた。

ここまでほんの一瞬の出来事である。私が疑い終える前に、事態は完結していた。

「こんなところだな。とりあえず今日はもう子供の寝る時間だ。リゼ。すっかり遅い時間になった。ピンキーの家に戻って休もう」

「あん、なんだい？　うちに来るのかい？」

「まずいか？」

「そりゃかまわんけどね、早く言っておいておくれよ。分かってたら、掃除もベッドの準備もしておいたのに。それにあれだよっ、ゴハンないよ⁉」

まるで、誰かの実家のお母さんのようなことを言うピンキーリリーお婆《ばあ》さん。晩ごはんなら先ほどたんまり食べたので私は大丈夫だけれど、本当にこんな大勢で押しかけて大丈夫だろうか。

ちなみに隊長さん自身はどうせ少ししか寝ないくせに、良い子はもう寝るべき時間だからと言って聞かなかった。

はたして私が良い子であるかは別としても、考えてみれば今日という日は長かった。

正直、眠い。

ブックさんの実家から帰ってきたのが、今朝のことだとはとても信じられない。

あのあと煮込んでおいた岩石小竜のシチューを食べて……

そう、それから山へハイキング。マイクロトマトを採ってきてピザパンに。そしてこちらへ来て今である。一日で三ヶ国と山一つを渡り歩いている。

まったくもって幼女のやることではない。眠くて当然だ。

くらくらするし、まぶたがくっつかないようにしておくのに非常なる努力と忍耐が必要になってきた。

でもせめて寝る前に、千年桃さん達にかけられた呪縛だけは解いておきたい。

これさえやっておけば、あとは隊長さんがどうにかしそうだったからである。

解呪はグンさんだけだとまだまだ時間がかかってしまいそうなのだ。

重いまぶたをこすりながら、私はなんとかひと通りやり終える。

『ありがとうリゼ、良く頑張ってくれたな。世界の妖精と精霊と神獣に代わって我が礼を言おう。さあ、ほら背中に乗るがいい。おぶって帰るからな』

そして私はラナグの柔らかな毛皮に包まれた。すでに九割がた閉じているまぶたの向こうでは、アルラギア隊長がなにか大規模な魔法を操っているところが見える。

「よし、それじゃあ元の場所に戻しておくか」

そして大地が割れた。それはまさに、ちょっとした地殻変動。隊長さんが得意だと言っていたたぐいの、荒っぽい魔法であった。

気がつくとそこは星空の下。

都市壁の外にある小高い丘の上に戻ってきていた。

「よし、とりあえず今日はこんなところだな。続きはまた明日やるとしよう。流石《さすが》にちょいと細かい魔法仕事だったから神経を使った」

「かなり丁寧にやりましたね、隊長」

「まあな、千年桃を傷めないように移植したからな。ゆっくり移動させたから疲れたよ」

アルラギア隊長は土魔法が得意だ。特に大規模で大雑把《おおざっぱ》な魔法が。

隊長さんの感覚では、今回のは『細かい仕事』になるらしい。もっと荒っぽいほうが好みらしい。まったくもう、男の子はこれだから困るのだ。

さて外に戻ってきた千年桃の木々はというと、いつぶりかの夜空を見上げて枝の葉をざわめかせているところだった。

ざわざわざわり。なにか小さな声で囁《ささや》き合うように音が鳴る。耳を傾けてみると。

『いまいち理解しがたい、なにをしたんだ？』

『良く分からないけど、ここは元の丘じゃない？　たぶん』

『いや神獣様達が来てビビってたら、隣の幼女もなにかおかしいし、他の人間もおかしかった。化物って言ったら失礼かな』

なんだかちょっと失礼なことを言われていた。

私は寝ぼけながらも、手元にある小枝の妖精さんを、仲間のいる土へと植え直しておいた。

………なのだけれど。

その途端に、周囲の様子が花霞で見えにくくなって、明らかにどこか様子の違う景色に変わっていた。

『ほう』

ラナグが頓狂《とんきょう》な声をこぼした。

『桃源郷か。またずいぶんと珍しいところに呼ばれたものだな、リゼ』

もう眠くて眠くてしょうがない私には、そこはすでに夢の中かとすら思われた。

ラナグによると桃源郷なる場所らしい。いわば楽園みたいなものであるらしい。

野には白や黄色の小さな花がいくつも咲き、木々の枝先には花と実が同時にたくさんついていた。

大小様々な妖精がそこかしこにいる。

飛んでいたり、座っていたり。きゃいのきゃいのと群れ遊んでいる。

中でもひときわ美しい羽の大きな妖精がいて、まるで女神のようである。私を凝視してにっこりと微笑んでいた。はて、どなた様だろうかと思っているとラナグが教えてくれた。

『リゼも地下で話をしていた個体だ。千年桃らの長だな。先ほどまでと姿は違うが、これが本来のそやつだな』

『リゼさん。神獣様、人間達、ありがとう』

一言そう言ったかと思うと、私に一本の苗木を手渡してくる。

『願わくば、この子をあなたのそばに置いてあげてくれませんか』

その苗木は、ちょっと見た様子では先ほどまで私の手元にあった小枝に似ていた。似ているけれど、様子が違う。葉も根も枝ぶりも、大きく力強く、生命力に輝いていた。立派な羽の大きな妖精は言う。自分達みんなの祝福を与えたから、その木はきっと特別な一本になるだろうと。

『なによりこの子自身が、あなたのために実らせたいと、そう願っているのです』

さぞかし美味しい果実が実りそうな話ではあった。けれども……これは本当にいいのだろうか。

この丘には彼の仲間が住んでいる。それが一人離れて良いものなのか。せっかく仲間に会えたのだ。

もちろん本人が望んでいるのだとは言うけれど、なんだか少し気になってしまう私がいた。

ラナグが、その小さな小枝の妖精さんにそっと尋ねていた。

『本当に、それで良いのだな？　仲間のもとを離れることになるぞ』

小さな千年桃さんは目をパチクリさせているだけだった。と、

『だいじょうぶだよ。ぼくもいっしょ。いっしょに頑張るの』

妖精さんの隣に舞い降りた風の子さん。フワフワと揺れている。彼も一緒に来るつも

りらしい。桃の妖精さんも大きくうなずく。

『そうか分かった。ならばそうしよう。二名とも仲良くするのだぞ？』

妖精さんと風の子さんは、仲良く並んでウンウンとうなずいていた。

私はこの両名を腕に抱いて、このあたりでついに眠りに落ちた。流石《さすが》に幼女の限界であろう。

それにしても、ちょっと桃を食べようと思っただけだというのに、大変な騒動であった。なんだか大層な苗木もいただいてしまった。

そのわりに私はまだ一口も、桃を食べられていないのだけれど。


翌朝のこと。

私は目を覚ます。予定どおり大魔導士ピンキーリリーお婆《ばあ》さんの家のベッドの上であった。

そばにはいつものようにラナグがいる。

それから、千年桃の妖精さんと、風の子さん。

さらにベッドの周りには、良く分からない存在がたくさんふよふよと集まってきていた。

一番近くにいるのは見覚えのない小さな妖精さん達で、これは千年桃の妖精達とは微妙に姿形が違っていた。

他にも根が足のようになって駆け回っている低木さんや、諸々の謎の生き物達が列をなして部屋中を歩き回っている。走り回っている。

モフモフ系にゴツゴツ系、飛行タイプに水タイプ。

それはまるで、ちょっとおしゃれな百鬼夜行の如き風情であった。

彼らはみんな精霊とか妖精とかであるらしい。

その中の一部が、私が起きたのに気づいて話しかけてきた。

皆さんなにか相談事があるようだ。

うちの子がいないんですとか、仲間が行方不明だとか、好きなあの子が振り向いてくれないとか、妖精の集落がまるごと一つなくなったとか、今日の晩ごはんはなにが良いと思いますか、とか。

中にはまったく個人的で日常的な相談事も交じっていたけれど、そのほとんどは彼らの家族の失踪《しっそう》事件に関する話であった。

『千年桃のやつらから、リゼのことを聞いたらしい』

ラナグはドッシリとベッドに寝転がりながら、尻尾をプラプラと振っている。

『あらあら、精霊にしても妖精にしても、どこからこんなに集まってきたのかしら。よくこんなにもたくさん』

風神さんはそんなことをつぶやいていた。

それから、この盛大なメンバーで朝ごはんを食べることになった。

食べ終えた頃には、今度はピンキーリリーお婆《ばあ》さんのお屋敷が爆散したのだけれど、それはまた別のお話になる。

なにはともあれ、朝ごはんの時間は終わりらしい。

またこうして今日も新しい生活が始まる。いつもどおりの何気ない日常と、目くるめく、わけの分からない日々。私はこの世界で今日も元気に暮らしていくのであった。

書き下ろし番外編

お買い物の冒険

こちらの世界へ来て間もない頃。そしてアルラギア隊での生活が始まって間もない頃。

私は隊長さんに誘われて、ホームの隣の町へ買い物に出かけた。

もちろん神獣ラナグも一緒である。

目的は細々とした生活用品や、部屋着の購入だ。

ホームにも生活用品はひとしきり揃っているものの、女子用の服なんてない。

隊長さんは私に、他にも必要な品があるだろうから買っておくようにと言った。

町に入り商店に着くと、部屋着をいくつか選んで試着する。その間ラナグは私に付き添ってくれていて、アルラギア隊長は隣の店に他の細かい買い物を済ませに行ってくれた。

良さそうな部屋着を見繕《みつくろ》って買い終えると、ちょうど隊長さんが戻ってくる。タイミングバッチリ。手際が良すぎて、これにて予定していたものの購入は終了であった。もう少し町並みなんかも見てみたいかなとも思ったが、私の買い物にあまり長く付き合わせても良くないかと思い、隊長さんに言う。

「それでは……帰りましょうかね」

「あん？　もういいのか？　女子の買い物は長くかかるとロザハルトに言われたんだが、予定より早く済んじまったな。ならリゼ、時間があるから少し町の見学でもしていくか？」

「ほっほう、やりますね良いですね。お時間が許すなら是非」

そんな流れで密かにワクワクしつつ寄り道の開始。大通りから脇道にも入ったりして、大きく遠回りして進む。歩きながら隊長さんは町のことを教えてくれた。あそこの屋台は安くて美味いとか、あっちの居酒屋にはアルラギア隊の男達がよく食事をしに行ってるとか。ちょうどこのあたりは子供達の遊び場になっているとか。

そうして話しながら歩いていると……ヒュゥイ。不意になにかが私達の頭上を飛んでいった。

僅《わず》かに間をおいて、道の反対側から子供が数名、ひとまとまりになって駆けてくる。

その子供らが私に、唐突に声をかけてくる。

「なあ、そこのお前！　そうそう、そこのチビ助だ」

「こら！　あんたはいっつも口が悪い」

「そうだよもう……あ、ごめんね君。あのさ、こっちに紙飛竜が飛んでこなかったかな」

ややロの悪いやんちゃそうな男の子と、それをしかった女の子。そして最後に遅れてやってきた真面目そうな男の子。三名連れ立って慌てた様子であった。

私には紙飛竜というのがなんなのか分からなかったけれど、おそらく先ほど頭上を飛んでいったアレだろう。確認のために話を聞くと、やはり彼らは模型飛行機のようなものを探しているそうだ。どうもその紙飛竜なるものが思いのほかよく飛んでしまって追いかけてきたようだ。

私は飛んでいった方角くらいなら分かったので、それを彼らに伝えるが。

「うげげぇ、まじぃなぁ」

やんちゃそうな男子があからさまなしかめっ面をして、真っ先にそう反応した。他の二人はそう大きな声はあげなかったが、やはり微妙な表情をしている。

再び話を詳しく聞く。曰く、紙飛竜が飛んでいった方角が問題らしい。

紙飛竜はすぐそこの壁を越えて飛び去ったが、どうも、その場所はこの子らより少し年上の子達がたむろするところなのだとか。

「あいつら、ワルだからなぁ。ちぇっ……、諦めるか？」

「えー、ちょっとなに言ってるの、行くだけ行こうよ。誰もいないかもしれないし、いても返してくれるように頼むくらいさ」

「俺なんて前あいつらにケツを蹴られたんだぜ。ちょうど先生からも尻たたきの罰を受けたあとだったから、次の日は椅子に座れなかった。なあ博士」

「う、うん。あのときはそうだった。でも僕は……、ええとできれば、ええと……」

博士と呼ばれた生真面目そうな男の子は口をモゴモゴさせていた。どうやら飛んでいってしまった紙飛竜の製作者は彼らしい。自分の意思を強く主張するのは苦手そうだが、それでも宝物を易々と手放す気もない様子だった。

するとここで、私の後ろで成り行きを見守っていた隊長さんが子供らに声をかけた。

「どら、俺が取ってきてやろうか？」

隊長さんはその大きな身体を丸め小さくかがみこみ、博士君の前に座った。

黒目がちな子供らの目が、ひときわ大きく見開かれた。

「あれ？　あああ、あんた隊長だな！」

またしても真っ先に反応したのは元気男子。しかし博士君も今度はすぐに続いた。

「え、隊長!?　隣の傭兵団のアルラギア隊長だ！　やった……あ、でも」

女の子も含めて、三名とも揃って目を輝かせていた。がしかし、そのムードはまたしても一転し、今度は一気に下降していた。

「だめだめ、だめだよ。そりゃ行ってほしいけど、やっぱだめだめだ。絶対駄目」

「あん、なんだ、なんか問題でもあるのか」

「こーいうとき大人を呼んでくるのはザコのやることだ」

「そう、そうなの」

「だよ、ね」

曰くここの子供らの中では、大人を呼んできて助太刀してもらう行為が、禁じ手になっているらしい。そういう子供事情はなんとなく分からなくもない。

なるほどおおむね話は分かったぞ、ということで私はよいしょと腕まくりをした。

我ながら今のこの腕は細い上に短く、そのわりにぷっくりしていて幼女然としているが、それでも中身の私は大人の女として様々な経験と知識をそなえている。

ならば、今の状況にこれほどうってつけの人材が他にいるだろうか。

これからしばらくはこのあたりで幼女暮らしをしていくであろう身としては、同年配の子供らとも交流してしかるべきでもあろうし。

「ここはひとつ、私が取ってきましょう」

「え、あなたが?」

女の子はそう言って私の頭の高さに手をやる。私の背は彼女よりも幾分か小さい。彼女の表情は微妙に曇ったまま。妙な幼女が張り切りだしたぞ困ったな、とでも言わんばかりの表情であった。

「心配ご無用ですよ。私、見た目よりしっかりしているので。ねぇ隊長さん」

「う〜んまあ、そうには違いない。子供同士の話ならリゼに怪我もないだろうし、行くってんなら止めんよ」

隊長さんは私にそう言ってから、今度は子供達に話しかけた。

「あのな子供達よ、この子はリゼってんだが、まあ並みじゃない。きっと助けになるぞ。ついでと言っちゃあなんだが、この子は最近ここに来たばかりなんで、仲良くしてやってくれると俺は嬉しい」

「えー、そりゃ仲良くするのは良いぜ。なんったって隊長が言うんだしな。でもよチビだぜ」

隊長さんは、私がこの近所の子らと仲良くなれるようにと気も使ってくれていたらしい。大雑把《おおざっぱ》な性格に見えて、意外とそういうところのある彼だった。

ともかくこうして私は名乗りをあげ、意気揚々と壁の向こうへと歩き出した。三名の子供らは訝《いぶか》しがりながらもついてくる。

隊長さんはしばし腕組みして考えたあと、離れて見守っていると言ってジャンプした。

ラナグに対しては、しっかりリゼの護衛を頼むなと言い置きして。

『あやつに言われずとも、我は常にリゼの隣に在るがな』

ラナグはそう言って、私の隣をのっしのっしと歩いていた。

さて目的地は壁一枚挟んだ向こう側なのだが、奥まった道になっていていくつかの角を曲がって進んだ。

その間、ピョイ、ピョピョイ、ピョイ。私達の後方ではピョイピョイとなにかが飛んでついてくる気配。明らかに隊長さんであった。

「ラナグ、あれって隊長さんだよね」

『なんだあやつは、結局ほとんどついてきているではないか。まあ、隠密行動のレベルはなかなかのもの、我とリゼ以外で、あのピョイピョイに気がつくものはおらぬだろう。人間の子供ら相手ならなおさらだ、放っておこう』

最終的に彼は、すぐ近くにある物見塔の屋根に位置取り、こちらを見守っていた。一応あそこからなら、子供達は見られていることにも気がつかないだろうとは思う。

しかし眼光鋭く、なにかあったらすぐ飛び出していくぞという意思の強さが顔に出ている。その様子はまるでガーゴイルの屋根飾りである。あんな怖い顔で子供達を見つめていては、誰かに不審者として通報されやしないだろうか。かえってこちらが心配にもなってくる。

私がそんな余計なことを考えつつ子供らを連れて壁の反対側に到着してみると、なるほどそこには確かに、いくらか年長で、よりやんちゃそうな少年達が溜まっていた。

「なんだお前ら？　おい！　なんか用か。ここは俺達の縄張りだぜ」

「あ、ああ、まあ、その」

年下チームの元気少年も応《こた》えようとしたが、口がついていかない。面倒なので私が尋ねる。

「恐れ入りますが、紙飛竜がこちらに飛んできませんでしたか？」

「あああああん？　なんだこのチビっちゃいのは？　見ない顔だな？」

「初めましてこんにちは。こちらには最近来たばかりなので。それで、この子達の紙飛竜を探しているのですが」

「……、……これか？」

お兄さんの手の中には、子供達手作りと思われる紙飛竜の模型があった。

この年上チームの子供らは小学校高学生くらい。年下チームの子供達は小学校中学年くらいだろうか。どちらももう少し上かもしれない。いずれにせよ私から見れば子供である。

「こいつはさっき拾ってな、今は俺達のもんだぜ。なんたってここらは俺らの縄張りだし、拾ったのも俺達だ。もしこいつが欲しいってならな、やることは一つだぜ？　なあおい！」

彼はそう言って、拳を握りしめ、自《みずか》らの顔の前に掲げて言った。

「やるってんならなぁ！　おい！　紙飛竜飛ばし対決だぞぁぁぁ!!」

その力強く高らかな宣言を聞いた瞬間、私はどこか穏やかでのんびりとした心持ちにさせられていた。うん、そうか、そういう対決で良かったなと安堵していた。拳で語り合ったりではなくて良かった良かった。のだが。

「「「くっ、くぅぅ」」」

私サイドの子供達は、苦悶の表情を浮かべていた。

「か、勝てない、勝てっこないよ……相手は、相手は年上なんだ」

まあ確かに。子供からしたらそうなのだ。無理な勝負を吹っ掛けられた状態なのだろう。このままでは紙飛竜が取られてしまう。由々《ゆゆ》しき事態である。

しかしふっふっふ、やはり私が来て正解だったと内心でほくそ笑む。この勝負私向きだ。

なぜならそう、地球で小学生だった頃、割り箸飛行機を作らせたら私の右に出る者なしと恐れられたものなのだから。今こそ見せてやろうではないか、この私の実力をなぁ‼　私の心は熱く熱く燃えていた。

とはいえ紙飛竜を持っていないため、基本となる機体は博士君に貸してもらう流れに。

ちなみにもしも上手くいかず取り返せなかった場合には、私が新しいのを作って返すからと約束をしたかったのだが、博士君は頑《かたく》なにそれには応じなかった。

「いいよリゼちゃん。もともとは僕らの戦いなんだからさ。だからさ、だから僕も、僕も一緒に飛ぶよ、この一体に全てをかけて！」

実は熱い感じの博士君である。私も思わず。

「うん分かったよ！　一緒に、一緒に飛ぼう！」

と思わず熱くなり、勝負への準備が始まった。頭をクールダウンさせ、冷静に紙飛竜を観察する。この紙飛竜というものは、木製の骨組みに薄い羊皮紙を張って作られているようだ。

全体としては西洋タイプの竜の形をしている。手足がしっかりあり、頭部は力強く、大きな翼がついているが、見た目よりはかなり軽い。地球の素材とは違うからだろう。

なかなかに格好が良い。飛ばすにはやや重めに感じるが、風の魔力を込めた石が一つだけつけてあり、それが動力となって重さのわりによく飛ぶらしい。ふむふむふむと良く観察する。さてどうするか……

私は思い切って、竜っぽいデザインをやや無視し、竜の鼻先にぶすっと穴を開け、そこにプロペラを取り付けることとした。

プロペラは竹とんぼを思い出しながら、大急ぎで木から削りだした力作。我ながら器用なものだと自画自賛しつつ、プロペラの動力としてヘアゴムもつけた。グルグルぐるぐるプロペラを巻くと、ゴムが捻じれて回転の力が溜まっていく。

ヘアゴムは雑貨屋さんで隊長さんが買ってきてくれたばかりのものだ。ゴムとはいっても……たぶんなにかの魔物の素材なのだろうなぁという雰囲気が漂う逸品で、なかなか強靭《きょうじん》な材料であった。

「おい、長いぞ！　そろそろ準備はできたのか⁉」

そう声をかけられたとき、私達は最終調整を終えていた。

小さな石に込められた風の魔力と、プロペラの推進力などのバランス調整。そのあたりは博士君が中心になってやってくれた。

「お待たせいたしました。準備は万端整いましたので始めましょうか」

「よし、なら早速いくぞチビども。とにかくなぁ、たくさん飛んだほうが勝ちだ！」

もの凄く大雑把《おおざっぱ》なルールであるが、とにかく飛んだほうが偉いらしい。それが飛距離なのか高さなのか滞空時間なのかは関係がないそうだ。ともかく時はきて、私は号令とともに紙飛竜を飛ばした。

「「「いっけぇぇ、俺達の（僕達の私達の）、リゼちゃん紙飛竜!!」」」

そのとき私達みんなの心は、たぶん一つになっていたと思う。全力も尽くして、改造には使えるだけの時間も使った。

そして……紙飛竜は天高く、舞い上がった。投げた瞬間から明らかに相手のものよりも、さらに高く舞い上がっていた。次の一瞬には、さらにグンと距離が広がった。

「ぁ」

年上の男子達のボスらしき子が小さく声を漏らした。よく晴れた青い空。二つの紙飛竜が昇っていく。どちらも飛距離よりも、高さと滞空時間を狙っていたらしい。

年上男子チームの用意した紙飛竜は物見塔の肩あたりの高さまでスイと飛び、そこからはゆっくりと滑空しながら降りてきた。私達の紙飛竜はその時点ではまだ上昇を続けていた。

さて今回の改造についてだが、これ、通常の紙飛竜は風魔法の石の力一つで飛ぶものを、プロペラと魔法の石を合わせて、動力を二倍にしている状態であった。そりゃあ飛びそうなものではあるが、実際にズルっぽいほどよく飛んだ。

がしかし、それでも一発本番で上手くいくとは限らないし、私も子供達も本気で挑んだのだ。

「すっげぇぇ雲までいっちまう！　絶対いっちまう！」

そこまではいかないが、私達の紙飛竜は本当に気持ち良いほどよく飛んだ。大成功と呼べる飛翔。私達チームの元気少年はとにかく喜んでくれていた。なんとなく、その元気っぷりが微笑ましい。

「なんだアレ、おかしいだろ。どうなってんだよ」

年上少年チームは、一足先に降りてきた自分達の紙飛竜を手に取ると、まだ帰ってこないもう一つを見上げる。私達も見上げる。

そしてそれはゆっくりと高度を下げて、ポンと私の手の上に着陸した。

「お前、それ見せて見ろよ」

空から戻ってくるなりそう言われたので、彼の目の前に持ち上げてみる。

「竜の鼻先に変なもんついてるじゃねぇか」

なんだろうか、レギュレーション違反だとでも言われるだろうか。こんな竜はいないとか言われるだろうか？　もしそう言われたら存在すると言い張ろう。私の故郷にはいた！　とでも言って押し通そうと思っている。

「ちっ、かっけぇ改造だ。やるじゃねぇか」

ふううむ、一応は彼も認めてくれたらしかった。そしてこの瞬間になってからようやく、私サイドの子供らは、一斉に安堵して肩の力をふわりと緩めていた。

ちなみに神獣ラナグはというと、ずっと私の傍らにいて、ずっと肩の力は抜けっぱなしであった。ほとんど居眠り状態であった。

『我の出番がこなかったなリゼ』

「流石《さすが》にね、子供達相手だと用心棒の出番もね」

『あったら困るか』

「そうそう」

『まあ良い』

ともかくこれで一件落着だなと、私も一つ息を吐いて身を緩めた。と、ここまでで済めば良かったのだが、話は一歩余計なほうに進んでいた。年上少年達のボス男子が妙なことを言い出したのだ。

「ともかく分かったよ。お前はチビ助だが、真剣勝負に勝ったんだ。当面の間は俺達のボスになる資格がある」

「はい？」

「はい？　じゃないよ。ボスなんだよお前が。そういう掟《おきて》だ」

まったくもってここらの子供は、あれこれと面倒な掟《おきて》だのルールだのを作るものだ。

「なあ新ボス、それで今日はなにをする？」

「なんにもしませんし、ボスにもなりませんよ」

年下の子らはともかく、悪ガキ達のボスだなんてちょっと嬉しくないのは明らかであった。子供同士の妙な抗争に巻き込まれたりもしそうではないか。あるいは面倒くさいことで呼び出されたりしそうではないか。まっぴらごめんである。

なので断る。しかしそれでも、どうしても今日これからなにをやるかだけは決める義務があると言われてしまい、結局私は彼らに、紳士ごっこをして遊ぶように伝えた。彼らは今日一日、紳士として過ごすように命じたのだ。特に年下や女の子には優しくしたまえと告げてやった。

「う〜〜ん」

「紳士なぁ」

ボスの決めたことに対して微妙に渋る男子ズ。いっぽうで、この場に一人だけいた女の子、年下チームの彼女は言い始めた。

「ほらお兄ちゃん！　年下かつ女の子の私が目の前にいるよ！　優しく優しく！　紳士的に」

彼女がそう話しかけた相手は、年上チームのボス男子である。なんのことはない、この二名は兄妹であったらしい。

そう知ってから二人の様子を見ていると、力を抜いた私の身体から、さらに肩の力が抜けていた。そもそもこの紙飛竜のやり取りも兄妹の問題だったならば、私もそこまで本気でやらずとも良かったのかもしれない。まあ、実際には私も模型飛行機で遊んでいただけではあるが。

「かぁっ、しっかしなんで俺がよぉ！」

「ボス命令ですよお兄ちゃん」

この二人の仲睦まじいような睦まじくないような光景を背にして、私はそそくさとその場をあとにする。これ以上いると彼らのルールがまた出てきて、再び私を襲わないとも限らないからである。それに、隊長さんをずいぶんと長いことお待たせしてしまってもいるのだから。

私は急ぎ足で隊長さんのほうへ向かった。合流すると、彼は私をひょいと抱き上げた。

「お帰り、おつかれさまだったな」

「すみません隊長さん、長くなってしまって」

「あーん？　いやいや、いいんだよ。なんてぇかな、リゼもああして子供らと一緒にいると、ちゃんと子供らしく見えるもんだな。あの光景、なんだか俺は嬉しかったよ。うん」

「はて、そういうものですかね」

「そういうもんさ」

こうして私達はちょっとしたお買い物を終えて、帰り道を歩いたのだった。

隊長さんは、なんだかずっとニコニコとしていた。

本書は、2020年12月当社より単行本として刊行されたものに書き下ろしを加えて文庫化したものです。


この作品に対する皆様のご意見・ご感想をお待ちしております。

おハガキ・お手紙は以下の宛先にお送りください。

【宛先】

〒150-6008 東京都渋谷区恵比寿4-20-3 恵比寿ガーデンプレイスタワー 8F
（株）アルファポリス　書籍感想係

メールフォームでのご意見・ご感想は右のＱＲコードから、
あるいは以下のワードで検索をかけてください。

アルファポリス　書籍の感想　検索

ご感想はこちらから

レジーナ文庫

転生幼女《てんせいようじょ》。神獣《しんじゅう》と王子《おうじ》と、最強《さいきょう》のおじさん傭兵団《ようへいだん》の中《なか》で生《い》きる。1

餡子《あんこ》・ロ・モティ

2022年11月20日初版発行

文庫編集ー斧木悠子・森順子
編集長ー倉持真理
発行者ー梶本雄介
発行所ー株式会社アルファポリス
〒150-6008 東京都渋谷区恵比寿4-20-3 恵比寿ガーデンプレイスタワー8階
TEL 03-6277-1601（営業）　03-6277-1602（編集）
URL https://www.alphapolis.co.jp/
発売元ー株式会社星雲社（共同出版社・流通責任出版社）
〒112-0005 東京都文京区水道1-3-30
TEL 03-3868-3275
装丁・本文イラストーこよいみつき
装丁デザインーAFTERGLOW
（レーベルフォーマットデザインーansyyqdesign）
印刷ー中央精版印刷株式会社

価格はカバーに表示されてあります。

落丁乱丁の場合はアルファポリスまでご連絡ください。

送料は小社負担でお取り替えします。


ISBN978-4-434-31143-7 C0193